SHERLOC .MY

シャーロック・アカデミー

Logic. 1

犯罪王の孫、名探偵を論破する

紙城 境介 [illust.] しらび

When the two meet to become detectives, the story begins.

CONTENTS

SHERLOCK ACADEMY

KYOSUKE KAMISHIRO and
SHIRABII PRESENTS

SHERLOCK ACADEMY

Logic. 1

KYOSUKE KAMISHIRO and SHIRABII PRESENTS

[NAME] SHIA E. Hazeldine

詩亜・E・ヘーゼルダイン

世紀末に〈犯罪王〉を打倒した、〈探偵王〉スティーヴン・〝ホームズ〟・ヘーゼルダインの養女。探偵王の後継者として世界中の孤児院から選りすぐられ、史上最高の探偵となるべく教育を受けた。その際、師事したのが〈クイーン〉の称号を持つS階梯探偵であるため、出自と合わさって〈探偵王女〉の異名を持つ。目録階梯は現在B階梯。

[NAME] Misaki Fumisaki

不実崎未咲

〈犯罪演出家〉を自称し、数々の劇場型犯罪を演出した末、〈犯罪王〉と渾名されることとなった世紀の大犯罪者の孫。当然ながら、犯罪王の直系であることは隠して暮らしていたが、なぜかネット上で素性が特定されてしまい、引っ越しを繰り返す日々を送る。このことから犯罪王である祖父を嫌い、同時に、『犯罪者の孫』というだけで危険視する世間の態度に不満を持つようになる。

SHERLOCK
ACADEMY
When the two meet to
become detectives, the story begins.

シャーロック+アカデミー
Logic.1 犯罪王の孫、名探偵を論破する

紙城境介

MF文庫J

序章　原罪を否定する者

教会の神父は言うらしい。

俺たち人類は、ご先祖様が犯したたった一度の摘(つ)まみ食(ぐ)いの罪を、全員平等に受け継いでいるんだ、と。

「――犯人はキミだよ、不実崎(ふみさき)クン」

〈探偵係〉の穂鶴(ほづる)が、不敵に笑いながら俺の顔を指差した。

「校長室からトロフィーが盗まれ、落書きされた上にオープンスペースのテーブルに遺棄されたこの事件――僕の捜査によれば、件(くだん)のテーブルに人目を忍んで近付くことができたのは、この4組の生徒しかいない」

穂鶴の偉ぶった講釈を、クラスメイトのみならず、教室前のオープンスペースに集まった他のクラスの生徒たちまでもが、瞳を輝かせて聞いている。

「犯行時、4組はグループ活動の最中だった。教室の出入りこそ自由だったものの、誰もが互いに監視し合っている状態にあったんだ――そう、たった一人を除いてはね」

きゃあっ、と黄色い声が上がる。

俺はふつふつと湧き上がる不快感を堪えながら、穂鶴の涼やかな顔面を睨みつけていた。

「不実崎未咲クン――クラスで孤立しているキミだけは、誰も注意を払っていなかった」

50メートルを7秒台で走るよりもカッコいい、〈探偵係〉の解決篇。

全校的な人気を誇るその見世物に、俺だけが真っ向から真実を語る。

「知らない」

きっぱりと――ただ、自分の知っている、本当のことだけを。

「俺は知らない。そんなトロフィー――見たこともない」

「キミ以外の誰が置けたと言うんだ？　あのテーブルに！」

「オープンスペースを低学年の奴が通ってったのを見たぞ。たぶんそいつだろ」

「低学年が？　あの重いトロフィーを？」

穂鶴は一瞬きょとんとした後、

「はっははは!!　苦しい言い訳だなあ！　どうやってそんなことをする!?　なぜわざわざ別の学年の階に!?」

「知らねえよ！　どうにかして、なんかの理由があってやったんだろ！」

ふう、と悲しげに溜め息をついて、穂鶴は言う。

「証拠はあるのかな？」

その声には、はっきりとした嘲りの響きがあった。

「正直に言えばどうだい？　やってみたくなったんだろう、不実崎クン――近頃流行っている、怪盗ってヤツを。血は争えないと言うものな」

その言葉が聞こえた瞬間、頭の中が真っ赤になった。

気付けば俺は穂鶴に掴みかかっていて、校舎に悲鳴が響き渡っていた。

「こらー！　何やってるの！」

担任の先生がやってきて引き剥がされるまで、俺は穂鶴を殴ったり引っ掻いたりすることをやめなかった。だってそれ以上に、俺の心は傷付いていたから。

穂鶴はカッコつけたベストの襟を直しながら、

「短絡的な奴だ！　さすがは『不実崎』だな！　犯罪者の末裔め！」

「不実崎くん！」

再び暴れ出した俺を、先生が強引に押さえる。

身体を封じられた俺は、言葉で暴れるしかなかった。

「俺は知らない！　何もやってない！　てめえこそ証拠出してみろよ、穂鶴っ！」

「不実崎くんっ！」

先生はもう一度、今度は叱る口調で怒鳴った。

それから静かに、まるで諭すように、

「悪いことをしたなら、ごめんなさいしないと。ね？」

……何を……。

話をわかったフリして、何をッ……！

「あっ、不実崎くん！」

俺は先生の手を振り払い、ランドセルを掴んで教室を飛び出した。

何が『ごめんなさいしないと』だ。声だけ優しくしたって意味ない！　どうせ俺の話なんて聞こうともしちゃいないんだろ！　面倒臭いと思ってるのがバレバレなんだよ!!

――探偵なんて、クソだ。

――探偵が作ったこの世界は、もっとクソだ。

俺のじいちゃんは、ものすごく悪い犯罪者だったらしい。俺が生まれる前に探偵に捕まって死刑になったらしいけど、その影響でたくさん犯罪者が増えたから、世界一の悪者だって言われてる。

でも、俺には関係ない。会ったこともない。ただ、血が繋がってるってだけ。

……なのにどうして、俺まで一緒みたいに言われなきゃいけないんだ……。

じいちゃんを捕まえた探偵は、俺たちがこんな目に遭うって、推理できなかったのだろうか。

無責任だ。本当に本当に無責任だ。正義のヒーローみたいにみんなは言うけど、実際には俺の苗字を晒し上げにしただけで、誰も何にも、救っちゃいない。

だから、探偵なんてクソだ。

探偵が作ったこの世界は、もっとクソだ。

今の家に帰りつくと、俺はいつも通りの手順で、ポストの中を確認した。中身はほとんど、下手くそな字で書かれた手紙。『不実崎は出ていけ』『犯罪王の血をばら撒くな』――きっといい大人が書いたんだろうと思うとおかしくなった。

俺は家に入るとマスクを外し、ある扉をノックした。

「ただいま、未香。……未香？」

それから気付く。部屋の中から、小さな啜り泣きが聞こえてくることに。

俺は扉を開け、真っ暗な部屋の中に蹲る妹の姿を見た。

俺は黙って妹の側に寄り添って、その小さな肩を抱き寄せた。

……俺たち家族には珍しいことじゃない。悲しくて、悔しくて、どうしようもなくて、ただ泣くことしかできない日は。

俺たちにはただ耐えることしかできない。自分は何も悪くないと胸を張って、意地を張って――せめて涙は家族にだけ。そうすることでしか、俺たちは間違った世界に反抗できなかった。

……でも、それも最近、……少しずつ、……疲れてきた……。

まるで逃げるように、俺は家族共用のタブレットをつけて、妹と一緒に動画を見る。そうしている間は、何も考えなくて済むから。

そうして、その配信を見つけたのだ。

『――日本の諸君。私は国連探偵開発局所属の探偵、ジョルジュ・エルミートだ。今回の〈怪盗コンクール事件〉について、私の見解を述べよう』

それは、とある探偵による――とある名探偵による、解決篇だった。

新宿の大型ビジョンを、誰かがスマホで撮影している。

お世辞にも格好いいとは言えない、気難しそうな小柄なおじさんを、道行く人々が足を止めて、一様に見上げていた。

『日本中で予告状付きの窃盗が頻発し、果てには熱田神宮から〈天叢雲剣〉までが盗み出された本事件――その首謀者は当然ながら、諸君の中にいる。私は今、公共の電波を通じて、そのたった一人に向けて話しかけている――』

配信のコメントも、映像の雑踏も、どっちも大荒れだった。

なぜなのか。それはとても――とてもとても――馴染みのある理由だった。

このおじさんも、犯罪者の――人殺しの――息子らしい。

その経歴を隠そうともせず、その実力のみで伸し上がってきた探偵――コメントや映像の話し声から、そんな情報がまことしやかに浮かび上がっていた。

それを知るなり、何十万という視聴者たちは、斜に構えて推理を聞き始める。

あたかも粗探しをするように。

何ら後ろ暗いところのない自分たちが、後ろ暗い出自のお前の言い分を見定めてやろう、というように。

俺だってそうだ。似たような境遇であれ、探偵の言うことなんて信じるはずもなかった。

だけど、気付いたら全部忘れていた。

探偵が語る推理の美しさに、誰も聞き惚れ、魅了され、陶然とした。人の流れは止まり、信号が青になっても車は走り出さなかった。どこかで聞いた汚名の話など、もはや頭のどこにも、残ってはいなかった。

俺も、妹も、その探偵の姿から、目を離せなかった。

『最後に一つ——犯人よ、私の父は君と同じ犯罪者だが、その血を継ぐ私には、君の考えはまったくわからない。私にわかるのは、誰が語ろうとも正しいことは正しいという、この世で最も普遍的な真理のみだ。犯人よ——これは君にもまだ、正しき行いをする資格があることを意味している。君が正しく生きてくれることを、心から願っている』

これが——本当の、探偵の姿。

穂鶴みたいな偽物とは違う——本当の、真実の、名探偵。

彼の姿が、言葉が、教えてくれた。

「……なあ、未香」

耐えるだけじゃなくても、いいんだと。

意地を張るだけじゃなくても、いいんだと。

「俺がもし、じいさんの名前さえ霞むような、名探偵になればさ——」

それは、幼い希望。

儚い夢。

6年を経てなおも輝かしい——だけど呆気なく散った、愚かしい幻想。

『速報です。Ｓ階梯（ティアー）探偵ジョルジュ・〝ポアロ〟・エルミート氏が、イギリスのエセックス州にて遺体で発見されました。現場には他にも数名の遺体があり、エルミート氏が殺害した後に自殺したものと現地の警察は――』

『今回の疑惑を受け、国連探偵開発局（UNDeAD）はエルミート氏の永久除名を発表しました』

この世は不真実に満ちている。探偵が語るのはこの世の上澄みでしかない。

何を期待していたんだろう。

自分はとっくに取りこぼされていると、知っていたはずなのに。

「――坊ちゃん、探偵におなりなさい」

それでも『あの人』は、とっくに捨てたはずの子供の夢を、今更に肯定した。

「それを知るあなただけが、この世で一番の名探偵になれる――そしていつか、この私を捕まえてごらんなさい」

中学校の屋上で、俺は諦めたように、青い空に溜（た）め息（いき）をつく。

握り締めた進路希望書には、〈真理峰探偵学園（まりみねたんていがくえん）〉と記されていた。

◆

1999年——世紀末。

当代最高の名探偵スティーヴン・ヘーゼルダインと、稀代(きたい)の〈犯罪演出家〉不実崎未全(ふみさきみぜん)の壮絶な知略戦争は、極東の島国・日本にて決着を迎えた。

しかし、不実崎未全の犯罪芸術は、ネットを通じて実(まこと)しやかに受け継がれ、世界中に数知れぬ後継者(フォロワー)と、おびただしい迷宮入り事件を生み出した。

これに応じて、名探偵スティーヴン・ヘーゼルダインは国連と連携し、〈国連探偵開発局〉——〈UNDeAD〉を設立。世界中の頭脳を結集し、新世紀に花開いた無数の新興犯罪に対抗した。かくして、記念すべき新たなる千年紀は、探偵と犯罪の終わりなき戦いの時代となったのである。

それから、四半世紀以上。

発展を極めた情報化社会にあって、情報を収集し、整理し、推断する専門職〈探偵〉は、ありとあらゆる分野に膾炙(かいしゃ)した。殺人現場からファミレスのチェーン店に至るまで、あらゆる場所に探偵は存在し、昼夜を問わず謎を解き続けている。

探偵全盛時代にして、犯罪全盛時代。

知性輝きし光の千年紀を作り上げた名探偵は、今や〈探偵王〉と呼ばれ。

謎が渦巻く闇の千年紀を作り上げた犯罪家は、今や〈犯罪王〉と呼ばれている。

その知の末裔(まつえい)と、その血の末裔が、とある場所で邂逅(かいこう)を果たすことになるなど、今はどんな探偵にも、推理する由(よし)もなかった。

読者への説明書

事件の手掛かりは、
すべて**太字**で示される。

口絵・本文イラスト●しらび

第一章　入学式の挨拶の秘密

1　探偵学園の歓迎

真っ白なスモークが、舞台上を覆い隠した。

入学式とは思えないその派手な演出を、私は自分の席から見やる。隠されたものを反射的に見通そうとしてしまうのは職業病だ。素直に驚いておけばいいものを、かすかなスモークの揺れから誰かが**舞台袖から出てきた**ことに気が付いてしまった。

その推測を裏付けるように、スモークの中におぼろげなシルエットが浮かび上がる。それを見るなり、私は自然と推理を始めていた。

男性。身長約180センチ。歳(とし)の頃は……若々しいけど、たぶん六十代かな。身体(からだ)の左側に若干強い緊張が見られる。おそらくそっち側に、何か大きな怪我(けが)をしたことがある。

「――探偵とは何か」

低い声と共にスモークが薄れ、シルエットは私が推理した通りの壮年男性に変わった。

唇の左側に入った大きな傷が歴戦の経験を窺(うかが)わせる、スーツ姿の紳士――現状、日本に二人しかいないS階梯探偵、真理峰・〝アケチ〟・真源その人だった。

「それは、未知という闇に光を照らすもの。混迷という荒野に道を拓くもの。人に許された叡智、その最大を用いて、人の霊長たるを証明するもの」

講堂に並んだ新入生たちに、この学園の長でもある探偵の声が、重々しく響いていく。

ここは独立行政法人・真理峰探偵学園。

別名『平均生涯賃金への最短ルート』。

卒業の暁に取得できる国家探偵資格が、世界最高峰の知能を持つ証明とされていることが由来だけど、私にとってはただの通過点——いや、寄り道に過ぎなかった。

「二十一世紀も四半世紀以上が過ぎ、高度な情報社会は軋みを上げ始めた。溢れ返る情報に人々は惑い、疲れ、粗雑な圧縮情報に食いついては知性を濁らせている」

熱の入った演説を聞きながら、私は舞台全体を俯瞰していた。

真理峰・〝アケチ〟・真源の後ろに、列席者が4人いる。

「今こそ、探偵が必要な時代だと私は考える。乱雑な集合知を凌駕する、圧倒的な『個』の知性！　その推断こそが、情報に惑う人々を光明へと導くのだ！」

学園の教師だろうか。私は4人の列席者のうち、**両手に革手袋を着けている男がずっと気になっていた。**手に隠したい傷でもあるのだろうか——

「探偵を志す若人たちよ！　諸君こそが次の四半世紀を照らす光だ！　己が知性を磨き上げ、人類を蒙昧の闇から救い出すべし!!」

不意に、世界の電源が落ちた。

一瞬の静寂。困惑のざわめき。その間に、私は状況を理解する。

停電だ。

この講堂は地下にあり、窓は一つもない。**講堂内は一寸先も見通せない真っ暗闇**だ。

何か起こる。直感して、神経を尖らせた。**生徒のざわめき以外には、何の音も聞こえない。**私の席は列の真ん中だ。この暗闇じゃ動きようがない！

行動を縛られた反面、感覚が鋭敏になる。闇の中さえ見通そうとして目を凝らす。

だから気が付いた。

舞台上に、青白い点が浮かんでいる。ホタルのような小さな光が、ピタリと空中に静止している。

それから**302秒間**、私はその青白い点を見つめ続けていた。

講堂に光が戻る。

闇に包み隠されていた真実が、露わになる。

真理峰・〝アケチ〟・真源が――血溜まりの中に、伏していた。

また一瞬、静まり返った後に、悲鳴が地下講堂に響き渡った。

「――ッ落ち着いて！　皆さん、落ち着いて！」

壇上の列席者の一人が立ち上がって、**真っ白な手のひらを大きく振った。**リーダーシップのある人なのだろう。日本の漫画に出てくる委員長みたいだな、と私は思った。

こんなに呑気な分析をしているのは、拍子抜けしたからだ。

あの血溜まりからは、血の匂いがしない。

「――諸君」

かすかな機械音が聞こえた。

舞台中央のセリに乗って、車椅子に座った女子生徒が床の下からせり上がってくる。

「この程度で驚いているようではまだまだだね。よく観察すればわかるはずだ。倒れ伏した真理峰理事長が、**ただの人形でしかない**ことに」

凛とした声音は、けれど細く儚い印象も抱かせる。

見た目もそうだった。長く流麗な黒髪を持つ、浮世離れした空気感の少女――けれど、一度目にしたら忘れないような、目の前にしたら逃げられないような、迫力めいた存在感も宿している。

「わたしは生徒会長の恋道瑠璃華。探偵を志す諸君に、歓迎がてら質問しよう」

目の前の真理峰・〝アケチ〟・真源――を模した人形を示し、生徒会長さんは問うた。

「果たして理事長は、あの一瞬の暗闇の中、どのようにして物言わぬ人形となったのか？」

未熟な諸君には酷なので、犯人までは問わないこととしよう」

なるほど……。これが探偵学園特有のシステムの一つ――〈緊急捜査訓練〉か。

突発的に発生する模擬事件を生徒に捜査させ、格付け（レーティング）を行うという……。

私たち新入生は、入学早々に試されているのだ。

お前たちはどこまでできるのか、と。

誰も、動き出せないようだった。いきなりのことに驚き、困惑し、推理どころか現状を理解するのに必死らしい。

――それじゃあ、私が先に答えてもいいよね？

「はい」

私はまっすぐに手を挙げた。

「犯人がわかりました」

講堂中の視線を全身に浴びながら、私はかすかに微笑（ほほえ）んだ。

2　出会い

真理峰探偵学園（まりみねたんていがくえん）。

日本で唯一、国家探偵資格を得ることができる高等専修学校。日本最大の学生街、東京都御茶の水（おちゃのみず）の一角にキャンパスを持ち、皇居のすぐ近くという立地と側（そば）に立つ〈探偵塔〉

の威容から、〈日本最後の砦〉とも呼ばれている。

その学校施設の多くはオフィスビルなどに偽装する形で点在しており、真理峰探偵学園の全容を知る者は全国に数えるほどしか存在しないという――以上、ウィキペディアより。

そんな隠された施設の一つ、〈第一秘匿講堂〉の入口前で、俺は心から悲鳴を上げた。

「――あーくそっ!!　これだから探偵ってやつはよ!!」

この学校は、新入生を歓迎する気があんのか!?

普通の学校の入学式なら、入学案内に従って、指定の時間に指定の場所に行くだけでいい。ところが、この学校の入学案内はどうだ？

まず暗号！　普通に読むことさえできない。

そして尾行！　見ず知らずのオッサンを尾け回してようやく、何の変哲もないオフィスビルの地下が、隠し講堂の入口になっていることがわかるのだ。

こんなもん、誰が時間通りに集合できんだよ！　特に事件に巻き込まれることもなく、フツーに育ってきたフツーの15歳の俺は、フツーに入学式に大遅刻をかましていた。

真理峰探偵学園――噂に違わぬ非常識な学校だ。『あの人』に勧められて入学してみたはいいが、早くも後悔してきちまったぜ。

やれやれ。こんな調子で3年間、まともにやっていけんのかね。ただでさえ俺は、ここの連中にとって、異分子極まりないってのに――

俺は溜め息をつきながら、とっくに閉め切られている講堂の扉に手を掛けた。

その瞬間――扉のほうが、ひとりでに開いた。

そして、中から現れたものに、俺の目は奪われた。

女の子だ。

俺よりも20センチは低い小柄な体躯に、繊細なあどけなさが目一杯に詰まっている。髪はそれ自体が光を放っているようで、一本一本から甘い匂いが香っていた。そして宝石めいた輝きを秘めた瞳が、見透かすように俺の顔を見上げている。

可愛く、美しく、触れがたい――まるで妖精のような少女だった。

呆然としている俺を見て、少女は薄い唇を開く。

「お先に失礼します」

声音までもが、フルートのような透明度を誇っていた。

細い髪をさらりと揺らし、少女が俺の横を通り過ぎていくと、俺はようやく、そのおかしさに気がつく。

なんであの子だけ？

入学式は、まだ続いてるんじゃ――

そして俺は、講堂内の様子を初めて目にする。

突然の模擬事件によって、大混乱に陥っている講堂の様子を。

彼女は――ただ一人、解答を終えていたのだ。

残る118名の新入生、全員を置き去りにして、真実に到達したのだ。

これが。
犯罪王の孫――不実崎未咲と。
探偵王の娘――詩亜・E・ヘーゼルダインの。
初めての、出会いだった。

3　探偵王の娘と犯罪王の孫

じいさんと実際に会ったことは一度もない。

それもそうだ。俺が生まれる前にかの〈探偵王〉サマに取っ捕まって、刑務所で絞首台送りにされちまったんだから。

だから、俺には自覚がなかった。

法律の向こう側で軽やかに遊び回り、二十一世紀をたった一人で大犯罪時代に塗り替えちまった、〈犯罪王〉の孫だっていう自覚が。

たまに家に遊びに来る、じいさんの部下だっていう大人たちが、まさか犯罪組織の残党だったなんて、思いもしなかったんだ。

それでも、お偉い世間様ってやつは、簡単に嗅ぎつける。

友達ができなくなったのはいつからだろう。

それとなく距離を取られていると察したのは、小学校の何年だったか。

気付けば俺たち家族は、日本各地を点々とする生活が当たり前になっていた。

一年と同じ場所に住んだことはない。名前を隠しても、好意的に接しても、必ずどこかで誰かがご親切にも、『不実崎』の名を暴露する。

だから――こんな状況だって、俺にとっちゃあいつもの日常だ。

「……あいつが、あの〈犯罪王〉の……？」

「……そうでしょ。不実崎なんて苗字、他じゃ聞いたこと……」

「……なんで探偵学園に入学できたんだ……？」

なんでだろうな、とクラスメイトの内緒話に心の内で相槌を打つ。警察官なんかは身辺調査が厳しいと聞くが、探偵はそうでもないらしい。

どうせ隠してもすぐバレると思って、あえて苗字を隠さずに入学した効果は抜群だった。まだグループも固まってない真新しい教室で、俺の周りだけがぽっかりと空いている。どうやら俺が所属するグループだけは早くも決定したようだ。

ま、いいさ。探偵学園に入ると決めた時点で、こうなるのは承知の上。近付かないでくれるんなら、むしろ平和ってもんだろう。別に友達を作りたいわけじゃない。俺がこの学園に入ったのは――

――坊ちゃん、探偵におなりなさい

俺は脳裏に過ぎった声を、唇を歪めて受け流した。

まったく、面白い冗談だぜ。俺はただ、同じ学校に最初から最後まで、無事に通うことができたら、それで充分だよ。

俺は机で頬杖をついて、暇潰しに教室内を眺め回す。

探偵学園だからと言って、新学期の空気は変わらない。誰もが互いの言動を探り合い、なんとなく自分がつるめそうな相手に目星をつけて、グループを形成している。

俺をちらちらと窺って体のいい話題作りに使っている連中もいれば、俺なんてそっちのけで意気投合している連中もいた。俺のように孤立している奴は他に一人だけいて、その女子は入学初っ端から堂々たる居眠りをかましている大物だった。寝息からしてガチ寝だ。

そして、最も人が集まっている一角の中心には、ある女子の席があった。

「さっきの模擬事件、犯人もわかったの!?」

「ええ。僭越ながら」

「犯人はいいって言われてたのに……これが本物の実力か……」

「いえいえ。たまたま勘が働いただけですから」

「いっ、いつも配信見てますっ……!」

「ありがとう。面と向かって言われるのは面映いですね」

気品ある顔立ちをはにかませて周りをキャーキャー言わせているのは、詩亜・E・ヘーゼルダインである。

〈探偵王〉の養女にして、S階梯探偵〝クイーン〟の弟子。

いずれ探偵界の王位を継ぐ者——人呼んで〈探偵王女〉。

さっきすれ違ったときにはわからなかったが、名前を聞けばすぐに思い出した。ネット環境のある人間なら知らない者はいない、超有名人だ。

探偵修行を終え、13歳で捜査デビューを果たしてから2年間、ただの一度も犯人を逃したことがないという。日本の国家探偵資格を取るために、真理峰探偵学園に入るっていうニュースは知ってたが、俺とは無縁の話だと思っていた。

〈犯罪王〉の孫と〈探偵王〉の娘——同じクラスにしねえだろ、フツー。

見るとはなしに眺めていると、やがて俺の視線に、取り巻きの一人が気付いた。それに誘われるようにして、詩亜・E・ヘーゼルダインの顔がこっちに振り返る。

教室内に、緊迫した空気が漂った。

別に、目を逸らさなければならない理由もない。俺はそいつを見ていただけだ。そいつも同様に、俺を無視する理由がないんだろう。俺の視線を真っ向から受けていた。

やがて、周りの連中に身振りで断りを入れて、そいつは立ち上がる。そんな何気ない所作ですら、どこか気品が香っていた。

探偵王女は俺の席の側に立ち、柔らかな笑みを浮かべた。

「はじめまして。詩亜・E・ヘーゼルダインです。あなたが不実崎未咲さんですね」

生まれはフランス、育ちはアメリカだと聞くが、王女様の日本語は流暢なものだった。

下手すりゃ俺のほうが日本語不自由かもな。

答えない俺に、王女様はなおも微笑んだまま、

「お互い、複雑な思いがあるかとは存じますが、ここではただの同級生です。志を同じくする仲間として、よろしくお願い致します」

そう言って、手を差し出してくる。

感心するような溜め息が、どこからか聞こえてきた。

これは契機なんだろう。ここで彼女の手を握れば、歴史的と言ってもいい和解が成立して、俺も多少はマシな学園生活を送れるのかもしれない。

――だが。

「お姫様ぶるのも大変だな、王女様。給料でも出てんのか？」

俺が返す言葉は決まっていた。

別に、彼女を敵視しているわけじゃない。

ただ――嘘臭い。

じいさんの部下たちと交流した経験からか、俺は嘘や隠し事に敏感なのだ。その嗅覚が、詩亜・E・ヘーゼルダインの振る舞いすべてに、『臭い』と訴えていた。

探偵王女は、笑顔のまま凍りつく。

遠巻きに見ていたクラスメイトたちも愕然と凍りつく。

その極寒地獄が、罵詈雑言の灼熱地獄に変わるまで、そう時間はかからなかったが、俺は欠伸をしてスルーした。

相手が誰だろうと、嘘つきと握手はできねえよ。

4　底辺からの出発

担任教師は、中折れ帽を目深に被った変なオッサンだった。

「おれに名はない。ただ『M・デット』と呼んでくれ」

屋内で帽子を被ってるってだけならいざ知らず、鍔で目元を隠して絶対に見せようとしない。本名名乗らねえし。一応、きちんとした実績のある探偵らしいが、探偵って変な奴しかいないのか？

担任のM・デット先生は生徒の困惑を完全に無視して、オリエンテーションを開始する。

「あんたたちも知っているだろう……。我らが真理峰探偵学園には、独自のレーティング・システムがある。ま、今時珍しくもないさ……。あんたたちの探偵としての活躍に応じてレーティング・ポイントが与えられ、それに応じてランクが決まる。ランクは高ければ高いほど、学内で便利かつクールに青春を謳歌できるって寸法だ……」

ランクは下から、『ブロンズ』『シルバー』『ゴールド』『プラチナ』『ダイヤモンド』『マスター』、そして『シャーロック』の七段階。

すでに俺たちは、入試の成績に応じてスタート・ランクを定められていた。

「配られた生徒端末を見ろ。そこに現在のレーティングとランクが示してある……」

俺はさっき配布されたスマートフォンのような端末のスイッチを入れる。真理峰探偵学園の校章が画面に現れた後、文字と数字がでかでかと表示された。

『ＲＡＮＫ：ＢＲＯＮＺＥ』――『ＲＰ：８０１』。

高いのか？　低いのか？　いまいちわからんなあと思っていた俺の耳に、驚くべき情報が飛び込んでくる。

「入学時の最低レートは１０００だ」

え？

「入試で見るところのあった奴は、そこから何百ポイントか加点されているはずだ……。それが１２００を超えればランクがブロンズからシルバーになる。ゴールドになるには１５００。それ以降は３００ポイント増えるごとに上がっていく仕組みだ……」

最低レートは１０００……１０００って言ったか？

どこからどう見ても、俺の端末には８０１としか表示されてないんだが？

「先生、質問が」

「なんだ、不実崎」

「俺のレート、明らかに最低ポイントより低いんですが、これは端末のバグですか？」

「さあな。答案に名前でも書き忘れたんだろうさ」

んなわけねえだろ！

俺の話を聞いて、ひそひそと内緒話を始めるクラスメイトたち。マズい……。早くも悪いほうの伝説ができあがりつつある気がする。『不実崎未咲の悪のオーラに慄き、端末がひとりでにポイントを下げた』みたいな。

端末のバグじゃなければ、開始レートを査定する側に俺のアンチがいるとしか思えない。

実技はともかく、ペーパーテストに関しちゃ結構できてたつもりだったんだけどなあ。

「ちなみに、このクラスの現時点での最高レートは１７４０——ゴールド・ランクからスタートとは景気のいい話だ。誰なのかは……言う必要はないだろう」

言われずとも、クラスの視線は詩亜・Ｅ・ヘーゼルダインに集まっていた。

このクラスどころか、学年全体でトップの数値なんだろうな。底辺を勢いよく突き抜けた俺とは正反対だ。

「最高ランクのシャーロックは他のランクと異なり、ＲＰ上位７名にのみ、その権利が与えられる——例年なら、ボーダーは２８００ってところか。まあ、せいぜい頑張ることだ……。模擬事件を解決するなり、〈選別裁判〉に勝利するなりしてな……」

２８００ねえ。どのくらい遠いのかわからん。

まあ別にこの学園の頂点を極めようってわけじゃない。俺はただ、３年間平穏無事に過ごせればいいんだ。物騒な出世競争になんか参加しなくても——

「一応言っておくが、レートが８００を下回った者はただちに退学処分となる」

……………………。

今なんて？

「もう一つ注意しておこう。入学式で実施された緊急捜査訓練の解答は、本日の午後３時を〆切とする。こういった全生徒対象の模擬事件では、解答を提出しなかった者には一律、マイナス100ポイントのペナルティが課される」

中折れ帽に隠れているはずの視線が、俺を貫いた気がした。

「うっかり忘れて、入学早々退学にならないことを願う。以上」

………………はああああああああああああああああああっ⁉

RP：801。

端末の表示は、どれだけ眺めても変わらなかった。

この数字が800を下回ったら退学？　スタートの時点で崖っぷちってどういうことだよ⁉　しかも3時までに入学式の事件を解けないとマイナス100ポイント⁉　もしかして俺……入学初日で、退学になろうとしてる？

伝説だろ、そんなことになったら！

クラスメイトたちがこの短時間で形成したグループでつるみ、次々と教室を出ていく中、俺は自分の席で頭を抱えていた。

事件を解くしかない。

それはわかっているが、そもそも俺は入学式に出席できてすらいないのだ——具体的にあの場所で何が起こったのか、詳しいことをまったく知らない。誰かから聞くしかないが、『不実崎』の名を持つ俺に親切にしてくれる奴なんて探偵学園にいるわけがない。

「…………詰んだ…………」

見事なまでの詰み盤面に感心さえ抱いていた、そのときだった。

――ばよんっ。

と、何か巨大な塊が、揺れながら目の前に現れたのだ。

「ふーみさーきくんっ！」

俺は愕然とした。

その塊は真理峰探偵学園の指定制服に包まれており、世間一般的に言えば、人間の胸部だったからだ。しかし、道理に合わないことに、この世のほとんどすべての人間の胸部は、こんなにも前面に盛り上がってはいないはずなのだ。

目の前に突き出された山脈から視線を持ち上げると、人懐っこい少女の笑顔があった。

「ねえねえ！　もしかして今ヒマ？　予定とかない？」

派手さはないが、整った顔立ちの女子だった。丸い瞳に好奇心に満ちた輝きを宿している。一目で交友関係には苦労しそうにないタイプだとわかった。

それ以上に、前に大きく張り出した胸部の圧がすごい。何カップだこれ……。俺は思わず仰け反りながら、

「あー……暇だが。君は？」

「あっ、そうか！　自己紹介まだだよね！」

すると突然、豊かな女子はババッ！　と日曜日の朝じみたポーズを決めた。

「あるときは女子高生！　またあるときは天才女優！　しかしてその実態は――！」

実態は……？

「――わたし、宇志内蜂花！　よろしくね！」

実態はなんだったんだよ。

しかし変わった名前だな。宇志内……ウシ……いやいや。

「お、俺は不実崎未咲だ……」

「うん、知ってる！　有名人だし！」

「あー……宇志内さん？　なんで俺に声をかけたんだ？」

「えー？」

宇志内さんは顎に細い人差し指を当て、ことりと首を傾げた。

「ぼっちで寂しそうだったから？」

そう言って、にひっと笑う。

俺も釣られて、少し笑ってしまった。

「君は正直者だな。好感が持てる」

「えへへー。それほどでもあるよー」

宇志内さんからは、王女様のときのような嘘の匂いがしなかった。

人一倍博愛主義なのか、それとも単に空気が読めないのか……。

学園に入ったときからずっと張り詰めていた緊張が、少し解けた気がした。

NAME
宇志内峰花
女優探偵

「それで、俺に何の用なんだ？　宇志内(うしない)さん」

「不実崎(ふみさき)くんってさ、入学式遅れてきたよね？　模擬事件のこと、何にもわかんないんじゃないかなと思って——だからね？　わたしの知ってること全部教えてあげるから、できたら不実崎くんも、わたしに教えてほしいんだよね」

「何を？」

「推理ってどうやるの？」

　仮にも探偵学園の生徒である彼女は、にへ、と照れ隠しのように笑った。

5　女優探偵の依頼

「いやあ～、頭を使うのってからっきしでさあ～、わたし！　何をどうしたらいいのかさっぱりで困ってたんだよ～」

　まずはお昼ご飯でも行こ！　と言われ、俺たちは校舎——〈通常教室棟〉からしばらく遊歩道を歩いたところにある学生食堂〈開化〉を訪れていた。

　真理峰探偵学園(まりみねたんていがくえん)の敷地面積は、平均的な大学のキャンパスと同程度である。生徒数の割に大きいのは、校舎や学食、学生寮といった生徒用の施設の他に、プロ探偵向けの施設を集めた巨大なタワー——〈探偵塔〉が併設されているからだ。

〈探偵塔〉は正式名称を〈東京探偵支援センター〉と言い、科学捜査研究所や犯行工作(トリック)検証所、調査依頼斡旋所などといった専門施設を各階に備えているらしい。この〈探偵塔〉の存在によって、探偵学園は探偵見習いの学び舎であると同時に、犯罪や日常の謎と戦う探偵たちの前線基地にもなっているのだ。

キャンパス内は通常教室棟を始めとして、全体的に洋風の建築様式で統一されている。この学食〈開化〉も、学食とは思えない小洒落たレストランだった。コース料理が出てきたって違和感がない。こんな大人感のある淡い照明の中で女子とテーブルを挟んでいると、まるでデートでもしてるみたいで落ち着かなかった。

俺は妙に乾く唇をお冷やで濡らしつつ、

「からっきしって……それでどうやって受かったんだよ。入試には推理問題もあったろ？」

「そこはほら、実技のほうで」

「っていうと、尾行とか張り込みとかか？」

「そうだね～。わたし、全然バレないから！　入学式行くときなんて、対象の人の隣歩いてたよ～」

「はあ？」

全然バレない……？

俺はテーブルに載せられた巨大な果実を一瞥した。いや、バレるだろ……。ここに来るまでの間も、すれ違う人みんな、男女問わず二度見してたし。

「あー、信じてないな～？」

宇志内さんは心外そうに半眼になる。

「そりゃそうだろ。隣歩いてたはさすがに盛りすぎだって」

胸のことを差し引いても。

「じゃあちょっと見てなよ！　今からここで変わるから！」

変わる？

宇志内さんは「うーん……。こんな感じかな？」と呟くと、長い睫毛を静かに伏せた。

そして数秒後。

再び瞼が開かれたとき、そこに宇志内蜂花はいなかった。

「あ……え、えっと……」

背が丸まり、身体が一回り小柄になった。肩を縮こまらせ、指をもじもじと絡ませ、目をおどおどと泳がせながら、少しだけ身を引く。俺から距離を取るように。

「あ……ぁのう……」

か細く漏れた震え声さえ、さっきまでとは別人だった。

顔立ちや髪型を変えたわけじゃない。表情、仕草――あるいはそれらを生み出す、人格。外見以外のすべてを変えることで、完全な別人に『変装』していた。

俺はもう、目の前の女子を宇志内蜂花だと認識できなかった。

「――って感じ！」

再び瞼を閉じ、そして開くと、俺の向かい側には宇志内さんが座っていた。

「どう？　気弱な真面目（まじめ）系女の子！　可愛（かわい）かった？」

その人懐っこい笑みが、さっきの女子と同じ顔立ちから作られている事実に、俺の脳がエラーを吐く。

「今のは……演技、なのか？」

「まあね！　昔、子役やっててねー。得意なんだよ、別人になるの！　『メソッド演技法』っていうんだけど、知ってる？」

そういえば最初に言っていた。『またあるときは天才女優』――

驚異のスキルだった。これだったら、隣を歩いててもまず気付けない。

「それだけできるんだったら女優になれるんじゃねえか？　なんで探偵に？」

「んー……まあぶっちゃけ、これのせいだね！」

快活に言って、宇志内さんは自分の胸を指差す。

「これだけでっかいとさ、できる役が限られちゃうっていうか。お客さんが目の前にいるんなら今みたいに細かい仕草で騙（だま）せるけど、舞台とかテレビとかだと限界あるしね。だからやめた！」

「んな簡単に……」

「だって、頑張って身振りや表情で演技しても、みんなおっぱい見ちゃうもん。……不実（ふみ）崎（さき）くんみたいにね？」

宇志内さんは悪戯（いたずら）っぽくにんまりと笑った。俺は冷や汗を流す。

「いや、その、……すまん」

「いいよいいよ。人に見られるのは慣れてるから！　いくらでもどうぞ？」

そう言って、宇志内さんは軽く前に身を乗り出した。体重のかかった胸が、少しだけ形を変える。なんという質量だ。両方で何キロあるんだろう……。

「……あ、あの～……そんなにまじまじ見られると、さすがに恥ずかしい、……かも」

宇志内さんは顔を赤くして、胸を隠しながら身を引いた。俺は少し寂しい気持ちになる。

「いくらでも見ろって言ったくせに……」

「も、ものには限度があるよっ！」

あっつ～、と宇志内さんは赤くなった顔をぱたぱた手で仰いで冷ます。コミュ強でも恥ずかしがることはあるらしい。それともこれもスキルの内か？

「そ、それよりも！」

空気を入れ替えるように、宇志内さんは言った。

「今度は不実崎くんの番！　なんでこの学校に？　正直な話、居心地悪くない？」

「俺は……」

――坊ちゃん、探偵におなりなさい

「……大した理由じゃねえよ。マスコミだの何だのに追っかけ回されることがあってさ。ここだったらセキュリティも厳重だし、その心配はないだろ？」

「そうなんだ……。大変そうだねえ」

どこか呑気(のんき)に言って、宇志内さんはカルボナーラをフォークの先に巻きつけた。

もぐもぐとパスタを咀嚼(そしゃく)する顔をなんとなく眺めつつ、

「なあ宇志内さん、そろそろ本題に入ろうぜ」

「んむー？」

ごくん、とパスタを飲み込んで、宇志内さんは小首を傾(かし)げる。

「蜂花(ほうか)でいいよ？　宇志内さん、なんて他人行儀じゃん」

「いきなり下の名前で呼び捨てかよ……」

ハードル高いぜ。こちとらまともに友達すらできたことのない身だ。

宇志内さんはにまりと笑う。

「不実崎くん、意外と女の子慣れしてないんだー？　よく見るとがっしりしてるし、モテそうなのになあ」

「からかうなって。……じゃあ宇志内。具体的に何を教えてほしいんだ？　俺も得意ってわけじゃないが、教材に書いてある程度のことならアドバイスできると思うぜ」

「ありがと〜！　って言っても、何がわかんないかがわかんないというかぁ……」

「そんなにややこしい事件だったのか？」

「逆だよー。ほら、刑事ドラマみたいに、密室殺人！　とかだったら考えようもあるじゃない？　でも入学式の事件はさぁ、バッ！　って真っ暗になったと思ったら、その間に殺されてましたーっていう、そんだけだったからね。『どうやって殺されたんでしょう？』

って訊かれても、フツーに誰かが理事長さんに近付いて、フツーに刺して、フツーに元の場所に戻っただけじゃないの？　って思っちゃってさあ」

「……いや、あのなあ」

「え？　何？」

宇志内はきょとんと首を傾げる。本当に考えが至っていないらしい。

「今、自分で『真っ暗になった』って言わなかったか？」

「えっ？　言ったけど？」

「だったらさ――真っ暗になった空間で、どうやって『フツーに近付いた』んだよ。理事長がどこにいるんだかわかんねえだろ？」

「……あ」

「停電になってたのが短い間ならたぶん即死って設定なんだろうし、真っ暗闇で正確に急所を刺すのは無理だ。暗視ゴーグルとかの装備を持ち込んでたとしたら即わかっただろうしな。『どうやって』ってのは、その辺に対する設問だと思うぜ」

宇志内はぱちぱちと大きな目を瞬き、俺の顔をじっと見つめた。

な……なんだよ？　急に早口で喋りすぎたか？

不安になっていると、宇志内が勢いよく身を乗り出して、俺の右手を両手で握り締めた。

「不実崎くんすごい！」

「おっ、おっ、おう」

「そんなこと全然考えなかったよ！　さっきは謙遜してたけど、ちゃんと頭いいじゃん！」

「どっ、どっ、どうも……」

宇志内は俺の右手を包み込みながら、ぶんぶんと上下に振る。それを胸元に寄せながらやるもんだから、大きく張り出したおっぱいに触れちまいそうで気が気じゃなかった。

わざわざ探偵学園に入るような奴なら、みんなこのくらいの推理はできると思うが……。この無邪気さが人に愛される秘訣なのかもしれない。好きになりそう。

「なるほどねえ。そうやって犯人のことを想像しながら考えていくんだ〜」

「ま、まあそんな感じ」

「じゃあもっと詳しいことがわかったほうがいいよね？　何か知りたいこととかある？」

「そうだな――」

ようやく手を放してもらい、俺は落ち着きを取り戻す。

「とりあえず、事件の前後にあったことを順番に教えてくれると嬉しい。気になることがあったら都度都度質問させてもらう」

「オッケー！　理事長さんが登場したところからでいいかな？」

そして俺は、入学式で起こったことをあらかた聞き出した。

気になったのは、やっぱり壇上にいたという列席者４人と、それから――

「生徒会長か……」

真理峰探偵学園生徒会長・恋道瑠璃華。

現シャーロック・ランク第1位――この学園の頂点に君臨する存在らしい。

「俺でも聞いたことある有名人だ。確か史上最年少でA階梯(ティアー)になったんだっけ？」

「そうそう。在学中に〈目録階梯〉がAまで行ったのは恋道(れんどう)先輩が初めてなんだって」

〈目録階梯〉とは、国連探偵開発局(UNDeAD)が編纂(へんさん)する世界の名探偵リスト、〈探偵目録〉における実力評価だ。

S～Dの五段階に分けられ、最下位のD階梯でも出身国では英雄扱いになる。最高位のS階梯ともなると、先進国の首脳レベルの影響力を持つと言われる。我が校の理事長、真理峰(まりみね)・〝アケチ〟・真源(しんげん)もその一人だ――ちなみにこのミドルネームは、S階梯に到達することで与えられる、歴史上の大探偵に由来する称号である。

「探偵スタイルもすごいんだよ、恋道先輩。誰よりも早く真相を看破して、最後の最後まで明かさない――情報を独占して主導権を握り、事件を支配して解決に導く。付いた異名が〈黒幕探偵〉！　カッコよくない⁉」

恥ずかしいの間違いだろ。……という感想は飲み込んで、

「それより模擬事件に話を戻そうぜ。この列席者4人についてなんだが、詳しいことはわからないのか？」

「あれ？　知らないの？　その辺は端末の資料に書いてあると思うけど」

「え？　資料？」

「知らないの？　端末で模擬事件の捜査資料が見れて――ちょっと端末出して？」

俺がポケットから生徒端末を出すと、宇志内は自分の椅子を俺の隣に持ってきた。

そして肩を寄せながら、俺の端末の画面を覗き込む。

「ほら。ここのアイコンをタップして――」

――距離が近い！

髪から香る甘い匂いやほのかに感じる体温に勘違いしそうになるのを必死に堪えつつ、無事、事件資料を表示することに成功した。

俺は内容をざっと確認していく。

死体の状態、現場や凶器の写真、そして被害者や容疑者に関する膨大な情報――それらを一通り確認し終えると、俺は頭の中で情報を組み合わせる。

たぶん……間違ってなさそうだな。

「大体わかった」

「ほんと!?」

目を輝かせて身を乗り出してくる宇志内に仰け反りつつ、俺は事件資料を彼女に見せる。

「いいか？　注目すべきポイントは、『暗闇の中で如何にして理事長に近付き、そして元の場所に戻ったのか』だ」

「うんうん」

「**目を瞑っておいたりして闇に目を慣らしてた**っていうんなら簡単な話だが、**そんな奴は壇上にいなかったよな？**　あるいは**サングラスで目元を隠してたとか**」

「**ないない！**」

「じゃあ結論を言うが、**犯人は暗闇でも確認できる目印を作り、それを利用したんだ。**そのトリックの正体を見極めるのに必要な手掛かりが、この資料の中に四つある」

「えっ！　どれどれ!?」

俺はまず、宇志内（うしない）に被害者と容疑者の情報がまとめられたページを見せた。**普段の習慣から直近3日間の食事に至るまで、細々と網羅されている**が、必要な記述は多くない。

俺が指差した文章を、宇志内が読み上げる。

「ええっと……『**真理峰（まりみね）・〝アケチ〟・真源（しんげん）は衣服の汚れに敏感で、式典に登壇する際は、必ず直前に自分の服をチェックする**』？」

「ああ――これが何を意味してるかって言うとだな、もし理事長の服に目印がつけられてた場合、理事長本人が確実に気付いたはずだってことなんだよ」

「おお！」

「裏を返すと、**目印は理事長が壇上に現れてから生まれた**ってことになる。これに**壇上の理事長に近付いた人間がいなかった**って事実を組み合わせると、可能性は自（おの）ずと絞られるよな？　まあ、**ちょっとした事前知識と調べ物は必要**になるが、探偵学園の生徒なら誰でも知ってるだろ。他の奴（やつ）に訊（き）けばすぐにわかるよ」

「うぬぬ～……りょーかぁい」

推理の仕方を教えるって名目だからな、少しは自分で考えてもらおう。

「このページにはもう一個手掛かりがあるが、それは後でまとめて言う。次はこれだ」

「現場と、凶器のナイフの写真？」

「って言っても、これは再現——いや、**事前のリハで撮った写真**だろうけどな」

何せ、王女様は事件の発生直後に真相を見抜いたのだ。これはこの事件資料が事件発生と同時に配られたことを意味している——事前に用意していなければ不可能だ。

「まず注目してほしいのは、凶器のナイフの柄だ」

理事長に似せた死体人形の**心臓を、背後から一突き**したナイフ——その柄には、少し不自然なポイントがある。

「よく見てくれ。傷口から溢(あふ)れた血が、柄のほうまで伝っていってるだろ？　でも、**その血の線が、柄の根本のところでだけ、プツッと途切れてる**よな？」

「あっ、ホントだ！　まるで**ここだけ何かに覆われていた**みたい……」

「そう。それともう一つ。今度は死体が倒れてる舞台の床をよく見てくれ」

死体人形が血溜(ちだ)まりに伏せている写真を拡大表示して、その右足の辺りを俺は指差した。

「ここの床に、**赤い線**みたいなのが付いてるのがわかるか？」

「あっ、うんうん！　これって？」

「**血の付いた細い何かがここにあった**っていう痕(ひね)跡だよ」

むーん、と宇志内は眉間(みけん)にしわを寄せて首を捻る。俺は苦笑して、

「大ヒントだ。**理事長の習慣と、あとで言うもう一つの手掛かりは、『行き』のトリック**

の手掛かりになる。そして今言った**ナイフの柄と現場の床の痕跡は、『帰り』のトリックの手掛かりになる**」

「えっ？　『行き』と『帰り』……トリックが二つあるの？」

「ああ。これ以上は自分で考えてみてくれ」

あとは……俺は容疑者である壇上の列席者4人のページを表示させた。

「このページなんだが——実はトリックの正体がわかっていれば、このページの情報だけで犯人が導き出せる」

「ええっ!?」

「仮にこの4人を、『大根おろし』『かんざし』『手袋』『委員長』と呼ぶが——」

『大根おろし』の女は**事件当日の朝食に大根おろしを食ってる**から。

『かんざし』の男は**男なのに髪にかんざしを挿してる**から。

『手袋』の男は**両手に革の手袋を着けてる**から。

『委員長』の女は**事件発生直後に両手を上げて生徒を落ち着かせようとした**らしい。

停電時は、この4人と理事長しか、壇上にはいなかった。

「——犯人はこの中にいる。そして**犯人以外の3人には、犯人たりえない理由がある**」

「消去法ってこと？」

「ああ。探偵は消去法が大好きだからな」

俺は6年前に対峙した〈探偵係〉の顔をおぼろげに思い浮かべながら、話を続ける。

「ついでに言うと、**この4人の特徴の中に、さっき言った『行き』のトリックの手掛かりも入ってる。**ここまで来たら答えはわかったも同然だ」

「うーん。わかんない～……」

「まだ時間はあるんだ。当時のことをよく思い出して、ゆっくり考えてみろよ」

さて――これでどうやら、退学は免れそうだ。

……ただし、俺にはまだ一つ、引っかかっていることがある。

「どしたの、不実崎くん？　まだ難しい顔してるけど……。もし気になることがあるなら付き合うよ？　教えてもらったお礼に！」

別に一人でもいいんだが――まあいいか。

「一応、実際の現場を見ておきたいんだ。写真じゃなくて」

6　現場検証デート

「うわっ、並んでやがる……」

俺たちは学園のキャンパスをいったん出ると、例のオフィスビルから地下に潜り、模擬事件現場――第一秘匿講堂に移動した。

生徒の捜査用に、現場はまだそのままになっていると宇志内が言うので、じゃあ行ってみよう、ということになったんだが……現場である舞台には、ネットで評判のラーメン屋くらいの行列ができていた。

模擬とはいえ、どんな殺人現場だよ。さすが探偵学園。

教師立ち合いの下、一グループずつ現場検証ができるらしい。大した調査じゃないんだが、並ぶしかないようだ。

「ねえ、知ってる？　不実崎(ふみさき)くん。初デートで人気のテーマパーク行くのはやめたほうがいいって話」

「……列に並んでる間に話題が尽きるからだろ？」

「よくご存じで！　さあ、それを知った上でどうする⁉」

「試すなよ。今日初対面の人間を」

などという話をしているうちに、俺たちの番が来た。むしろ宇志内(うしない)の間を保たせる能力に助けられた格好(かっこう)だろう。

壇上に上がった俺は、見張り役の教師に軽く会釈して、まずは観客側を見渡した。

講堂には空白の椅子がまだそのまま並んでいる。**6人×5列**が4クラス分――合計**120人**分の椅子。並び順は舞台から見ると、**右から1組、2組、3組、4組**の順番だ。もちろん観客側から見れば逆で、左からになるが。

「**入学式に出てたのは新入生だけ**だったよな？」

「うん。先生とかは端のほうに座ってたけど」

「席の並び順はどうやって決めたんだ？」

「**出席番号順**だよー。席に着いたのは講堂に到着した人からだったけどね。わたしは割と早めだったかな！」

「ふうん……。それって**1列目の、観客側から見て左から順番に……だよな**」

「**そうだよ？**」

ま、普通はそうか。

「俺以外に遅刻した奴(やつ)はいたか？」

「いなかったね。**空いた席は1個だけだった**もん。わたしたちのクラスの真ん中辺り」

「じゃあ講堂に集合してから席を立った奴は？」

「たぶんいなかったんじゃないかな？　少なくともわたしは、ずっと大人(おとな)しく座ってたよ」

「わかった」

俺は視線を観客側から舞台上に移した。

舞台中央の、セリと思(おぼ)しき場所から少し手前の辺りに、死体人形がうつ伏せになっている。それを中心に広がる血溜(ちだ)まりもリアルだが、どうやら血糊(ちのり)の類らしい。

死体人形は観客側に頭を向けて倒れている。俺はその頭側に移動すると、端末を取り出した。事件資料の現場写真と、実際の死体人形や周囲の様子を見比べるのだ。

結果、

「……ビンゴだ」

「なになに？」

「**死体の右のほうに、余計な血痕がある**」

リアル感を出すためだろう。死体が沈む血溜まりの、そのさらに右のほうに飛び散っている**細かい血痕の数が、実際の現場のほうが多い。**

「そんなこと？」

宇志内は首を傾げる。

「コピペできるわけでもないしさ、そんな細かい血痕の一つや二つ、再現できないのは仕方ないんじゃない？」

「その通りなんだよ、宇志内」

「え？」

その通りなんだ、ともう一度呟いて、俺は口角を上げた。

「完璧な答えがわかった。……と同時に、もう一つわかったことがある」

「なに？」

「詩亜・E・ヘーゼルダインの推理は、完璧じゃない」

少しだけ安心したぜ。

どうやら、探偵王女様も人間らしい。

「魂を懸けてもいい。これが——真実だ」

7　探偵の決闘

「しっ、詩亜様、楽しかったです！」「きょっ、今日のことは一生忘れません……！」

「こちらこそ。これからもよろしくお願いしますね」

最後に肩を寄せ合って記念写真を撮り、私は久しぶりに一人になった。

時は夕方。キャンパス内を見て回っているうちに、ずいぶん時間が経っていたらしい。

〈探偵王〉の娘として、私には万民の憧れとなるべき義務がある。身なりには気を遣い、手本となる礼儀を弁え、誰でも平等に親しみをもって接し——

「——……疲れたあぁぁ〰〰」

だから、ようやく気を抜ける。

本当の王女様じゃあるまいし、そんな完璧な人間、いるわけないんだよね。大体、私、小っちゃい頃から修行修行で、まともに学校行ってないし。友達なんかほとんどできたことないし。潜入捜査の技術を応用して清楚ぶるくらいわけないけど、これが教室という閉鎖空間、学校という隔離領域でのこととなると、なかなか大変なことだった。

でもまあ——たったそれだけであんなにちやほやしてくれるなら、悪くないけどね！

「……ぬふふ……」

ニマニマしてしまう。

こんな生活が、これから3年も続くらしい。表情筋保つかな？　承認欲求が満たされすぎてどうにかなっちゃいそう！

――お養父様に引き取られるまで、私は本当に普通の子供だった。

変わったところといえば孤児院に住んでいたことくらいで。ある日突然、ＵＮＤｅＡＤの人に連れていかれて、わけもわからないままテストを受けて、気付いたときには修行、修行、修行――そうして流されていたら、いつの間にか『名探偵』になっていた。

引き取られたのは8歳のとき。

そして師匠のところに預けられて探偵修行をしていたのが、13歳までの5年間。

師匠は子供相手にも手心を加えない人だった。どんなに上手くできたと思っても滅多に褒めてもらえることはなかったし、実際、師匠やお養父様に比べたら、私なんて足元にも及ばない雑魚探偵だって、本当に心から思い込んでいた。

けど、いざ本当の事件を捜査してみたらどうだ。

修行時代、寝起きの頭で解かされてた問題よりも簡単だった。

文字通り朝飯前の謎を、軽く解いてみせただけで、犯人は泣きながら自供した。

そして私に降りかかる、賛辞の嵐。

『さすが〈探偵王〉の娘だ！』『この歳にしてなんという頭脳！』『人類史上類を見ない天才！』『わずか13歳にして難解な事件を秒殺！』『端麗な容姿にも注目が集まる！』

――えへ、えへへ、えへへ。

クセにならないわけがないのだった。

そう。私はそれまで、一般的な基準における自分の凄さをまったく知らなかったのだ。

周りが凄すぎただけで、世界的に見ると、私はとんでもない名探偵に成長していたのだ。その証拠に、世界の名探偵しか登録されない〈探偵目録〉で、上から三番目のB階梯（ティアー）まで、簡単に上り詰めてしまった。

修行時代、ゼロだった自己肯定感が鰻登（うなぎのぼ）り。

それからはもう、事件を捜査するのが楽しくて仕方がなかった。事件を解決すればするほど世間が褒めそやしてくれる。私の実力が確かだと認めてくれる。世界に二人といない天才だって、誰もが手放しで絶賛する！　ああ気持ちいい！

じゃあじゃあ、配信とかもしちゃおうかな？　わわっ、みんな可愛（かわい）いって言ってくれる！　え？　みんなこんな事件もわからないの？　こんなの簡単なのになあ。あのね？　よく聞いてね？　これはねえ――えへ。えへへ。えへへへ。

――という感じで、２年間やってきたのだった。

この真理峰探偵学園（まりみねたんていがくえん）には、お養父様から出された課題のために入学した。課題クリアのためには、日本の国家探偵資格がどうしても必要だったからだ。

だから決して、邪（よこしま）な入学動機は存在しなかった。

存在しなかったんだけど、私のレベルは学生のそれじゃないことは確かなわけで、まあ、ちょっと目立っちゃうのは仕方がないかな？　何せ歴が違うんだしね。歴が！

……って、なるはずだったのに。

「……あいつ……」

あいつ。

不実崎未咲。

かつてお養父様が倒した、〈犯罪王〉の孫――

――お姫様ぶるのも大変だな、王女様。給料でも出てんのか？

「なんであんなこと言うのっ……!?」

イヤミ！　イヤミイヤミイヤミイヤミ！

そりゃあ思うところがあるのはわかるよ！　でも初対面で！　初対面であんな風に言わなくてもいいじゃん！　そりゃ確かにキャラはちょっと作ってるけどさ！

「……うう……」

びっくりした……。怖かったよぉ……。いきなりあんなこと言ってくる男の子、今までいなかったのにぃ……。

そもそもなんでバレたの？　キャラ作ってること。もしかして……あの人、周りに言い触らしたりするのかな？　いやいや、それはマズいよ！　せっかく配信とかニュースを通じて作ってきた、清楚で優秀なお姫様のイメージがぁ……！

……ううん。落ち着いて考えよう。

あの人は〈犯罪王〉の孫。血筋で罪が遺伝することはないけれど、この学園での信頼がないのは確実。何を言い触らしたって、誰もまともに聞くはずがない。

何より、ここは探偵学園なのだ。

探偵としての力がすべての世界――およそ探偵力において、この私が同世代の子供に負けるはずがない！

そうとわかったら、そろそろ寮に行ってみよう。カイラが先に行って、部屋の準備をしてくれているはずだけど――

「……ん？」

ピロンッと短い通知音が鳴った。学園から配布された生徒端末の音だ。

スカートのポケットから取り出して確認してみると、どうやら学園からのお知らせが届いているようだった。

『入学式模擬事件の成績順位発表』――あの事件、もう採点終わったんだ。〆切からまだ1時間くらいなのに……。緊急捜査訓練の採点には独自のＡＩを使っていると聞くけど、聞きしに勝るスピードだった。

まあ、入学式に参列した生徒の中で、私が一番早く答えたのだ。成績トップは当然、私ということになるだろう。結果はわかりきっている。わかりきっているけどね？　一応、ちゃんと確認しておいたほうがいいよね！

私はニヤつくのを堪えながら、成績順位を表示させた。

1位：不実崎未咲

2位：詩亜・Ｅ・ヘーゼルダイン

「……………………、へ？」

我が目を疑った。

こんなに疑ったのは、アーネット家殺人事件で死体が密室から消えたとき以来だった。

「えっ……？」「うそ……？」「ねえ見てこれ！」

周りを歩いていた生徒たちも、端末を見ては困惑した声を漏らしている。

どうやら、私の目がおかしくなったのではないらしい。

だとしたら、おかしいのはこの端末の情報だ。

なんで、私が2位？

事件が起こったその場で解答し、生徒会長直々に『正解だ』って言われた私が、なんで⁉

「おかしいだろ、これ……」「あいつって入学式遅れてきてなかった？　1位なわけないじゃん！」「やべえって。何かズルい手でも使ったんじゃ……」

——普通に考えたら、それしかない。

ただでさえあの人は、なぜか最低保証以下のポイントしか与えられなかったイレギュラー。どういう形であれ、学園側から特別扱いをされているのは確実——だとしたらこの結果も、そのイレギュラーの一つとしか思えない。普通に考えたら。普通に考えたら……。

「でももし間違いじゃなかったら——王女様よりすごいってこと？」

そんなはずないっ‼

私は5年間もあの修行に耐えたんだ！　それを、あんな、普通に暮らしてきたっ……！

「――あっ！　あれって……！」

まさに、運命的なタイミングだった。

誰かの声に誘われて顔を上げれば、ちょうどそこで、彼が――

不実崎未咲（ふみさきみさき）が。

――素知らぬ顔で、校門（ゲート）へ向かおうとしていた。

「…………っ！」

ほとんど無意識の行動だった。

私は端末を強く握り締めながら走り出し、その男子の背中を追いかけていた。

おかしい。おかしい。おかしい！

How done it（なんでそうなったの）!?

「――待ちなさい！　不実崎未咲!!」

大声で呼び止めると、どこか獣めいた切れ長の目が、私のほうに振り返る。

体格差は20センチ以上。ポケットに手を突っ込んでいるけれど、そのバランスの取れた姿勢からは格闘技の心得があることが読み取れる。細身だけど、筋肉の量は並以上だ。姿勢というものは、鍛えていなければ必ず崩れてしまうものだから。

一瞬でそこまで読み取って、私は3メートルほどの距離から彼の目を見据えた。

「何をしたんですか？」

端末に表示された成績順位を突きつけて、私は問う。

「私が解答を終えて講堂を出たとき、入れ替わりにあなたが入っていったのを覚えています。私が答えた後に事件を知ったあなたが、どうして私より上の順位なんですか？　あなたは一体、どんな裏技を使ったんですか！」

不実崎未咲は、面倒臭そうに表情を歪めた。

それから、左右に目を走らせる。私たちのことに気付き、立ち止まって遠巻きにしている生徒たちのことを気にしているようだった。

「……はあ」

そして、億劫そうに溜め息をつくと、小さな声で呟く。

「仮にも探偵を名乗るんなら、少しは自分で考えてほしいもんだぜ」

……仮……？

仮にもって言った⁉

S階梯探偵〝クイーン〟の修行を5年も受けた私を⁉

「お得意の推理を働かせろよ、王女様。普通に考えりゃ、可能性は一つなんじゃねえの？」

ポケットに手を突っ込んだまま、不実崎未咲は呆れたような調子で言う。

「解答したのは、確かにあんたのほうが早かった。早いほうが遅いほうより点数低くつけられるってことはねえだろ。だとしたら、俺が上になる可能性は一つしかない」

「そっ……そんなはずないです！　私は不必要とされた犯人まで指名し、生徒会長直々に正解だと言われたんですよ⁉」

「だったら、もっと正しい正解があっただけの話だろうが」

もっと正しい、正解……⁉

鋭い目つきを光らせて、不実崎未咲は言う。

「じいさんの部下が言ってたぜ？　本当に厄介な、超一流の探偵ってヤツは、自分が間違えている可能性を最後の最後まで常に忘れない――ってな」

「はあ……⁉」

私の推理よりも正しい推理がある？　本当に？　ただのハッタリ？　だとしたらどうして順位が？　どんなトリックを使った？　知りたい。知らないと。知らなければ――

――私のこれまでの人生は、何の意味もありはしない……！

「だったら、確かめましょう」

論理的帰結を、私は口にした。

「私は――あなたに挑戦します」

生徒端末の先端を、まっすぐに突きつける。

不実崎未咲のポケットから、軽い通知音が鳴った。

赤外線に乗せて叩(たた)きつけたそれは、電子の白手袋。

推理の決闘への招待状――探偵から、探偵への、挑戦状。

「まさか……！」「マジかよ！　初日から⁉」「始まるのか、〈探偵王女〉と〈犯罪王〉の孫で！」「〈第九則の選別裁判（ヴァン・ダインズ・セレクト）〉が……!?」

ギャラリーが色めき立つ。

不実崎未咲（ふみさきみさき）はポケットから端末を取り出し、厳しい目をして画面を見つめていた。

「もちろん、ご存知（ぞんじ）ですよね。探偵が探偵に挑戦する、その意味を」

「――探偵は、事件に一人いればいい、……だろ？」

「ええ。そしてその選別は、ただ証拠と推理のみをもって行う」

――〈第九則の選別裁判（ヴァン・ダインズ・セレクト）〉。

その事件、その謎に、より相応（ふさわ）しい解答者は誰か。

それを見定めるための、推理の決闘。

真理峰探偵学園（まりみねたんていがくえん）の生徒には、常にその申請を行う権利が与えられている。相手が申請を受諾すれば最後、どちらかの推理が完全に尽き、論破の屈辱を味わうまで続く。そしてその勝敗によって、互いのレートが上下するのだ。

「私に勝てば大金星。あなたのレートは大きく上がるはずです。受けない理由はないでしょう？　本当に、ご自身の推理が正しいと信じているのなら」

不実崎未咲は、深々と溜（た）め息（いき）をついた。

「俺のレートは、もう危険域を脱してる。ここで大きく賭ける必要はどこにもねえよ」

「怖いんですか？　負けるのが――あなたの、おじいさまのように」

「……あ？」

不実崎未咲の、目つきが変わった。

降りかかる火の粉を払うそれから、倒すべき敵を見るそれに。

「負け犬の末裔はやはり負け犬なのかと訊いているんですよ――フ・ミ・サ・キ、さん？」

くすくすと、できるだけ優雅に、王女としての気品を込めて、私は笑う。

もちろん、こんなのはマイクパフォーマンス。

実体のない安い挑発でしかないと、彼も知っている。

それでも、彼は退くことができない。だって、彼の目が言っていた。私の言動を許してはいけないと――彼の魂に、そういうルールが刻み込まれているのだと。

「……俺は別に、どうだってよかったんだぜ」

軽く俯いて、不実崎さんは低い声で言った。

「名前だけで馬鹿にしてくる連中を見返してやろうとか、そんな気持ちはこれっぽっちもなかったんだ。俺はただ、わかったからわかったことを言った。本当のことを答えただけだったんだ。あんたのその、健気に涙ぐましく守ってる名誉を、傷付けてやろうなんて気持ちは少しもなかったんだ。……なのに、……ああ――」

溜め息をつく。

「――くっだらねえ」

顔が持ち上がったとき、その瞳にはすでに、輝きとなって宿っていた。

探偵として、自分の推理に魂を懸ける覚悟が。

「後悔すんなよ、お姫様――てめえの推理に、魂を懸けろ」

騎士が剣を交わすように、不実崎(ふみさき)さんもまた、生徒端末の先端を突きつける。

ゴォーン――と、鐘のような音がした。それを聞いて、ギャラリーが一斉に沸き上がる。

程なくして、空から一機のドローンがやってきた。それはこの決闘の見届け人。裁判の判定ＡＩを積んだ、ジャッジ・ドローンだった。

ジャッジ・ドローン――ＪＤは、合成音声で流暢(りゅうちょう)に告げる。

『〈第九則の選別裁判(ヴァン・ダインズ・セレクト)〉が成立しました。詳(つまび)らかとすべき不明案件を設定してください』

「議題は、生徒会長の設問と同じでいいな？　**理事長は一瞬の暗闇の中で、どのようにして物言わぬ人形となったのか――ただし今回は、犯人も指名する必要がある**」

「ええ、構いません」

私たちの合意を受けて、ＪＤがブウンと、私たちの間の空中にポジショニングした。

『不明案件を設定しました。解答者は知恵ある者の誇りと正義に従い、〈第八(エイス)・第一探偵方針(ファースト・モットー)〉の成立を宣言してください』

探偵を志す者なら、誰もが最初に習うこと。

――探偵たる者、手掛かりなくして推理するべからず。

叡智(えいち)の存在を万民に知らしめ、人の霊長たるを証明するために。

「「――手掛かりは示された(ショウダウン)!!」」

8　簡単な消去法のゲーム

「では、挑戦者の嗜(たしな)みとして、私が先手を引き受けましょう」

〈選別裁判(セレクト)〉における推理開示の順序は、それぞれの弁論戦術に応じて自由に決められる。先攻には相手の推理に左右されずに自由な推理を展開できるという利点があるけど、後攻には相手が推理の過程で開示した情報を自分の推理に組み込めるという利点がある。

先攻が有利になるパターンは、例えば自分と相手が似たような推理を用意していた場合だ——だけど今回は、私と彼の推理が完全に食い違っていることを彼が宣言している。先に推理を開示することに、メリットはほとんどないと言っていい。

それでも、私は先手を打つことを恐れない。

そもそも——自分の推理に絶対の自信を持っているのならば、先攻も後攻も関係ないのだ。相手に反論の余地など、最初から存在しないのだから。

「——この事件の肝は、暗闇の中で如何(いか)にして理事長さんの側(そば)に近付き、そして戻ったか？　その方法です。これはよろしいですね？」

「ああ」

不実崎(ふみさき)さんは肯(うなず)いた。ギャラリーは固唾(かたず)を呑(の)んで見守っている。

「暗闇の中での殺人。これを可能ならしめる最も単純で効果的な方法は明らかです。要するに——目印があればいいんです」

「目印ね」

余裕ぶって笑う不実崎さんを、私は真っ向から見据えつつ、

「暗闇の状態で、理事長さんの位置を特定できる目印――まず考えられるのは音ですね。しかし、停電になったとき、**新入生のざわめき声以外には何も聞こえませんでした。**音ではありません。では匂い？　いえ、犬でもない限り、匂いのする方向を正確に判別することは難しいでしょう。ましてや、**心臓を一突き**にするなんてことは不可能です」

「だったら？」

「文字通りの目印――暗闇の中でも明確な道標。すなわち、光しかありません」

私の言葉は、ギャラリーも静寂をもって受け止めた。仮にも探偵学園の生徒なら、ここまでは誰でもわかっていることだろう。

「光ね――なるほど、だとしたら、現場にいたあんたは見たんだな？　暗闇の中で輝く、目印の光を」

「いいえ。遅刻したあなた以外の誰もが知る通り、理事長さんの位置がわかるような光はどこにもありませんでした。そう――少なくとも、私たち新入生の側からは」

「っていうと？」

「光の目印は、理事長さんの背中に仕掛けられていたのです。これならば、舞台を正面から見る私たちからは決して見えません」

「ふうん。つまり、その目印の正体がなんであれ、理事長を殺せたのはその背後にいた人

間だけってことだ」

わかりきっていることを確認するだけの、通り一遍のやりとり。

推理の本体は、ここからだ。

「そうですね。理事長さんの背後には、4人の列席者が存在しました。その内の誰かが、理事長さんの背中の光る目印を頼りに、ナイフを突き立てたのです」

「でも、犯人は一人で、他の三人は無関係なんだろ？　理事長の背中にピカピカ光るものがあったら気が付くんじゃないか？　あるいは停電する前に気付いた可能性だってある」

「ええ。ですから、その目印は、一見すると見逃してしまいそうなほどさりげなく、また同時に、暗闇の中でしか効力を発揮しないものです——例えば、夜光塗料のような、ね」

ううん、と怪訝(けげん)そうな唸(うな)り声(ごえ)がギャラリーから湧いた。

やっぱり探偵学園——他の場所とは反応が違う。普段の事件なら、ここで『あっ』と得心の声を上げる人が一人や二人、いるものだ。

彼らはわかっているのだ——夜光塗料で目印をつけた、という推理の問題点を。

「そいつはおかしいな」

ふてぶてしくも彼らを代表して、不実崎(ふみさき)さんが反論する。

「事件資料によれば、**真理峰(まりみね)理事長は衣服の汚れに敏感な性質**だった。**式典の前には必ず、自分の服を自分でチェックする**らしいぜ？　舞台袖だか奈落だか、どこに待機していたか知らないが、いずれにせよ薄暗く、蛍光塗料は充分に輝いたはずだ。それを理事長が見落としたとは思えねえな」

「では、可能性は一つでは？」

「っていうと？」

「目印は、壇上に出た後に付けられたのです」

淡いざわめきが、ギャラリーの間を漂った。その大きさから察するに、どうやら生徒会長さんの設問に正確に答えられた方は、新入生の三割といったところらしい。

「おいおい。壇上に出た理事長に、誰かが近付いて目印を付けたってのか？　そんなもん、真っ先に疑われるに決まってるぜ」

「もちろん、**犯行前に理事長さんに近付いた人はいませんでした。**犯人は理事長さんに一切近付くことなく、理事長さんの背中に光る目印を出現させたんですよ」

「まるで魔法だな」

「ええ、まるで魔法(マジック)です。いえ――どちらかといえば奇術(イリュージョン)と言うべきでしょうか？　何せ理事長さんは、**真っ白なスモークと共に現れる**という、ずいぶん派手な登場をなされましたから」

あっ！　という声が聞こえた。

今の私の一言で、気付いた人がいるらしい――この事件のメイントリックに。

「理事長さんの衣服チェックを通り抜けるためには、要は、汚れているように見えなければいいのです。汚れそのものではなく、『かつて汚れであったもの』で充分なのです――

そしてそれを、光り輝く目印に変えてしまえばいいだけのことなのです」

ここからは**ちょっとした事前知識**。けれど探偵を志望する者なら、誰もが知っている化学反応。すなわち――

「――『ルミノール反応』を使って」

どよめきが、ギャラリーを少し揺らした。

それは共感のどよめき。私に自分の推理を肯定された、その快感の反応だ。

「刑事ドラマや探偵漫画でもお馴染みですね。あるいは、学校の理科の実験で実際にやってみた方もいるでしょう。ルミノールというものを使った検査薬を血痕などに吹きかけると、青白く輝く発光反応を示す――それがルミノール反応です。そしてこれは、すでに拭き取られた血痕にも有効なのです――犯人は理事長さんの服の背中に、あらかじめ血痕を付けて、拭き取った。そしてとある方法を使って、誰もが見ている壇上で、一切近付かずして、ルミノール検査薬を吹きつけたのです」

ギャラリーに理解が広がっていく。私がついさっき撒いた伏線に、自分の推理が紐づいたのだ。

「不実崎さん、スモーク・マシンの仕組みを知っていますか？　いろいろな方式があるようですが、中にはスモーク液と呼ばれる液体を気化させて、煙を作るタイプもあるようです――もうおわかりですね。そのスモーク液に、ルミノール検査薬が混ぜられていたら？」

「登場演出に使われたスモークが、暗闇で光る目印を完成させたってわけか」

「その通り（セ・ブレ）。奇（く）しくも、本来は視界を阻むスモークによって、殺人を導く灯台は完成してしまったのです。そして、理事長さん自身の血によって、その灯台は綺麗（きれい）に覆い隠されてしまったというわけです」

木を隠すなら森の中――さすが探偵学園が考えただけはある、無駄のないトリックだ。

ギャラリーは『その手があったか』と額を押さえ、あるいは『やっぱりそうだった』と言うように頻（しき）りに肯（うなず）いていた。けれど不実崎さんだけが、まだ人を食ったような薄笑みを浮かべている。

「確かにそれなら、犯行は可能だろうな。だが、『可能』と『実際に行われた』は別次元の話だ。そのトリックが使われたっていう証拠はあんのかよ？」

「もちろん（ビャン・シュール）。私が目撃した、**暗闇の中で輝く青白い点**です。聞き込みをすれば、他にも見たという方がいるでしょう」

見た！　俺も見た！　とギャラリーの中から声がいくつも上がる。探偵学園は記憶力のいい人が多くて助かるね。

「青白い光――言うまでもなく、これはルミノール反応の特徴と一致します。舞台上のどこかに、犯人の目印とは別の血痕があったのでしょうか？　違います――なぜならルミノール反応は、血液だけで起こるものではないからです」

今度こそ驚愕（きょうがく）のどよめきが、ギャラリーから沸き立った。

トリックの想像はついていても、裏取りにまでは頭がいっていない生徒が多かったのだろう。だけど、冤罪を防ぐために、丁寧に可能性を潰していく――それが探偵の仕事だ。

「事件資料をご覧ください。壇上の列席者――**容疑者4名の中に、大根おろし、というものを食べた方がいらっしゃいますね？**　日本に来たばかりの私には馴染みのない食べ物ですが、大根が使われていることはわかります――実は、大根に含まれるペルオキシダーゼという物質でも、ルミノール反応は起こるのです。おそらくあの青白い点は、唇に付着していた大根おろしの物質がルミノール反応を起こしたことによるもの――これは、舞台上にルミノール検査薬が充満していた何よりの証左です」

陶然とした溜め息が誰からともなく漏れ、尊敬の眼差しが私の身に集った。

ふふふ……すごいでしょ？　でも基本だよ？　ルミノール反応の知識くらいはね！

優越感に浸りたいところだけれど、推理はこれで半分といったところ。むしろここからが本番だと言ってもいい。

私は返すように薄く笑いながら、不実崎さんの鋭い目つきを見据えた。

「これにて、緊急捜査訓練の課題――犯行手段の特定を終わります。ここから先は、犯人を特定する推理に入ります」

おお……！　とギャラリーが興奮にざわめく。

一方で不実崎さんは、退屈そうに小指で耳の穴をほじっていた。その余裕をいつまで保てるか。本当にあるの？　この推理より正しい推理なんて！

「さて……犯人を特定するには、犯行の手順を詳らかにすることが肝要です。まず、犯人は、理事長さんの背中に付けた目印を見ることができる人間――壇上の列席者４名の誰かであることは説明しました。その誰かが目印に従って移動し、背後から心臓を一突きにした――ですが」

「その後が問題だっていうんだな？」

反撃するように、不実崎さんが口を挟んでくる。

「目印を使えば、『行き』は簡単に移動できる。だが『帰り』は、目印もない中で正確に元の場所に戻らないといけねえ。暗闇の中で、並んだ他の席と間違うことなく、自分の席だけに、正確に――だ」

「……ええ。よくわかっているじゃないですか」

急に口数が多くなった。焦ってるのか、それとも――

私は警戒心を高めながら、推理を続ける。

「『帰り』は『行き』と同じ手段は使えません。理事長さんの背中とは違い、パイプ椅子に蛍光の目印を使えば、私たち生徒にも見えてしまいますからね。とすると、最も検討すべき可能性はこうでしょう――細い糸のようなものをパイプ椅子に括り付け、端を持ち、殺人を終えた後、その糸を手繰って戻ってくるのです」

「視覚、聴覚、嗅覚がダメなら触覚で――ってわけだ」

「ええ。ですがこの場合、糸を括り付ける、という細かな作業を、犯人は注目集まる壇上で、誰にも見咎められずに遂行したことになりますね。事前に括り付けてしまうと、もちろん発見される危険性が高まりますから。後ろ手にやればできないことはありませんが、指先の繊細な感覚に頼っての作業になることは疑いありません。この点を皆さん、よく覚えておいてください」

ギャラリーにそう言うと、不実崎さんは少し真剣な目つきになって言った。

「その方法を使ったたっていう証拠は？」

「当然あります。**凶器の柄**と、**舞台の床**に」

私は端末を操作し、事件資料から二つの現場写真を呼び出した。

一枚目は、死体人形の背中に突き刺さったナイフ。

「ところで不実崎さん、こんな経験はありませんか？」

「あん？」

「イヤホンなどのコードを適当に丸めていたら、絡まってほどけなくなった——なんとなくズボラそうですし、しょっちゅうなんじゃないですか？」

「おいコラ。それは推理じゃなくて偏見だろ」

私はくすくすと笑って、

「その現象はもちろん、糸でも発生します。そういうとき、普通はどうしますか？　そう——何かに巻いておきますよね？」

そして、ナイフの写真を不実崎さんに突きつけた。

「見えますか？　凶器となったナイフの柄には、傷口から垂れた血が付着しています。**そ**

の血の筋が、柄の根本のところで不自然に途切れているのがわかります。ここに、糸が巻かれていたとしたらどうでしょう？　巻かれた糸の上から血が垂れたとしたら、ちょうどこういう途切れが生まれるのでは？」

「……ナイフを糸巻きの代わりにしたってことだろ？」

「はい(ウィ)。犯人はナイフの柄に糸を巻きつけ、それをほどきながら理事長さんに近付きました。そして背中を刺した後、ほどいた糸を手に持ち替え、元の場所に戻ったのです。糸がナイフに巻かれていたというもう一つの証拠が、こちらの**舞台の床に残された細い血痕**です」

　もう一枚の現場写真を突きつける。血溜(ちだ)まりに伏した人形を頭側から写したものだ。血溜まりの左側の床に、**赤い線**のような痕跡がある。

「ナイフの柄の血痕から、そこに巻かれていた糸に血が付着したことは明白です。それをほどいた結果、糸に付着した血が床にこのような痕跡を残したのでしょう」

　不実崎さんは何も反論しなかった。

「糸は血に濡(ぬ)れていた——この赤い線以外の点でも、これは極めて重要な事実です。犯人を特定する、という点においてね」

　ギャラリーに緊張が張り詰める。彼らもなんとなく察したのだろう。私の推理が、クライマックスへと差し掛かっていることを。

「かくして、犯行の手順は詳(つまび)らかとなりました。ルミノール反応を用いて理事長さんの背中に目印を作り、パイプ椅子に括り付けた糸を持ちながらそれに目がけて移動。ナイフを突き立てると、素早く巻いた糸をほどき、これを手繰って元の場所に戻った——実はこの時点で、犯人の正体もまた、明らかなのです」

ぽん、と切り替えるように手を合わせ、私は薄っすらと微笑んだ。

「——さあ、簡単な消去法のゲームを始めましょう」

熱のこもった視線を全身に浴びながら、私は一気に推理の詰めにかかる。

「容疑者は壇上の列席者4人。先ほども挙げた『大根おろし』を食べていた方。頭に『かんざし』を挿していた方。両手を上げていた方。両手に『手袋』を着けていた方。そして事件発生後、私たちを落ち着かせようと両手を上げていた『委員長』のような方——ここでは説明を簡潔にするために、名前ではなく特徴でそれぞれを呼ばせていただきます」

「俺と同じネーミングだな」

そう言って、不実崎さんは皮肉げに唇を曲げた。知らないよ。

「この4名の容疑者の中から、犯人ではありえない方を排除していきます」

私は指を四本立てた手を、不実崎さんに突きつける。

「犯人は目印を作るのにルミノール反応を用いました。それによって、暗闇の中でも理事長さんの位置が明らかになると同時に、もう一人の人物の所在も明らかとなりました——そうです、『大根おろし』の方ですね。**暗闇で目撃された青白い点は、決して動いていなかった**はずです」

　まず一人目。

　小指を折る。

「また、犯人は誰にも見咎められることなく、壇上で糸をパイプ椅子に括り付けました。この繊細な作業には指先の感覚が不可欠です。果たして、『手袋』を着けた手に、そのような繊細な感覚が宿るものでしょうか？　外して作業をしたとしたら、それを私は決して見逃さなかったでしょう」

　これが二人目。

　薬指を折る。

「最後に、道標の糸には血が付着していました。それを手繰りながら元の場所に戻った犯人の手にも、当然付着したはずです。ご存知の通り、血というものは少し拭ったくらいで綺麗に取れるものではありません――果たしてできるでしょうか？　血に濡れた手のひらを、『委員長』の方のように高々と掲げて、新入生に見せつけるなんてことは」

　そして三人目。

　中指を折る。

　残るは一本――人差し指のみ。

「唇の輝きを見られている方がいました。手袋を着けて外さなかった方がいました。手のひらを大っぴらに私たちに見せつけた方がいました。――残るは、一人」

　可能性は潰えた。

すべての手掛かりが、ただ一人を指す。

「犯人は、『かんざし』の方です」

ギャラリーに理解が浸透するまで、少しだけかかった。

完璧な推理に対して当然向けられるべき、感動の溜め息——それが一通り終わった後、解決篇は万雷の拍手でもって締め括られる。実際の事件ならば犯人が泣き崩れるところだけれど、ここは探偵学園だ。それがあるべき結末だろうと、私は思い描いていた。

ぱち、ぱち、と誰かが手を叩き始める。

すぐに別の誰かが追いかけて、場は圧倒的な感動に包まれる——

その前に。


「——それは、学園側が用意したシナリオだよな？」


たった一人。

彼だけが、予定調和を破壊した。

「正しいよ。あんたの推理は全部正しい。美しいくらいだよ。……っつーか、お姫様。俺・は別に、あ・ん・た・の・推・理・が・間・違・っ・て・る・な・ん・て、一・言・も・言・っ・て・ね・え・ん・だ・よ」

「…………、え？」

「俺は『もっと正しい正解がある』って言っただけだ。あんたの推理に瑕疵はない。俺・だ・

って、理事長殺しについては、あんたとまったく同じ推理をしたんだからな」

まああんたのほうがずっと丁寧だったが、と不実崎さんは言う。

予想と違う——私の推理を否定しない？　それで、本当に、どうやって⁉

「どういうことですか……？　あなたは言ったじゃないですか！　一流の探偵なら自分が間違えている可能性を——とか何とか！」

「あんたが間違えてるのは、推理じゃない」

ふてぶてしく。

人を食ったように。

犯罪王の孫——不実崎未咲は、この場の数十人の探偵をたった一人で相手取る。

「間違えたのは、問題だよ——探偵王女」

「……問、題……！」

背筋が凍った。

その二文字が確かに、私の盲点に存在していたことを、本能が認めていた。

「あんただけじゃない。あの問題に答えたつもりになった全員、勘違いしてる。すっかり忘れちまってるんだ——これがただの模擬事件だってことをな」

不実崎さんの笑みに、名探偵らしい華麗さなど少しもなかった。

むしろ、まるでケダモノのような獰猛さ。

この世のすべてを食い千切ろうとするような、野性に満ち溢れた笑みだった。

「理事長は本当に殺されたわけじゃない。何らかの方法でどこかに消え、代わりに何者かが死体を模した人形を設置し、血痕などの手掛かりを配置した——それが現実に起こったことであって、あんたが今まで長々と説明してたのは、全部ただのフィクション……どっかの誰かの妄想だろ」

「い、今更何をっ——それが模擬事件、緊急捜査訓練でしょう!?」

「違うな。俺たちが今やってるのは〈選別裁判(セレクト)〉だぜ？　——おい、ジャッジ・ドローン！　この〈選別裁判〉に設定された、不明案件はなんだ!?」

　突然、不実崎(ふみさき)さんがそう声を張り上げると、ずっと沈黙を保っていたJDが、流暢(りゅうちょう)な合成音声で告げた。

『本裁判に設定された不明案件を読み上げます。「**理事長は一瞬の暗闇の中で、どのようにして物言わぬ人形となったのか——ただし今回は、犯人も指名する必要がある**」』

……理事長は、一瞬の暗闇の中で、どのようにして……。


——どのようにして、物言わぬ人形となったのか？


　私の唇が、……震える。

「…………言って、ない…………」

「だろ？」

そして、悪戯小僧そのものの声色で、不実崎さんは告げた。

「俺は、『理事長を殺したのは誰か』なんて物騒なことは、議題にした覚えはないぜ」

字義通りに捉えれば。

それは、『理事長はどうやって死体人形にすり替わったのか』という出題でしかない。

殺人なんて言葉は、この裁判の争点には、一切……一つも……！

「なあ、聞かせてくれよ、お姫様。確かに暗闇の中、目印を頼りに人の背中にナイフを突き刺すことはできるだろう。だが——どこからか等身大の人形を運び入れ、設置し、血痕などを精細に配置する——そんなことが、ルミノール反応の目印ごときでできるのか？」

できない。

できるはずが、ない。

ギャラリーの中から怒声が上がった。

「卑怯だぞ、不実崎ぃ!!」

「こんなの騙し打ちだろ！　狡い手使いやがって!!」「そうだ！　細かい言葉尻をすり替えて、まるで詐欺師だ!!」「生徒会長は『どうやって殺されたのか』って出題したんだ！　これはその問題の裁判だろっ!!」

非難が轟々と渦巻く。その中にあって不実崎さんは、平然と涼しい顔をしていた。

私には、その理由がわかる。

彼は——傍聴人たちの非難に対する反論すら、ちゃんと準備している。

「——あーあーあー！　やっかましいなあ！　国会かてめえら！」

ギャラリーの野次を上回るほどの大声で、不実崎さんは叫んだ。

「仮にも探偵志望が揃いも揃って、人の話をてんで聞いちゃいねえ！　自分の頭の良さを鼻にかけてっからそうなんだよ！　反省しろボケ!!」

「なんだと!?」「てめえ！　今なんつった!?」

「『人の話はちゃんと聞きましょう』って習わなかったか!?　小学校で！　一度だけちゃんと説明してやっからよぉく聞けよ！　俺は議題を設定するとき、確かにこう言ったよなあ！　『生徒会長の設問と同じでいいか』って！」

非難の勢いが、急激に減じた。

誰もが思い返し、そして思い当たっているのだ。不実崎未咲の正当性に。

「お利口なあんたらならきっちり思い出せるだろ！　生徒会長が実際のとこ、なんて言ってたか！　俺は又聞きだが、一言一句改変したつもりはないぜ!?」

——果たして理事長は、あの一瞬の暗闇の中、どのようにして物言わぬ人形となったのか？　未熟な諸君には酷なので、犯人までは問わないこととしよう

「それが今回の問題のすべてなんだよ！　生徒会長は、あんたたちが勘違いするのも想定して、わざとこういう言い方をしたんだ！　『理事長』が、『物言わぬ人形』に、『どうや

ってなったのか』！　これが問題のすべてであって、他の意味は何もない！　だから、その本当の問題に答えた俺が1位になったんだよ！　わかったか!!」

元より、生徒会長の差し金だったんだ。

私たち新入生を試すために、問題に三つの正解を設けた。

一つ目は、ルミノール反応を使ったトリック。

二つ目は、犯行手順を明らかにすることによる、犯人特定。

そして三つ目が――模擬事件を演出した、手順の解明。

私は思い出していた。

真理峰探偵学園(まりみねたんていがくえん)の生徒会長――シャーロック・ランク第一位、恋道瑠璃華(れんどうるりか)。

彼女が、探偵界でどういう位置を占めているか。

名探偵と呼ばれる探偵だけが登録される〈探偵目録〉では、学園史上最高となるA階梯(ティアー)評価。その推理は『最速にして最遅』と呼ばれ、誰よりも早く真相に到達しながら最後までそれを明かさず、水面下で事件のすべてをコントロールする。

私も、操られたって言うの？

恋道瑠璃華――〈黒幕探偵〉と渾名(あだな)される彼女の、叙述トリックに。

「……あなたには……できるって、言うんですか？」

ただ一人。

〈黒幕探偵〉の糸を逃れた者がいるとすれば、それは、ただ一人。

「あの人形が、どうやって、誰によって、配置されたのか——それを、推理することが」

「できたんだよ。できたから、あんたは負けたんだ。ようやく納得してもらえそうだな？」

不機嫌そうに鼻を鳴らして——不実崎さんは、本当の解決篇を開始した。

9　本当の答え

「あの暗闇の中で、血痕の配置を始めとする細かい作業が可能となる方法は一つ——闇に目を慣らしておいた、だ。ライトを使えばすぐにバレただろうし、暗視ゴーグルみたいなゴツい装備を持っていたら、それもやっぱり目についただろうからな」

「停電の前に目を瞑っておくなりして、闇に慣らしたんだろう。壇上の列席者４人に、それをしていた人物がいたか？　それはノーだ。**目を瞑っている人間もいなければ、サングラス等で目を隠している人間もいなかった。**そうだよな？」

「それよりも、適した人間がいくらかいる。真っ先に考えたのは、舞台の下——奈落にいるスタッフだ。奈落ならそもそも暗いし、闇に目が慣れていたはずだ。それに、死体人形が運び込まれたのも、ほぼ間違いなく奈落から。ばたばたと舞台袖から人形が運び込まれる足音なんて、誰も聞かなかったんだろ？」

「流れとしてはこうだろう。停電と同時に、理事長はあらかじめ下げてあったセリから奈落に飛び降りた。その際、奈落に用意された死体人形に括り付けられたロープを握り、セリの穴に渡しておいた支柱に引っ掛けた。そうして滑車の要領で、セリを動かすことなく死体人形を壇上に引き上げたんだ。セリを使わなかったのは、駆動音が響くことと、単に遅いからだろうな。そして、壇上で待っていた犯人が、引き上げられた死体人形を受け取って、殺人現場を作り出した――」

「と、考えてみると、どうだ？　奈落のスタッフが『犯人』になることはできたか？　できねえだろうな。何せ**セリは動いてない**。どうやって壇上に上がるんだって話だ。理事長が死体人形と犯人、両方を一気に引き上げられるほど体重があるとも思えねえ。ちなみにセリが動いてないって証拠は、駆動音以外にもある――だって、**生徒会長は、セリで奈落から上がってきた**んだろ？　だったら当然、それまではセリが下がった状態だったわけだ。お行儀よく座ってる新入生からは角度的にわからなかっただろうけどな」

「奈落にいる人間が犯人じゃないとしたら、どこにいる奴(やつ)なら可能だった？　光溢(あふ)れる講堂の中で、より自然に、より見つかりにくく、目を瞑っておける人間――」

「新入生の、最前列に座ってた奴だよ」

「最前列なら、もちろん後ろの列の生徒からは目元なんて見えない。壇上の教師たちに気付かれたとしても、退屈な式典に居眠りでもしているんだろうとしか思われない――っつーか先生方は模擬事件を起こす側の共犯者なわけだから、気付いてても言うわけねえよな」

「そして、隣の生徒からの視線は、片目だけを瞑っておくことでクリアできる。そう――最前列の、それも角に座っている生徒ならな」

「最前列の右端に座っている生徒なら右目だけを瞑っておけば、左隣にいる生徒からは開いた左目しか見えない。左端に座っていたら、その反対だ」

「仮にも探偵見習いなんだ。足音を消して素早く動く術くらい持っていてもおかしくない。だとしたら、最前列の、右端か左端、どちらかに座っていたとしても、壇上の真ん中まで速やかに動くことは不可能じゃねえはずだ」

「**新入生は、舞台から見て右から、1組、2組、3組、4組の順番で並んでいた。**そして、俺みたいな遅刻野郎を除けば**出席番号順**に、1列6人ずつ座っていた。つまり犯人は、1組の出席番号1番か、4組の出席番号6番ってわけだ。ちなみに、1組と4組の席が全部埋まってたってことくらいは、真っ先に講堂を出たあんたなら覚えてるよな？」

「そのどちらが犯人なのかは、左右どっちの目を闇に慣らしていたのかで判断できる。ここで重要になるのが、あんたがちっとも言及しなかった、実際の現場と配布された事件資料の食い違いだよ」

「配布された資料には現場写真が含まれている。だが、これはおそらく、事前に撮影されたものだろう。犯人にとっての見本でもあったんだろうな。なぜって――よく見ろよ。**実際の現場の死体の右側に、写真にはない、余計な血痕がある**だろうが」

「これは犯人のミスによって生まれた血痕だ。誤って血糊を垂らしてしまって、それに気付かなかったんだろうな。なんでこんなミスが起こったか？　犯人の気持ちになってみればわかる――」

「――犯人が闇に慣らしていたのは、片目だけなんだから」

「片目だけの視界。半分だけの視界。そんな状態で作業したからこそ、普段は存在しない死角で発生したミスに気付かなかった」

「犯人は――右側の視界が塞がっていた」

「犯人は――左目しか、闇に慣らしていなかったんだよ」

「よって、犯人が座っていたのは、左端の席に他ならない。死体人形を設置し、模擬事件現場を用意した、新入生に紛れ込んだサクラ――それは、1組の出席番号1番の人間だったんだ」

「名前？　知らねえよ。だからすぐにわかったぜ。あんたの推理が不完全だって――『犯人の名前を指名した』って、得意げに言ってたもんな、お姫様？」


誰も、反論ができなかった。

一方的に、波濤のごとく並べ立てられた推理には、瑕疵らしい瑕疵が見当たらなかった。

セリがあらかじめ下がっていたこと。

現場写真と、実際の現場の食い違い。

それら重要な手掛かりに、私は一切、目を向けようともしていなかった……。

『――反論はありませんか？』

ＪＤの合成音声が無機質に告げる。私は唇を噛むことしかできなかった。

『詩亜・E・ヘーゼルダインからの反論終了。これにより、最終解答者、不実崎未咲の勝利と判定します。この結果により、レーティング・ポイントの変動を行います』

静寂の中に、JDが飛び去るブウンという機械音が、空々しく響く。

負けた。

私は、負けた。

ちゃんとした修行も積んでいない、実際の事件を捜査したこともない、素人に。

しかも――あの〈犯罪王〉の、孫に……。

「……はあ」

不実崎さんは、どこか気まずそうに溜め息をつき、

「だから言ったろ……後悔すんな、って」

知りたかった。知りたかった。知りたかった。

その真実を――私が、誰よりも先に、知りたかった!

なんで……私が……私が、どうしてっ……私が、私がっ……!

一番、頑張ってるのに!!

「――ばーかっ!!」

気付けばそう叫んで、背を向けていた。

「えあ？」

そんな間の抜けた声を背中に聞きながら、私は唖然と黙り込むギャラリーの間を通り抜けて、その場を走り去ったのだった。

10　血の宿命

「……彼が勝ったか。意外だな」

校門前での騒ぎを窓から見下ろしていた彼――真理峰探偵学園理事長、真理峰・〝アケチ〟・真源は、大きな傷の入った唇をほのかに歪めた。

そして室内に振り返ると、応接用のソファーに腰掛け、優雅に紅茶に口をつけている少女に話しかける。

「君にとっては推理の内だったかね？　恋道くん」

「そうですね」

音もなくソーサーにカップを置きながら、恋道瑠璃華は微笑んだ。

「どちらかといえば、彼を応援していましたよ。アンダードッグ効果というやつですね」

「……食えない子だね、君も。最高得点を取るとしたら彼しかいないと、君ならわかっていたのだろうに」

恋道瑠璃華は花のように美しい少女だった。

艶めいた長い黒髪に、活けた花のようにすっきりと伸びた背筋。線の細い儚げな姿ながら、その芯は決してブレることがない。少女らしいあどけない魅力を顔立ちに宿しながら、その瞳は奥を見透かせないヴェールに覆われている。そして所作の一つ一つには、自然に身に付くことのない気品が漂っていた。

それもそのはずだ。彼女は日本有数の資産家、恋道家の当代当主。父に恋道グループの総帥、母に一世を風靡した女優を持つ、サラブレッドのごとき血筋の生まれだ。

そして同時に、探偵界最大の屈辱として記憶される、あの忌まわしき事件――〈恋道家殺人事件〉の、唯一の生き残りでもある……。

「感謝します、理事長。彼の入学を許していただいて」

「いや、彼の実力あってのことだ。それに、彼の入学を拒絶する連中の言い分は、筋が通っていなかった――今時、出自で人を判断することもあるまい」

真理峰探偵学園の入学志望者は、例外なく身辺を調査される。

彼――不実崎未咲は、もちろんそれに引っかかった。〈犯罪王〉の実の孫という出自に、他の理事たちは強硬に入学を拒絶した。強権を行使してそれを退けたのは、瑠璃華の依頼を受けた真理峰だった。

結果として、退学ギリギリのレートでの入学となってしまったが……。

「それにしても、珍しいものだ。君が特定の人間に肩入れするとはね」

真理峰は微笑みながら、瑠璃華の正面に腰掛ける。

瑠璃華は意図の読めない笑みを浮かべたまま、

「わたしはこれでも、花の女子高生なんですよ、理事長。推しの一人や二人、できておかしいものではないでしょう?」

「君の後見人になって長いが、未だに胡散臭いと思ってしまう僕がいるよ」

「共感ですかね。同じ血の宿命に囚われている身として、力になりたいと思っているのは確かです」

「……血の宿命、か」

非科学的な話だ。叡智の代弁者たる探偵として、受け入れてはならないことだと思う。

しかし、現実には血筋によって引き起こされる事件がごまんとある。彼女の運命を変えた〈恋道家殺人事件〉もまた、血が生んだ悲劇の一つだった……。

「――いずれにせよ」

黒幕探偵は、底知れない笑みを刻んで言う。

「彼を抱えておくことは、わたしたちにとってメリットが大きい。〈劇団〉の動向を掴むためにも、彼が退学にならないことを祈りましょう」

「……やれやれ」

親代わりとしては、彼女に歳相応の青春を味わってほしい気持ちもあるのだが――どうやら、彼女に刻まれた宿命は、それを望んではいないようだった。

第二章　麗しき同居人の秘密

1　ようこそ幻影寮へ

突然だが、御茶の水という土地には元々、武家屋敷が建ち並んでいたらしい。

それも江戸時代の話で、今では大学や病院が集まる実に知的な地域になっているわけだが、歴史の生き残りというものはどんな土地にも存在する。

今、俺の目の前にある、幽霊が出そうな日本家屋もその一つだった。

「……これが学生寮……？」

壁に穴が開いてるとか、屋根が崩れ落ちてるとか、そういう不備は見られない。だが、木造の壁には緑のツタが這い回り、瓦屋根はところどころ剥げていて、およそ現代人が住む場所だとは思えない。

表札にある文字は〈幻影寮〉。

俺がもらった資料が正しければ、真理峰探偵学園が有する立派な学生寮の一つだった。

「ちくしょう……。これがブロンズ最底辺の扱いか……」

真理峰探偵学園は全寮制である。生徒は御茶の水の各所に用意された学生寮に入居し、パブリックスクールさながらの自治の下で生活するという。

どの寮に入ることになるのかは、適当に学園が振り分けるもんだと俺は思っていたんだが、宇志内によると違うらしい。

『え？　寮は自分で選べるよ？　不実崎くん、連絡来なかったの？』

『は？　いや、一方的にここ行けって紙が来て……』

『あぁー……そっかぁ。寮選ぶ順番って最初のレート順らしいから、ドベの不実崎くんは選べなかったのかもね。ドンマイ！』

レートが高ければ高いほど学園内で便利に過ごせる――М・デット先生が言っていたことの、これが一例だったらしい。

かくして俺は自動的に、他の生徒が一番選ばなかった、圧倒的不人気の寮に入居せざるを得なかったというわけだ。現代日本でこんなこと許されていいのか、探偵学園。

俺は恐る恐る〈幻影寮〉なるおどろおどろしい名前の武家屋敷に足を踏み入れると、玄関の引き戸を軽く叩いた。

「すみませーん！」

……返事がない。人の気配すら感じない。四月の、しかもまだ夕方だってのに、肝試しでもしているような気分だった。

勝手に入っていいのか？

とりあえずもう一度試してみようと、今度はさっきより強く引き戸を叩く。

「すみませ――」

「――はい、ただいま」

急に声がした。

近づいてくる足音もなかったのに、突然、引き戸がガラガラッと内側から開かれる。

純和風の玄関に立っていたのは、武家屋敷にはおよそ似つかわしくない女子だった。

メイドである。

エプロンドレスを着た、褐色肌の、明らかに日本人ではない顔立ちの少女が、感情の窺えない表情で俺を見上げていたのだ。

「えっ？　……っと……？」

外国人の歳はよくわからないが、たぶん同じくらいか、少し下くらいだと思う。背も俺よりだいぶ低く、たぶん150センチもない。しかし子供っぽい落ち着きのなさは感じられず、むしろマネキンのごとき静かさを纏って、そこに佇んでいた。

あまりに予想外な出迎えだったので、俺の頭が混乱する。

だから、俺が口を開くよりも、褐色メイド少女が口を開くほうが早かった。

「失礼ですが、もしかして新しい入居者の方ですか？」

「あ、ああ……一応」

探偵学園の学生寮は、メイドを完備してんのか？　ありえる。校内の雰囲気、全体的に洋風だし――という俺の推理は、まったくの的外れだった。

褐色メイドは、しずしずと頭を下げる。

「お初にお目にかかります。わたしも今日からこの寮に入居する1年生で、カイラ・ジャッジと申します。どうぞお見知りおきを」

「お、おう。よろしく――って、1年生⁉」

「はい」

頭を上げると、メイド少女――カイラは小首を傾げる。

「2年に見えますか？」

「いや、じゃなくて……なんでメイド服？」

「こちらが本業ですので」

本業は学生だろ。

「じゃあクラスは？」

「3組です」

「同じクラスじゃん！」

こんな目立つのがいたら見逃すはずないぞ！

カイラはぱちくりとつぶらな瞳を瞬いて、

「そうなのですね。生活環境を整えておくため、オリエンテーションは欠席させていただきました。明日からよろしくお願いします」

「まさか、その格好で登校してこないよな……？」

「衣服の選択権は、生徒の自主性として重んじられるべきでしょう」

「マジかよ。筋金入りだな……」

「冗談です。普通に制服で登校します」

わかりにくいな！　表情一つ変えずに嘘つくのやめろ！　俺の嗅覚も反応しなかったわ！

「戸を開けていると虫が入ります。どうぞ中へ」

「あ、ああ……」

やっぱり探偵学園って変な奴しかいないんだ。ことごとく振り回されているのは、俺のコミュ力が不足しているせいじゃないと思う。たぶん。

カイラは靴を脱ぎ、音もなく段差を上がる。俺も同じようにして靴を脱ぎ、靴下で廊下を踏むと、ミシリ、と床板が軋んだ。

「…………？」

怪訝に感じて、カイラの足元を見る。俺は左右に体重を移動するだけでミシミシと床が鳴るのに、カイラの足元からは何の音もしなかった。

「まだお聞きしていませんでしたが、あなたは？」

俺は顔を上げて、

「ああ――不実崎だ。不実崎未咲」

「……フミサキ？」

褐色の少女は眉根に薄くしわを寄せて、俺の顔をじろじろと見つめた。

「あなたが……あの？」

「……そうだよ。悪いか？」

「いえ、……少々、聞いていた印象とは違ったもので」

どんな噂が流れてんだか。でもまあ、それが変わってくれたんなら重畳だな。

カイラはくるりと背を向け、やはり音もなく歩き出す。

「どこ行くんだ？」

「とりあえず、居間へご案内します」

視線だけを肩越しに寄越して、

「そこに先輩がいらっしゃいますので」

先輩――この寮の先住民か。

その人も俺みたいに、入学時のレートが低すぎてここに入れられたんだろうな。でもよくそのスタートで1年以上生き残ってるな？　とっくに退学になってそうなもんだが――

俺は廊下を歩いていくカイラをミシミシと追いかけつつ、

「なあ。あー……ジャッジさん」

「ファーストネームでお呼び捨ていただいて結構です」

振り返りもせず、カイラは言う。

「ファミリーネームは、あまりしっくり来ませんので」

「……それじゃあ、カイラって呼ばせてもらうぜ」

宇志内よりも違和感がなかった。体格的に年下に見えるからかもしれない。

「カイラ。この寮、他には何人住んでるんだ？」

「今いらっしゃるのは、2年の先輩が一人と、1年生がもう一人――わたしたちを合わせて、計四人です。もう二人ほど先輩が入居していらっしゃるようですが、どちらも現在、事件の捜査で出払っているそうで」

「捜査か……。2年や3年になると、授業や模擬事件よりも実戦に出ることのほうが多くなるのか、やっぱ？」

「どうやらそのようですね」

生徒会長の恋道瑠璃華がそうであるように、真理峰探偵学園の中でも優秀な生徒は、在学中から実際の事件で頭角を現す。競争が激しい分、3年ともなるとそれだけでブランドとなり、警察からの信頼も厚くなるらしい。当然、実戦での活躍もレートに影響する。

この学園でそんなに生き残って活躍してるなら、こんな幽霊屋敷みたいなとこ、いつでも出られるんだろうに……なんで住み続けてんだ？

「ここです」

廊下から縁側に出て少し歩くと、カイラはある襖の前で立ち止まった。

「万条さま。新しい入居者の方がいらっしゃいました」

部屋の中から返事はなかったが、カイラはスッと襖を開いた。

田舎の家みたいな、畳敷きの広い居間。中央に円形の卓袱台が置かれ、壁際には床の間、視線を上げれば神棚、部屋の奥には古そうな振り子時計が置かれている。

いくつかの座布団を抱き締めて、その子は畳に寝転んでいた。

キャミソールの上にブカブカのパーカーを羽織っただけのラフな格好。短いスカートから伸びた脚は赤ん坊みたいに折り畳まれて、今にもパンツが見えそうだった。

一番の特徴は、小さい。

女子にしても小柄だと思ったカイラより、さらに小さい——まるで小学生だった。

「万条さま。畳の上で寝られると跡がつきますよ」

「んにゅい～？」

カイラに呼びかけられて、小さな女の子は、甘ったるい声で奇妙に鳴きながら身体を捩った。抱き締めていた座布団を放り出し、ごろごろと畳の上を転がって、最終的にうつ伏せの状態で俺のほうに顔を向ける。

「なぁにぃ？」

くしくしと目元を擦る女の子の、キャミソールの無防備な胸元が視界に入ると、途端に印象が変わった。小学生ではありえない、大人にも匹敵する膨らみが、畳に押しつけられて潰れているのだ。

「不実崎さま。この方が2年の、万条吹尾奈先輩です」

2年!?　年上!?

驚愕する俺を他所に、カイラは手のひらで俺を示し、

「万条さま。1年の不実崎未咲さまです。この方もこの寮に入居するようで」

「ん～。新入生かぁ。今年は多いねぇ～」

んしょっ、と腕立て伏せのように身体を持ち上げると、小さい女の子——万条吹尾奈先輩は、座布団の上にぽふっと女の子座りをした。

「いえ～い！　2年の万条吹尾奈だよ～☆　気軽にフィオって呼んでね？」

明るく言って、ダブルピースをチョキチョキする。

俺は見下ろしているのも悪い気がして畳に膝を突き、

「1年の不実崎未咲……っす」

変な感じだ。こんな小さな女の子に敬語を使うなんて。

でもよく見たら年上に見える部分はいくつかある。背丈が低いだけで身体つきには女性らしい起伏があるし、特に胸は、背丈とのギャップでかなり大きく見える。たぶん単純なサイズでは宇志内のほうが圧倒的に大きいんだろうが……。

そもそもこの人、全体的に無防備だ。パーカーは二の腕までずり下がってて肩や腋が丸見えだし、キャミソールの肩紐も片方が大きくズレている。そのせいで胸元の防御も薄く、ノーブラなのが容易に見て取れてしまった。スカートも太腿の閉じ方が微妙に甘いし——

「ん？」

ことりと首を傾げて、万条先輩は蠱惑的に笑った。

「後輩クン？　ナニを見てるのかなぁ～？」

「い、いや、すんません。そういうつもりはないんすけど……」

「チラッ」

万条先輩がキャミの胸元を軽く下に引っ張り、俺の目は強制的に吸い寄せられた。

「んにははっ！　見た見たっ！　わっかりやすぅ～い！」

誰だって見るだろ！　そんなことされたら！

万条先輩は胸元を見せつけるように四つん這いで俺に這い寄ってくる。

「ね、知ってる？　男の子ってね、おっぱいがおっきい女の子を見ると、無意識に『この子性欲強そう』って思っちゃう傾向にあるらしいよ？」

「そ、そうなんすか……？」

「後輩クンはどうかなぁ？　フィオのおっぱい見て、エッチな子だと思ったぁ？」

エロいだろうが！　その台詞からしてどう考えても！

「やだぁ、見すぎ見すぎ！　探偵志望なのに理性よわよわだねぇ～♪　おっぱいばっかり見てたら手掛かり見逃しちゃうよぉ？　そんなんで推理できるのかなぁ？　ザコザコおっむじゃ難しいかなぁ？」

「先輩が近付いてくるからでしょうがぁーっ！」

「んにははっ！　かんわい～っ！」

けらけらと笑いながら、万条先輩はするりと身を離す。

なんちゅう先輩だ……。背丈の低さに騙された。男子の劣情を煽るだけ煽ってもてあそぶタイプの人だ、これ。

「不実崎ってあれでしょぉ？　話題の犯罪王の孫！」

「……ええ、まあ……」

「噂は聞いてるよっ♪　いやあ、ちょうど男子のどれ——後輩が欲しかったんだよね～☆」

奴隷って言いかけたなあ、今！

「ようこそっ、幻影寮へ！」

直前の発言をなかったことにするかのように、万条先輩はにこやかに言った。

「外観は幽霊屋敷だけど、中身は割と綺麗だから大丈夫だよっ☆　だけど、壁は薄いから気を付けてね～？　エロいことするときは静かによろしく～♪」

人差し指を口の前に立てながら、万条先輩はにやにや笑う。

「この寮は伝統的に、落ちこぼれや変わり者、はぐれ者の集まりでね～？　そんな奴らを纏めるために、寮則っていうのがあるんだよねぇ。後輩クンにも守ってもらうよ？」

「寮則……どんなのっすか？」

「一つ、夕飯はできるだけみんなで食べる。二つ、洗濯くらい自分でやれ。三つ、寮内恋愛はほどほどに。四つ、他人の捜査に口を出すな。五つ、仲間の謎は全員の謎」

「……ん？」

一つ一つ脳裏に並べていって、俺は首を傾げた。

「四つ目と五つ目、矛盾してないすか？」

「助けを求められたら知恵を貸してやれって意味だね～。何せ退学ギリギリの人ばっか入ってくるからさぁ、ここ」

　フィオ先輩はにやにや意地悪く笑って、

「ね、知ってるぅ？　この学園の進級率」

「え？　いや……」

「**72・5%。今の2年が1年から上がったときの話ね？　今の3年は超優秀で、去年2年になったときの進級率が80%で、今年3年になったときの進級率が75%だったかな？**」

「よくそんな細かい数字覚えてるっすね……」

「記憶力はいいほうなんだよねぇ」

　大体四人に一人は退学する計算……。卒業率となるとさらに下がるんだろう。この場にいる三人のうち誰かが、3年後にはいなくなっている可能性すら……。

「ま、この寮に関して言えば、今年はちょっと例外かもだけどね？」

「どういうことっすか？」

　万条先輩が意味ありげに笑った、そのときだった。

　ミシミシと床が鳴る音が、徐々に近づいてきた。

「おっ、噂をすれば」

　先輩が呟（つぶや）いた直後、開きっぱなしの襖（ふすま）からひょいっと、音の主が顔を出した。

「カイラぁ〜。コンセントの数……が……」

そして、俺の顔を見て凍りつく。

俺も、そいつの顔を見て凍りつく。

俺はそいつの顔を知っていたし、そいつも俺の顔を知っていた——当たり前だ。だって俺たちは、ついさっきまで、穴が開くくらいにお互いの顔を睨み合っていたのだから。

「………不実崎、さん………？」

廊下から顔を覗かせたのは、詩亜・E・ヘーゼルダインだった。

そういえば、さっきカイラが言っていた。

1年生がもう一人いる——と。

「二人とも、今日から一つ屋根の下、一緒に仲良く暮らそうねっ☆」

万条先輩が白々しく言って、俺は心の中で叫ぶ。

——いや無理だろ!!

2　探偵王女の名誉

「なんで!?」

私が学校にいる間にカイラが整えておいてくれた自分の部屋で、私は叫んでいた。

「なんでよりによって、不実崎さんが……！　どういう偶然!?　何の嫌がらせ!?」

「幻影寮は一般的には不人気ですので」

側に立つカイラが冷静な声で言う。

「スタート・レートの関係で、自動的に振り分けられたのでは」

「ううう｜っ……！」

つまり、ぐうの音も出ないくらいの、偶然というわけだ。

私がこの幻影寮を選んだのは、武家屋敷に興味があったからだった。私はレトロなものが好きだ。それに、どうせ日本で暮らすなら、こういう和の空間で生活してみたかった。

そのささやかな願望の結果がこれか！

顔を合わせづらいよおぉぉ……！　ついさっき、あんな無様な捨て台詞を吐いてきたばっかりなのにぃぃ……！

「僭越ながら、自業自得かと」

畳の上を転がって悶絶する私を、カイラは容赦なく切って捨てた。

カイラは私の傍付きメイド兼探偵助手だ。私に付き添うためにこの学園に入学した。ヘーゼルダイン家に引き取られて以来の付き合いで、幼馴染みであり家族でもある。言葉こそ丁寧だけど、従者だからって歯に衣を着せることはない。

でも今は、その正論が痛かった。

……わかってるんだよ。悪いのは自分だっていうのはさぁ……。

「それよりも、今夜からのご予定を早めに決めておくべきかと」

「……それよりもって。カイラは何も思わないの？　犯罪王の孫と同居するんだよ？」

「お嬢様が仰っていたほど、悪い方には見えませんでしたので」

「もしかして、ああいうのがタイプだったり……？」

「悪くはないと思います」

　私は従者の無表情を見上げる。長い付き合いだけど、未だに冗談か本気かわからない。

「現状の資金では、入学前の環境を再現するのは不可能です」

　カイラはしれっと話を進める。

「配信活動を再開するのにも、最低限、マイクとＰＣが必要です。如何なさいますか？」

「ん～……まあ、大丈夫じゃない？」

　この学園では、最低限の着替え以外、一切の私物の持ち込みが許されない。これは当然、お金にも適用される。在学中は基本的に、理由なく現金を持つことができないのだ。

　代わりに存在するのが、ＤＹ――Detective Yenという学園内通貨である。

　月ごとにレートに応じたＤＹが支給され、生徒はそれを使って生活するのだ。学食などの学園設備はもちろん、御茶の水周辺ならば、普通のお店でもＤＹが使えるらしい。

　初月に支給されるのは一律３万円分。切り詰めれば一ヶ月の食費には足りるだろうけど、それ以上の贅沢はできない。もっとお金が欲しいなら、方法は一つだけ。

　推理で稼ぐしかない。

「帰りに探偵塔の調査依頼斡旋所に寄ってきたよ」

「どうでしたか？」

「面白かったね！　まるで異世界アニメの冒険者ギルドみたい！　……けど、掲示されてる依頼は大したことないかな。最高でもダイヤモンド・ランクの依頼までだったしね――たぶんマスター以上が適性の依頼は、本人に直接話が行くんじゃないかな」

探偵塔1階の調査依頼斡旋所に行けば、学園の生徒でも調査依頼を請けることができ、解決すればＤＹを稼ぐこともできる。だけど、請けられる依頼にはランクによって制限があり、ブロンズだと雑用みたいな仕事しかできない。依頼料も学生価格で、私が今まで自分で請けてた依頼に比べたら、本当に小銭みたいなものだった。

「とりあえずすぐに済みそうなゴールド依頼を請けてみたから、当面のお小遣いはそれで足りそう。プラチナになるともっと効率よく稼げそうなんだけどなあ……」

「誰かがおかしな選別裁判（セレクト）を挑まなければ……」

「うるさいなあもお！」

元々スタート・レートがゴールド上位に位置していた私は、入学式の模擬事件の結果で一度、プラチナ・ランクに上がっていた。けど、不実崎（ふみさき）さんとの選別裁判でレートを75ポイントも削られて、またゴールド・ランクに戻ってしまったのだ。

いいもん！　どうせすぐ上がるし！　お金には困んないし！

私は畳の上でごろごろしながら端末を操作して、通販サイトを眺めた。

「何を買おうかなあ～……。パソコンもいいけど、届くのに時間かかるし～……」

まずは家電量販店ですぐ手に入るものから揃えるべきか。となると—……。

ウキウキし始めていた私に、カイラが冷然とした声で言う。

「あまり羽目を外されませんように」

いつものお小言だと思って適当に聞き流した私に、カイラは続けた。

「あの方に本性がバレても知りませんよ」

「あの方って不実崎さん？　確かにあの人は妙に勘の鋭いところがあるけど……」

最初もそうだった。まるで私の演技を見抜いていたかのような……。

「まあ大丈夫だよ。部屋も離れてるし！」

「そうやって油断して敗北なされたのでは？」

「うっ……い、いや、あれは生徒会長さんが上手かっただけで——大体さ！　私がどれだけ人の隠し事を見抜いてきたと思ってるの？　秘密の隠し方は私が一番よく知ってるの！」

だからバレない。

〈探偵王女〉がこんなインドアでギークで引きこもりだってことは、探偵界の名誉にかけて隠し通す！

3　探偵授業開始

翌朝、俺は欠伸を噛み殺しながら幻影寮を出た。

昨夜は寮則に従い、お姫様とカイラ、フィオ先輩（こう呼べと言われた）と食卓を囲んだが、全員集合ルールは飽くまで夕食のみだ。薄っぺらい布団から起き出し、居間に顔を出してみたが、誰もいなかった。

当然俺は、女子に迎えられる朝をこっそり楽しみになんかしていなかったので、朝飯をコンビニで調達することにして、学園に向かうことにした。

コンビニでDYを使って菓子パンを買い、探偵塔が聳（そび）える方角へと向かう。

探偵塔の隣にある、テーマパークみたいな入場ゲートを、生徒たちが次々と通り抜けていく。その際、彼らは自分の生徒端末を改札にピッと押し当てていた。学園に対する犯罪やテロを防止する厳重なセキュリティの一つで、**学園を出入りした生徒は名前から時間から、すべて残らずコンピューターに記録されている**そうだ。

俺も生徒端末を起動し、認証モードにして改札を抜ける。**認証モードは生徒端末に持ち主の指紋を認識させていないと機能しない**らしい。つまり、**持ち主が端末に触れている状態でなければ学園を出入りできない**のだ。持ち主以外の人物が端末を使ってゲートを抜ける、といった不正の対策だろう。

探偵塔の威容を横目に眺めながらキャンパスの遊歩道を歩いていき、通常教室棟に入っていく。通常教室棟は日本で最も有名な探偵の一人、明智小五郎（あけちこごろう）の事務所があったという洋式アパートを模しているらしい。地上5階建てで、1年の教室は2階にある。

洋式ゆえに上履きという概念もなく、土足のままで1年3組の教室に入る。

と、沈黙が出迎えた。

誰もが俺のほうを振り返りながら、誰もが声をかけようとはしない。代わりにひそひそという気色の悪い囁き声を交わし始めて、俺はげんなりとした。

学校ってもんは、どこでも大して変わらねえな。

ま、昨日は俺も目立ちすぎた——今回は俺にも原因があるってことで、納得しておくか。

学生鞄を自分の席に置いて、俺は大人しく教師が来るのを待った。当然のように先にいて、当然のように生徒に囲まれていたお姫様は、俺のほうを一度も見なかった。

そしてついに、真理峰探偵学園の授業が始まった。

探偵学園といえども、数学や世界史といった普通の授業も存在する。しかしメインはやはり〈探偵科目〉——他の学校では決してありえない、あまりにも特殊な授業の数々だ。

初めての探偵科目は、大時代的な漆黒のドレスに身を包んだ女性教師による、〈暗号解読〉の授業だった。

「言葉遊びと侮るなかれ」

それが第一声だった。

「『言葉が迷って謎になる』とはよく申したもので、不思議と言葉というものは——特に隠された言葉というものは、警察の調書よりも雄弁に真実を物語ってくれるのです」

ドレスの先生は、黒板に大きく8文字の文章を書き記した。

——『過去白く寝られよ』。

その意味不明な文章をバックに、俺たち生徒を睥睨する。

「小手調べと行きましょう。誰か、この文章の意味がわかる方は？」

過去？　が、白く？　寝られよ？　寝ろってことか？　意味がわからん……。

俺が取っ掛かりさえ掴めないでいるうちに、すっと手を挙げた奴がいた。

名前は言うまでもない。

「ミス・ヘーゼルダイン」

先生に名前を呼ばれ、そいつ――お姫様が立ち上がる。

そして、澄んだ声ですらすらと答えた。

「並び替えです。答えは、『これからよろしくね』」

「その通り。素晴らしい頭脳のキレです」

おお……、という感嘆の声を全身に受けながら、お姫様は着席する。

……マジかよ。3秒もかかってなかったぞ？　9文字のアナグラムを、しかも日本語が母語じゃないのに――脳味噌のスペックが違うと言わざるを得ない。

思えばあいつは、俺が長々と宇志内に事情聴取して導き出した推理を、ほんの一瞬で俺よりも完璧に紡ぎ上げたのだ。昨日の一件はたまたま生徒会長が意地悪な叙述トリックを使ってくれたから、同じく意地の悪い俺が解けてしまっただけに過ぎない。それこそ本物の殺人事件なら、あいつは俺の何倍ものスピードで解決してみせるだろう。

このラッキーパンチは尾を引きそうだ。俺って奴は、どれだけ星の巡りが悪いんだ？

4　怠惰なる相方

「〈尾行・張り込み〉の授業は、おれが担当する……」

制服から私服に着替えた上で〈総合体育館〉1階の運動場に集合——未だかつてされたことのない指示に従った俺たちを待ち受けていたのは、担任のM・デット先生だった。

ちなみにだが、真理峰探偵学園には校庭がない。生徒の能力をできるだけ外部に漏らさないためだそうだ。代わりに運動場からプールから道場から、何でも揃ったクソでかい総合体育館があり、体育の授業はすべて屋内で完結させるらしい。

M・デット先生は目深に被った中折れ帽の鍔をさらに引き下げ、渋い声で言う。

「尾行も張り込みも、刑事事件においては警察の仕事だ……。しかし、探偵は民事の事件を扱うことのほうが多い……。そう、浮気調査や、行方不明者探しさ……」

〈UNDeAD〉設立以前は、むしろそっちが探偵の主な仕事だったと聞く。当たり前のように殺人事件だの誘拐事件だのを捜査するようになったのは、犯罪王の自称後継者が世に憚るようになってからだ。明智小五郎だのシャーロック・ホームズだのといった伝説的な探偵たちは、極めて例外的な存在だったのである。

「探偵の必須技能と言える尾行と張り込みを、これからお前たちに実戦形式で叩き込んでいく……。そこでお前たちには、今から二人一組を作ってもらう……」

──なにぃ!?

「プロの探偵は、尾行や張り込みを単独でこなすことはない……。複数人のほうが、圧倒的に効果的だからだ……。一つ、例を見せるとしよう……」

先生は突然の『二人組作ってー』宣言にざわつく生徒たちから一人を選び、自分の前を歩くように指示した。その生徒の後ろを、M・デット先生が尾行する。

「後ろめたいところのある尾行対象は、しばしば後ろを警戒する……。では、対象が不意に背後を振り返ったとき、探偵はどうするか？　ドラマのように、素早く物陰に隠れるか。……いや、違う──」

生徒が立ち止まり、背後を振り返る。

尾行するM・デット先生は、何事もなかったかのように、その横を通り過ぎた。

「──すれ違うのが、正解だ。そして改めて、もう一人の探偵が尾行を続行する。二人一組で尾行をすることで、『発覚』のリスクを最小限に抑えることができるのさ……」

はあ～……単純だが、確かに理に適(かな)ったテクニックだ。尾行が途中で別人に入れ替わったなんて、対象からしたら気付けるはずがない。

張り込みにおいても、当然交代制にできるわけだから、複数人のほうが間違いなく有利に働く。授業がツーマンセルになるのも当然だった。

……当然、なんだが……。

「それでは、自由に二人組を作れ……。1年間、その組で授業に参加してもらう……」

——できるかぁ！

こちとら腫れ物オブ腫れ物だぞ！　どこの誰がコンビなんか組んでくれんだよ！

クラスメイトは戸惑いながらも、徐々に相方を見つけていく。お姫様はとっととカイラと二人組になっていた。ずりぃだろ！　クラスに身内がいんの！

こうなったら宇志内に頼るしかねえ……。縋るように巨乳の同級生を探したところ、

「宇志内さーん！　私と組んでー！　あぶれちゃってー！」

「おー！　いいよいいよー！」

泣きついてきた女子を、その母性で受け止めていた。

……詰んだぁー。

俺はもはや諦めの境地に立つしかなかった。きっと仲間からあぶれた奴と、罰ゲームみたいな扱いで組まされるんだぁ……。いいけどな、べつに……慣れてるから……。

果たして俺という貧乏くじを引かされるぼっち野郎は誰なのか、と他人事の顔で眺めていると——一人、相方を探すでもなく、ぼーっと突っ立っている女子がいた。

何してんだ、あいつ……。困ってる風でもないし、どうしたんだ？

気になってよく見てみると、気が付いた。

あいつ、寝てね？

「……おい。おい！」

目を閉じてふらふらしていたそいつに、俺はたまらず声をかける。

すると、その女子は「ふあっ」と瞼を開けて、

「んんー……なに〜？」

「いや、何じゃねえよ。二人組作ってる途中だぞ。いいのか？」

「ええ〜……？」

その女子は目元をくしくしと擦りながら、のんびりした声で呻く。

スレンダーなスタイルが印象的な女子だった。いや、女子と見ればすぐスタイルを見てしまうのは、最初に話したのが宇志内だったせいであり、俺がスケベすぎるわけではない。

背丈は宇志内より低く、お姫様より高いくらいか。不健康そうな青白い肌で、腕も脚も華奢すぎるくらい華奢だった。服はゆったりしたシャツに裾幅の大きいショートパンツを穿いている。

この子、確か――そうだ、昨日お姫様が質問責めにされてたときも、我関せず机で居眠りかましてた奴だ。

居眠り女子は、くあ、と小さく欠伸をして、

「あ〜……ごめん。半分寝てたぁ。先生なんて言ってたー？」

「いや、だから、尾行・張り込みの授業は二人一組でやるんだよ。それを今みんな決めてるんだって」

「んー、なるほどぉー……」

しぱしぱと瞬きしながら、居眠り女子はゆっくりと辺りを見回す。

それから俺を見ると、ピシッと人差し指を突きつけてきた。

「じゃ、きみで」

「……は？」

「あたしの相方。きみ。……えーと、不実崎(ふみさき)くんだっけー？　まだ決まってないよねー？」

「決まってねえけど……おい、いいのか？」

「えー？　いいよいいよー。よーし、けってーい！」

やる気のなさそうな声で、しかし有無を言わせず、女子はそう宣言した。

俺にとってはありがたいが……わかってんのか、こいつ？　俺だぞ？　不実崎だぞ？

……そもそも、張り込みってめちゃくちゃ長時間一緒に同じ場所にいたりするのに、男女で組になるのはアリなのか……？

「とりあえず自己紹介するねー」

俺の心配を他所(よそ)に、のんびりと彼女は言う。

「あたし、祭舘(まつりだて)こよみ。ひらがな三文字で『こよみ』ねー」

「お、おう……。俺は不実崎未咲(みさき)。『未(いま)だ咲かず』で未咲だ」

「おーう、いいねえー。カッコいいねえー」

緊張感なくにへらと笑う祭舘を見て、俺は困惑しきりだった。

掴(つか)みどころがないというか……いまいち何を考えているかわからない。

探偵になろうとするような奴(やつ)って……やっぱり、変な奴ばっかりなのか？

5　はぐれ者同士

真理峰探偵学園（まりみねたんていがくえん）には、広大な〈尾行訓練場〉がある。

その広さは、御茶の水（おちゃのみず）一円と同じ。

それもそのはず——御茶の水の街そのものが、すべて学園の訓練場になっているのだ。

「尾行において最も恐れなければならないのは、調査対象（マルタイ）からの『発覚』——それと同時に、善意の第三者による『通報』だ……。他人を尾（つ）け回しているような人間は、何も知らない奴から見れば、不審者以外の何者でもない……。訓練中、そうした事態が起こっても処理できるように、御茶の水の警察に話を通してあるのさ……」

先生曰（いわ）く、尾行初心者にはよくあるトラブルらしい。プロでもたまにあるんだとか。

そういうわけで、記念すべき尾行・張り込み授業第一回にて俺たちに課されたのは、御茶の水をとにかく練り歩くことだった。

「……はあ〜……疲れたぁ……。ねえ不実崎くん、ちょっと休憩しようよ〜……」

「まだ早えーって。学校出て10分くらいだろ」

早々に溶けている祭舘を振り返り、俺は溜（た）め息（いき）をつく。

「こんな調子じゃ一生終わらねえぞ。帰ったら地図も書かなきゃいけねえんだから」

「なんでそんなことさせるかなあ……。地図なんて端末で検索すれば……」

「『地図なんぞ見てる間にマルタイを見失ったらどうするつもりだ？』――って、M・デット先生が言ってたろ？」

「ぷふっ！　ちょっと似てる～！」

今にも倒れそうだったのが嘘のように、祭舘は肩を揺らして笑う。

尾行や張り込みに重要なのは、一にも二にもまず土地勘――というわけで、御茶の水を自分の足で歩き回り、然る後に地図を作製しろ、という課題だった。

こうして聞くと、そんなに難しくはなさそうであるものの――

「おっ？　あれ一個目じゃない？」

祭舘が軽く言って指差した先を見て、俺はにわかに緊張した。

それは、ホテルだった。……ただし、その上に2文字、『ラブ』がつく。ギラギラしたピンク色の看板が、お子様お断りの雰囲気を醸し出していた。

入口の前まで行くと、祭舘は顎に手を添えて興味深そうに料金表を見る。

「ほうほう。ご休憩６９００円……」

「やめろ馬鹿！　場所確認したらさっさと行くぞ！」

「えー？　何カリカリしてんの～？　不実崎くんってもしかしてぇ～……――あうっ」

猫のように襟の後ろを掴んで、祭舘をラブホの入口から引き剥がす。

「……ったく。未成年にラブホの位置なんか確認させるか？　仮にも教師が……」

「仕方ないじゃん。探偵の尾行は大体、ラブホがゴールなんだからさー」

「理屈はわかるけどよ……」

浮気調査では主に、対象が浮気相手とラブホに入っていく瞬間を狙って尾行することになる。だからまあ、実に実践的な授業であることは認める他にない、んだが……。

「……祭舘。お前は嫌じゃねえのか？　会ったばっかの男とラブホの前をうろつくなんて」

「んー？　ま、中に連れ込まれたらさすがに嫌かな？」

「連れ込まねえよ……」

「でしょ？　あんま慣れてなさそうだしね！　ぷくく……！」

「あーあー悪かったな女慣れしてなくて！」

ぶつくさ言いながら、次のラブホを目指して歩いていく。

「お前、ホントに良かったのか？　俺を相方にして」

「今んところ後悔はしてないかなー」

「これからするかもしれねえぞ」

「そのときはまあ、寝て忘れちゃおうかな」

にひひ、と祭舘は悪戯っぽく笑う。

俺は溜め息をついた。お姫様みたいに八方美人ってわけでもなけりゃ、宇志内みたいに抜けてる感じでもねえし……嘘をついている気配もない。祭舘こよみという人間のパーソナリティが、俺には杳として知れなかった。

「疑り深いねえ、不実崎くんは」

「そういう人生を歩んできたんでな」

「あたしにはてーんで想像できないなあ。フッツーの人生を歩んできたからさー」

「そんな奴が、どうして探偵になろうなんて思ったんだよ？」

「ホントどうしてだろうねえー。自分でもあんまりよくわかんないや」

「わかんない？」

「成り行き上っていうかさ。勧めてくれた人がいたから試しに受けてみたら、受かっちゃったんだよねー。両親とかが喜んでくれた手前、蹴るのも忍びなくて」

ぼんやりと空を仰ぎながら、祭舘は言う。

「そんな感じで入学してみたら、みんなギラギラしててさ。正直肩身狭いよ。とりあえず3年無事に過ごせたらいっかなー、って思ってる身としては」

……やっぱり、いるもんだな。どこにでも、マイノリティってやつは。

「わかるぜ。俺も正直、ここのノリにはついていけん」

「何を仰いますやら。入学初日にジャイアントキリングを果たしたお方が」

「あれは向こうが喧嘩売ってきたんだよ。俺は火の粉を払っただけだ」

「かぁっくいいーっ！　一生で一度は言ってみたい！」

「うっせ！　からかうなって！」

宇志内ほど馴れ馴れしくなく、お姫様ほど敵視しない。

祭舘くらいの距離感で接してもらうのが、俺には一番、肌に合うかもしれなかった。

6　〈普通探偵〉

しばらく街を練り歩いた後、俺と祭舘は自販機で一服していた。

「は～。ブロンズは世知辛いねえ」

「おう……。１００円自販機の存在が身に沁みるぜ」

祭舘も当然のようにブロンズ・ランクらしく、財布事情は厳しいようだ。自販機の脇に座り込んで、ペットボトルの緑茶にちびちびと口をつけている。

俺も同じく、缶コーヒーをじっくりと味わいながら、

「早いとこ何かしら依頼を請けて、ＤＹを稼いどかねえとな……」

「めんどくさぁ～い。昼寝してるだけでいい仕事とかないの－？」

「あるわけねえだろ。動物園のパンダじゃあるまいし」

「まあでも、今月はみんな同じ3万円分しか持ってないんだよね？　だったら頑張るのは来月からでも……」

「その頃には五月病になってそうだな」

「うーん、目に浮かぶなあ……」

「あ～、その辺に金落ちてねえかな～」

「自販機の下でも探してみたら－？」

「おっ、その手があったか」

俺は飲みかけの缶コーヒーを祭館に預けると、地面に手をついて自販機の下を覗き込んだ。すると、奥のほうに銀色の輝きがいくつか目に入った。

「おっ！　あるぞ！　あれは……**50円玉**か？」

「言い出しっぺのあたしが言うのもなんだけど、仮にも探偵学園の生徒がネコババっていうのはどうなのー？」

「どっちみち、奥にありすぎて手が届かねえな。**1、2、3、4……全部で250円くらいはありそう**なんだが」

俺は諦めて立ち上がり、手を軽く払うと、預けた缶コーヒーを返してもらった。そううまい話はねえってことかー……。

などと、貧すれば鈍するを地で行くことをしているときだった。

「……あなた、こんなところで何をしてるんですか？　授業中ですよ？」

帽子を目深に被った女に、聞き覚えのある声で言われたのだ。

俺は最初、それがどこの誰なのかわからなかった。帽子で髪や顔を隠していたし、男物のジャンパーも羽織って、印象をまったく変えていたからだ。

それでもそいつが、詩亜・Ｅ・ヘーゼルダインだと気付いたのは、すぐ後ろに控えているのが、背の低い褐色の女の子――カイラだったからだ。

俺はしばし、変貌したお姫様を見つめて、

「なんだよ。あんたか。ずいぶんな変わりようだな」

「この国では、私の容貌は目立ってしまいますから。実戦を考えれば当然の変装です」

そりゃそうだ。あのビスクドールみたいな容姿を丸出しで尾(つ)けてたら、どんな馬鹿だってすぐに気付く。

「ん？　お？　まさかヘーゼルダインさん？　うわっ、気付かなかったー！」

祭舘が驚くと、お姫様は愛想よく微笑(ほほえ)んで、すぐに俺に厳しい視線を戻した。

「休憩も結構ですが、あまり休みすぎるとあとで痛い目を見ますよ」

「ご心配なく。順調だよ。そっちはどうなんだ？」

「地理の把握くらい来日初日に済ませています。これから学校に戻って製図に入ります」

だったらなんでこんなとこほっつき歩いてんだ？

と思いながら視線を巡らせると、カイラが**大きめのバッグ**を手に提げているのに気付いた。**バスケットボールが入りそうな大きさ**だ。

「カイラ。どうしたんだ、その鞄(かばん)」

「これは――」

カイラが口を開けた瞬間、お姫様がさっと手を上げて制した。

「私的な荷物です。女性の持ち物を詮索するものではありませんよ、不実崎(ふみさき)さん」

「ふうん……。そっちも授業に私物持ち込んでんじゃん。似たようなもんだろ」

「……女性にはいろいろと物が入り用なんです」

そういうもんかな。**必要最低限のアメニティは、寮に揃ってた**気がするが。

「それでは私たちはこれで。カイラ、行きましょう――」

そのときだった。

カイラの背後から猛烈な勢いで、一人の男が走ってきた。

「――カイラ！」

俺は咄嗟にカイラの腕を引っ張る。カイラの肩を男が掠め、一顧だにせず駆け抜けた。

ふらついたカイラの手から鞄が投げ出され、ばふんっと地面に激突する。

「大丈夫か？」

「……はい。お礼申し上げます、不実崎さま」

「ったく。なんだあの野郎。謝りもせず――」

俺が毒づきながら顔を上げると、お姫様が、走り去る男を厳しい目で見やっていた。

「――女物のバッグ――」

「ん？」

呟き声に俺が反応したときには、お姫様は動き出していた。

弾かれたように、という形容がまさに似合う。一歩目からいきなりトップスピードに入り、小柄な身体が閃光のごとく駆ける。あまりの初速に帽子が置き去りにされ、解放された煌びやかな髪がビロードのように波打った。

「はやっ……！」

俺が驚いている間に、お姫様は呆気なく駆け去る男に追いつく。

かと思うと、男の肘と首を正確に掴み——

ぐるんっ！

——と、男の身体を縦に回転させた。

気付けば、男はうつ伏せに地面に叩きつけられ、お姫様はその背中を踏みつけていた。

おまけに掴んだ腕を捻り上げて、完璧に関節を極めている。

「——このバッグは」

それから、俺はようやく気付いた。

極められた男の手に、明らかに女物のバッグが掴まれていることに。

「どこのご婦人から、ひったくってきたものですか？」

ひったくり犯!?

今のすれ違う一瞬でそれに気付き、即座に行動に出たってのか！

「……ぐ、……ぐっ……！」

「いえ、仰らなくてもわかります」

悔しげに呻くひったくり野郎に、お姫様は冷然と告げた。

「あなたにはさほど息の乱れがありません。人は100メートルも全力疾走をすれば息を切らすものです。あなたの体格、年齢、筋肉量から推測される肺活量から考えて、走ってきたのはせいぜい50メートルというところでしょう」

　恨みがましげな目で睨み上げてくるひったくり犯に、お姫様は突き刺すように続ける。

「ひったくりとは通常、自転車やバイクを用いて行うものです。そのほうがずっと逃げやすいですから。ですが、あなたは走ってきた。なぜか？　十中八九、本来は置き引きでもするつもりだったのでしょうね。そこに運悪くバッグの持ち主が帰ってきて、揉み合いになった——その結果としてひったくりになったというわけですか。そういえばここから50メートルほど離れた場所に駐輪場がありましたっけ？」

　ひったくり犯は驚愕に目を見開く。

　当たってるってのか？　こんな少ない情報から、こんな一瞬で組み上げられた推理が？

「その強引な手口からして、まだ慣れてませんね。初犯か、せいぜい二回目でしょう。あなたが犯罪に手を染めなければならなくなった苦境には同情しますが、罪は罪——5分ほどもこうして関節を極めておけば、すぐに警察がやってきてくれますよ」

　ひったくり犯はついに、心が折れたかのように、身体から力を抜いた。手からバッグが滑り落ち、お姫様が片手で掴む。

　お姫様の宣言通り、5分ほどで警察はやってきた。お姫様は慣れた様子でひったくり犯を警察に引き渡し、被害者の女性に何度も頭を下げられた。

　それから、トイレにでも行ってきたような様子で、俺たちの元に戻ってきたのだった。

「カイラ。荷物は無事ですか？」

　落とした帽子をカイラから受け取りながら、お姫様は言う。

「はい。**おそらくは**」

「ならば良かったです」

長い髪をくるくるとまとめて、手品のように帽子の中に仕舞い込む。

あまりにスピーディな展開についていけなかった俺は、ようやくお姫様に声をかけた。

「ちっこいくせに無茶するな、お前……」

「無茶ではありません。柔よく剛を制す──それが探偵格闘術〈バリツ〉の基本です」

「あのネチネチとした言葉責めも、そのバリツとやらの技か？」

「ええ。バリツ四式〈リーガル・トラップ〉です。人によっては逆上してしまうのですが、幾分か理性的な方で助かりました」

皮肉のつもりだったが、大真面目に答えられてしまった。なんだよ四式って。

「それでは今度こそ、私たちはこれで」

そう言って、鞄を持ち直したカイラと共に、お姫様は去っていった。

怒涛のような数分間だった……。これが名探偵の星の下ってヤツか？

「……あの鞄……」

二人の背中を見送っていると、祭舘がぽつりと言った。

「ん？　鞄がどうした？」

「あ、いやいや、何でもないよー？」

「何でもない奴の言い方じゃねえな」

「いやあ、別に何の得もしないし、ヘーゼルダインさんの言う通り、女子の荷物を詮索するもんじゃないかなーって」

「あの鞄(かばん)の中身が気になるのか？」

「別に気になるってほどじゃないけどー……学校ではあんな鞄持ってなかったなって」

「んー…… 一度寮に戻ったんじゃねえか？　変装してたし、着替えでも入れてたんだろ」

「その割には――あー、まあいいや」

「おい！　気になるって！」

「……その割には、あの鞄、**だいぶ重そうな音**してなかった？」

「確かに、**ばふんって言ってた**よな……」

ひったくり犯が走ってきて、カイラが鞄を取り落としたときのことだ。

「それじゃ、俺に詮索されるのを避けてたし、何かしら女子用のアイテムを詰め込んでんじゃねえの？　シャンプーとか」

「その割にはガチャガチャ鳴らなかったし、わざわざあんな鞄用意しなくたって、お店の袋でいいような気もするなあ。だって――」

祭舘(まつりだて)は、日々の何でもない冗談のように言う。

「――あの鞄も、限られたＤＹで買ったってことでしょ？」

……確かに、言われてみれば、ちょっと変なのかもな。ビニール袋が有料といえど、わざわざあんな鞄を用意して――なんでだ？　店の袋を使いたくなかった？　見られたくないから？　ＤＹを使ってでも覆い隠したいものってことか……？

　お姫様は一体、何を買ってきたんだ？

「……それにしても祭舘、お前よく見てんな」

「えー？　普通だよー」

　捜査してやろう、と気合いを入れているときならいざ知らず、今は本当に何でもない時間だ。今の推理にしても自然体で、お姫様みたいな芝居がかった感じがなく、まるで日常会話のようだった。

「ちょっと興味が湧いてきたぜ、祭舘」

「女の子の鞄の中身がそんなに気になるんだ？　きっしょー」

「違(ち)げえよ。興味があるのはお前のことだ」

「おほう。いつもそうやって女の子口説(くど)いてんだ。やるねえ」

「茶化(ちゃか)すなって。……お前は自分を普通だって言ってたが、やっぱ探偵学園の生徒だよ。目の付け所が普通じゃない」

「……普通だと思うけどなあ。不実崎(ふみさき)くんがしつこいからちょっと考えてみただけで」

「普通じゃない生まれの俺としては、その普通ってヤツに興味があるんだよ。なあ祭舘、もうちょっと推理してみてくれよ。カイラが持ってた鞄の中身は、なんだと思う？」

「うえー？　事件でもないのに推理なんて、ちょっと悪趣味じゃない？」

　普段の俺なら同じように思うだろう。こんなのは下世話な好奇心以外の何物でもない。

だが、今だけは目を瞑って、この怠け者の力を試してみたい。

「だったら、**これは事件だ**として、推理してみろよ。ちょっとした練習だ」

「練習ねえ……。はあ、仕方ないなあ」

祭館はいかにも不承不承という感じで、しかしすっぱりと言った。

「たぶん、電子製品じゃない？」

「は？　なんで？」

「落ちたときに、**ばふんってちょっと柔らかい音がした**でしょー？　たぶん緩衝材が入ってるんだよ。そんなの使って持ち運ぶのは、割れ物か――」

「――電子製品、か。割れ物じゃないって言える理由は？」

「ヘーゼルダインさんが『荷物大丈夫？』って訊いたら、あの小っちゃい子は『**おそらくは**』って答えたでしょ。割れ物だったら大丈夫か大丈夫じゃないか、この場でははっきりわかるはずじゃん。一方、電子製品は電源入れないとわかんなーい」

「……なるほどな。筋が通ってる」

「**バスケットボールくらいのサイズ**の電子製品で……パッと思いついたのは電気ポットだけど、そのくらい寮にあるよねえ」

「ああ、あったと思う」

「……なんで不実崎くんがヘーゼルダインさんの寮のこと知ってんのー？」

あ、やべ。

「いや、学年首席のあいつが、ポットもないような寮に行くとは思えねえだろ？」

「ふうーん……。ま、いっか」

　同じ寮に住んでることは、とりあえず隠しといたほうが無難だよな……。祭舘が好奇心の薄い奴で助かった。

「どっちにしろ、そういう便利な家電だったら、鞄で隠す必要なんかないわけだし――配信用のＰＣやマイク、ウェブカメラっていうのも考えたけど、ＰＣにしては小さすぎるし、マイクだけあってもしょうがないし」

　そういえば、配信してんだっけ、お姫様って。だが、配信に使うような高スペックＰＣとなると、その辺の家電量販店で買ったりはしないだろう。

「候補はいろいろありそうだけどー……わざわざ鞄を用意して隠している以上、それは少なくとも、へーゼルダインさんのイメージからは外れるようなものなんだろうねー」

「例えば？」

「そうだなあ。例えば――」

　そして祭舘が口にした言葉に、俺は大いに眉根を寄せた。

「あのお姫様が……？　そんなもんを、入学二日目に？」

「イメージから外れてるでしょ？」

　祭舘はへへっと、冗談がウケたお調子者みたいに笑った。

「まあ、こんなのは推理なんて大したものじゃないよー。強いて言うなら――そうだなあ、

よいしょ、と祭館は自販機の脇からようやく立ち上がって、

「もし当たってたら、それは運が良かっただけ。実際、推理が閃くかどうかなんて、はっきり言って運ゲーでしょ？」

飲み終えたペットボトルを、ゴミ箱の中に滑り落とす。

俺は苦笑しつつ、

「お前に言わせりゃ、世の名探偵たちはただの豪運集団ってことか？」

「うーん……どっちかといえば、当たるまでガチャを引き続ける人たちかな」

「ああ、そりゃあ――言い得て妙だ」

考え続けなければ、答えは閃かない。

最後まで考えていた人間が、名探偵と呼ばれる。

「お眼鏡には適ったかな？　不実崎くん」

祭館が振り返り、からかうように微笑む。

「ああ、大いにな――〈普通探偵〉さん」

「えー？　何そのダサいの」

「普通のことを普通に考えて、普通に当てたり外したり――それ以外にないだろうが」

「〈普通探偵〉ねー……」

「ちなみに生徒会長の異名は〈黒幕探偵〉らしいぜ」

『大胆な想像』ってところかな」

「かっこよ！」

俺たちは自販機を離れ、再び御茶の水の街を歩き出す。

祭舘こよみは推理を信仰していない。探偵の力なんて信じていない。

そこが俺との共通点だった。

それを喜ばしいと思うのは、きっと普通のことだろう。犯罪王の孫である俺にだって、その程度の常識は備わっている。

この探偵学園という不毛の砂漠に、ちょっとしたオアシスができた——そんな気分と共に、俺は初めての尾行授業を終えた。

7　お姫様の秘密

入学から数日が経った。

昼の授業が前途多難なのに対して、夜の寮生活は大方の予想に反して快適だ。

お姫様と部屋の位置が離れてるから、ってのもあるが、一番の理由はカイラだった。

「不実崎さま。お洗濯物はこちらの籠にお入れくださいい。それとゴミ出しについて——」

掃除に洗濯、そして料理と、カイラは家事という家事を何でもやりたがった。一応、どれにも当番があるんだが、他の奴が当番のときにも、カイラは当たり前のように手伝いを申し出る。俺が掃除当番になったときは一応遠慮してみたんだが、

「住居の状況が自分の制御下にないのは落ち着きません」

と言って、頑として掃除機から手を離そうとしなかった。

要はカイラにとって、家事は仕事ではなく趣味なのだ。フィオ先輩なんかは「まるで実家！」と大喜びだったが、家事が趣味の奴(やつ)がいるってのは楽なことばかりでもなく、

「不実崎(ふみさき)さま。フライ返しの位置を変えましたか？」

「……え？　い、いや……同じ引き出しに入れたけど……？」

「同じ引き出しの中の、隣の仕切りに入っていました」

「だ、ダメなの？」

「ダメです。調理器具は全員が使うのですから、わかりやすいように決まった位置に戻してもらわなければ。それと洗剤の位置についてですが、右から――」

好きでやっているからこそ、理想通りにしなければ気が済まない――カイラは便利な家政婦なんかじゃなく、いわば『家事奉行』なのだった。

それに、さすが探偵助手を兼ねるだけあって、記憶力も観察力もずば抜けてる。洗剤の並び順なんて覚えてねえだろ、普通。

そうしてメイドが八面六臂(はちめんろっぴ)の活躍を見せる中、ご主人様のほうが何をしているかと言うと、毎日授業から帰ってくるなり、部屋に引きこもっていた。

カイラ曰(いわ)く、リモート捜査だそうだ。B階梯(ティアー)の名探偵ともなると、現場に直接赴かずとも事件を解決できるらしい。

その証拠とばかりに、お姫様宛ての荷物が毎日のように幻影寮に届いては、次々とお姫様の部屋に運び込まれていた。全部通販である。こちとら日々の食費を削って食い繋いでるってのに、ゴールド・ランクの優等生はずいぶんと稼いでいらっしゃるようだ。

俺も一応、探偵塔1階の調査依頼斡旋所に行って、何個か依頼を請けてみた。だが、そこから得られたブロンズ依頼のペット探しは、二日かけて解決しても６０００ＤＹ……。学生価格っていうより、絶対中抜きされてるだろって額だった。

そして今日も、俺は街を駆けずり回り、くたくたになって寮に帰ってくる。

メシ食いたい……。それか風呂。今の俺にとっては、もはやそれだけがご褒美だ。

だが、晩飯の時間はもう過ぎていた。全員集合の寮則は、事件のときには適用されない。居間の卓袱台では、ラップのかかった豪勢な洋食だけが俺を出迎えてくれた。

確か今日はお姫様の当番か。料理も当たり前のように一流なんだよな、あの名探偵……。「あらゆる場所に潜り込まなければならない探偵は、万能でなければならないのです」とか言って。ホント可愛げがねえ。

とはいえ、疲れた今はどんなメシでもありがたい。トマトの香りがするシチューをレンジに入れて、バゲットやサラダを腹に詰め込んだ。それから温まったトマトシチューを飲み物のごとく貪って、人心地つく。……ちくしょう、旨い。

次は風呂か……。支度をしねえと……。そう思いながらも、洗い物を済ませたところで、もう限界だった。自分の部屋に戻った俺は、気付けば敷きっぱなしの布団に倒れ込み、泥のように眠り込んでしまっていた。

そして事件は、この日の深夜に起こったのだ。

「……トイレ……」

早めに寝てしまったからか、深夜に目が覚めた俺は、のそのそと廊下に出た。

あーくそ、風呂入り損ねた……。今からシャワーだけでも浴びるか……？

ミシミシと床を鳴らしながら、俺は暗い廊下を歩いていく。暗闇に怯える歳でもないが、それでも夜の幻影寮は充分に不気味だ。廊下の奥にわだかまる闇から、今にも長い髪の幽霊が姿を現しそうな……。

……そういえば、フィオ先輩が言ってたっけな。この寮は曰く付きだって。

何でも、学園が買い取って寮にする前は、一人の買い手もつかない、まさに幽霊屋敷だったそうだ。その理由というのが、大正時代だっけか？　に起こった一家惨殺事件で——

「……っ……」

夜気に冷えたのか、ぶるりと身体が震えた。

あー、やめとこやめとこ。探偵と違って、幽霊は論破できねえ。

俺はトイレで用を足すと、足早に自分の部屋に帰ろうとした。

「——んにいいぃいぃいぃいぃああああぁぁ…………!!」

そのとき、遠くから響き渡ってきた喧嘩する猫のような叫び声に、俺は顔を上げた。

なんだ？　叫び声？　……悲鳴⁉

現実と、直前までの悪い妄想が結びつく。

まさか……でも、今の悲鳴の方向は……！

廊下を走り抜け、俺は今まで一度も近寄らなかった区画に踏み込んだ。こっちには、そう、あいつの部屋がある！

「――おい、お姫様！　大丈夫か⁉」

一度も足を踏み入れたことのなかった、お姫様の部屋。

その障子を開けて――俺は真実を知った。

「…………えっ…………？」

唖然とした顔で振り返ったお姫様は、見たことのない格好をしていた。

ワゴンで500円くらいで投げ売りされてそうな簡素なトレーナーとハーフパンツを身に着け、トレーナーのフードで煌びやかな髪をすっぽりと覆い隠している。目深に被ったフードの中には、高そうなゴツいヘッドホンが覗いている。

何よりも衝撃だったのは、部屋の中の様子だった。

畳の上に点在する、口の開いたポテチや飲みかけのペットボトル。

大きなモニターで絢爛豪華に光り輝く、ＦＰＳゲームの画面。

そして、デスクの上で虹色に輝く、ゲーミングキーボード＆マウス。

〈探偵王女〉とは正反対の、完璧なる引きこもりゲーマー干物女の部屋を前にして、俺は自然と、祭舘にやってもらった、お姫様のバッグの中身についての推理を思い返していた。

あのとき、祭舘はこう言ったのだ。

あのバッグの中身としてありうるのは、例えば――

――ゲーム機、とかね

あいつの推理は、正しかった。

デスクトップＰＣの横には、まさに、最新鋭のゲーム機の姿があった。

つまり、さっきの悲鳴は――

「なんだよ。ただゲームでやられただけか」

ぷるぷる震え始めたお姫様の前で、俺は溜め息をつく。やれやれ。人騒がせな奴だぜ。

「じゃあな。あんまり夜更かしすんなよ」

俺はピシャリと障子を閉めた。

そして――脱兎のごとく、その場から逃げ出した。

「んぁああぁあああああぁぁああああああああああああ――――っっっ!!」

背後から迸る本物の悲鳴に、俺は首を竦ませる。

やっべえ。やっべえ。やっべえ。

見ちゃった。

8　無関心と飢え

「あれ？　……どうしたのぉ？」

珍しく朝から起きてきたフィオ先輩が、お腹を掻きながら首を傾げる。

朝の食卓には、居心地の悪い沈黙が漂っていた。

いつもはさっさと学校に行っちまうくせに、どういうわけか今日に限って、お姫様はゆっくり朝飯を食っていたのだ。俺もカイラに誘われて、断る理由も見出せず、ちびちびと味噌汁を啜る機械になっている。

綺麗な正座で黙々と白米を口に運ぶお姫様は、今日はまだ一言も声を発していない。まるですべてを——というか俺を——拒絶しているかのようだった。

……怒っておられる……。

そりゃあ勝手に部屋に入ったのは悪かったが、俺も俺で、悲鳴を聞いて駆けつけたという言い分があるわけで。

「なになにぃ？　もしかして夜這いでもしたぁ？」

にやにや笑いながら座布団に座った先輩に、カイラが手際よく朝食を配膳しながら言う。

「お嬢様の夜のご趣味がバレたのです」

お姫様が何か言いたげに一瞬口を開き、フィオ先輩が「ふうん？」とお箸を取った。

「ダメだよぉ、王女ちゃん？　壁厚くないんだからさぁ、ほどほどにしないと」

「げっ、ゲームの話です！」

「あっ、そっちか」

どっちだと思ったんだよ。……っていうか、

「フィオ先輩は知ってたんすか？」

「話聞いてたらわかるよぉ。オタク隠しきれてないもん」

ふぐっ、とお姫様が喉を詰まらせたような音を発した。

「そもそも王女ちゃんの生い立ちからして、普通の友達がいっぱいいたとは思えないしぃ。何かしらインドア趣味があるのは想像つくでしょぉ？」

「はあ～……さすが2年っすね、先輩」

「初歩的な推理だよ、後輩クン」

おどけた口調で言って、「んにひひ」と先輩は笑う。

「後輩クンも後輩クンで女の子のこと知らなすぎ。こんな完璧で清楚な女の子なんて現実にいるわけないんだから、本性はその真逆に決まってんじゃあん」

「いや、思うわけないっすよ。世界的なアイドルのお姫様が、実は干物丸出しの――」

「ご馳走様でしたっ!!」

荒々しく空の茶碗を卓袱台に置いて、お姫様は学生鞄を手に立ち上がった。

どすどすと居間を出ていくお姫様を、カイラが俺たちに一礼してから追いかけていく。

「あ〜らら、怒らせちゃった」

行儀悪く箸を咥えながら、フィオ先輩は他人事のように言う。

「半分は先輩のせいでしょ」

「フラグが立たないねぇ？　せっかく一緒に住んでるのに」

「んな期待するほど神経太くないっす」

元から俺たちはろくに話さない間柄だ。だから多少関係が悪化したところで大して変わりはしない。居心地は悪いものの、まあそれも、俺にとっては当たり前のことだ。

「ん〜……後輩クン、キミってさあ」

「はい？」

「関係に執着がないよね」

すっぱりと言いながら、フィオ先輩はどぽどぽと焼き鮭に醤油を注いだ。

「関係に、執着……？　そうっすか？」

「そうだよぉ。人間関係を最初から諦めてる感じがする。どうせ自分には関係ないって一線を引いてる感じがする。好かれようと嫌われようと眼中にないって感じ」

…………そう、か？

確かに俺は、誰かと長い間、関係を育んだことがない——逃亡生活じみた頻繁な引っ越しがそれを許さなかったし、物心ついたときからそういう生活だったから、深い仲の友達を作ろうなんて発想そのものが最初からなかった。

「逆に王女ちゃんは、関係に飢えてるね。今朝に限って居間にいたのが証拠だよ。王女ちゃんはたぶん、この件をちゃんと処理して受け止めたかったんじゃないかなぁ。それはキミとの関係を継続する意思があるってことでしょ？」

フィオ先輩は醤油まみれになった焼き鮭を解体しながら、

「ツンケンしちゃうのは臆病さの表れ。臆病さは目の前のことに価値を感じていることの証明――王女ちゃんが大切だと思っているものを、キミは大切にしていない」

「……だったら、当然っすね。俺が嫌われるのは」

「逆に言えば、違うのはそこだけなんじゃないのぉ？」

解体した鮭をちびちびと摘まんで、フィオ先輩は言った。

「人間関係に縁がなかった人生だったのは一緒じゃぁん。ぼっちはぼっち同士仲良くなったら？　ほら、『類は友を呼ぶ』って言うしー？」

簡単に言ってくれる。

ただでさえ出会いが最悪だった。この上、しょうもないことで怒らせて――何をどうやったら、仲良くなんてなれる？

そりゃあ俺だって、同じ寮の同居人と気まずいままなのは鬱陶しい。だが、修復すべき関係さえ見当たらない俺たちに、人間関係なんて上等なものを育める余地はあるのか？

「昔さあ、アメリカの心理学者ニューカムが実験をしたんだけどぉ～」

ご飯粒を付けた口から、突拍子もなく飛び出した言葉に、俺は面食らった。

「ある大学の寮でさ、考え方が違う学生を近くの部屋に入れてみたんだってさ。そしたら、最初の一週間くらいは近くにいる人同士で仲良くなるんだけどぉ、何ヶ月か経ったら部屋割りは関係なく、近い考え方の人間とつるむようになってたんだって」

「……ええっと、『類は友を呼ぶ』の話っすか？」

「そうそう。要するに、時間が経つほど内面が似てる人のことを好きになるって話ね。隣の家のツンデレ幼馴染みより意気投合したニューヒロインってわけ」

「はあ……。なんつーか、物知りっすね、先輩」

「知らないのぉ？　世の中には『検索』っていうのがあるんだよ？」

くすくす、とフィオ先輩は小馬鹿にしたように笑う。ねえよ、そんな心理学実験を検索することなんて。

「そういうわけで、王女ちゃんときちんと喋ってさ、実は似た者同士だってことを確認してみなよ。そしたら触らせてくれるかもよ？　あの豊満なおっぱいを！」

「別に触りたくは――」

――ないわけでもねえけど、そんなのは目的じゃない。

もし俺の関係性への無頓着が、犯罪王の孫として生まれたことの影響だとしたら……それを諾々と受け入れるべきじゃない気がする。そっちのほうが重要だった。

「……まあ一応、礼を言っときます。意外と相談上手っすね」

「わあ、褒められちゃった！　好きになっちゃうかもぉ～♪」

「悪いっすけど、探偵学園の生徒として犯罪を犯すわけにはいかないんで」

「ビビってるんだ？　ヘタレで可愛いねぇ。お～、よちよち♪」

フィオ先輩は腕を伸ばし、俺の頭をなでなでしてくる。撫で返してやろうか。

「……あ、もうこんな時間だぁ」

居間の振り子時計を見て、フィオ先輩は不意に立ち上がった。

「フィオ、今日は晩御飯いらないから！　メイドちゃんに言っといて～」

「どこ行くんすか？」

フィオ先輩は制服を着ていない。だから学校に行くわけじゃない。というか俺は、この先輩が制服を着ているところを見たことがなかった。

「心配してくれるんだ？　やっさし～♪」

フィオ先輩は何が面白いのか、によによと笑い、

「だいじょぶだよん。これでも一応2年生だし！　んじゃね～☆」

ぶかぶかのパーカーの袖を振りながら、玄関のほうへとぺたぺた歩いていってしまった。

事件だろうか。あの小学生みたいな見た目で捜査してるところは、いまいち想像がつかないが――そうだよな。この学園で1年生き残ってんだよな、あの人は……。

「……ちゃんと喋って、似た者同士なのを確かめる、ねえ……」

俺は犯罪王の孫で、あいつは探偵王の娘。

この世の対極みたいな俺たちに、本当に共通点なんてあるのだろうか。

9　メイドの秘密

「うえ、汗臭っ！」

尾行・張り込み授業のパートナーである祭舘こよみの容赦ない一言によって、俺は昨夜、風呂に入れなかったことをようやく思い出した。

「やめてよねー。今日は午後から張り込み実習なんだからさあ。そんな汗臭いのが側にいたら見張れるものも見張れないってー」

そういうわけで、昼休みの間に総合体育館のシャワールームへと送り込まれたのだ。

もうちょっとオブラートに包めないのか、あいつは……。関係に執着がないと言われた俺だが、傷付くときは傷付くんだぞ……。

「――ふう」

ハンドルを捻り、シャワーを止める。スッキリした。お姫様とのことも、少しだけ。

俺は確かに、人間関係を諦めるのが早すぎるのかもしれない。これから3年間、きっちりこの学校に通いたいなら、毎日の夕飯が気詰まりになるのは確かに嫌だ。

機会があれば、少しだけ歩み寄ってみるか――

「――っと、タオル、タオル……」

「どうぞ」

「お、サンキュー——って、うおわっ⁉」

髪を拭いて目を開けると、スイングドアの向こう側に褐色肌の少女が立っていた。

カイラだった。

「おっ、お前⁉　何してんだ⁉」

慌ててブースの奥に逃げる俺。一方、カイラはスンとした無表情で俺の胸板を見つめた。

「意外に鍛えていらっしゃいますね」

「ああ、これは昔、ある人に習って——」

そのとき、カイラは何の断りもフリもなく、スイングドア越しに手を伸ばし、俺の胸筋をつんっとつついた。

「……おい？」

突然の行為に戸惑いの目を向けると、カイラは素知らぬ顔でそっぽを向く。

表情が薄くてわからないが……こいつもしかして、実は結構スケベじゃね？

「お嬢様の振る舞いについて、謝罪に参りました」

今の一幕を完全になかったことにしているカイラに、俺はしらっとした目を向けたが、カイラは怖じることなく続ける。

「申し訳ありません。不実崎さまには、本来何の落ち度もないにもかかわらず」

「いや……俺も女子の部屋に勝手に入ったわけだし……」

俺は股間をタオルで頼りなく隠したまま濡れた髪を掻き上げ、

「……なあ」

「はい」

「とりあえず、服着ていいか？」

ブオーーッ！　とドライヤーの温風を当てながら、カイラの小さな指が、丁寧に俺の髪を梳いていく。妹の髪を乾かしてやったことは遠い昔にあったが、自分がされた経験はほとんどなかった。それも、妹よりも小さそうな女の子にされた経験は。

「……カイラ」

「なんでしょう」

むず痒さを誤魔化すように話しかけると、平坦な声が返ってくる。

「お前は……いいのか？　俺にこんなに親切にして」

「主の非礼を詫びるのは仕事の内です」

「俺が不実崎でも、か？」

「はい」

カイラは躊躇わずに即答した。

「仮にも探偵を志す者ならば、その論法は成り立たないと、すぐにわかるはずです」

「……誰が語ろうとも、正しいことは正しい、か」

「逆もまた然りです」

誰が語ろうとも、間違いは間違い。

そういえば、カイラには探偵科目の授業で苦労している気配がない。探偵助手も務めていると言うが、その言い振りはむしろ、助手というより一端の探偵のそれだった。

「お嬢様は聡明で有能ですが、まだ慣れていないのです」

ドライヤーの音に混じって淡々と語られた言葉に、俺は視線を上向ける。

「慣れてない？」

「お嬢様が最後に学校に通っていたのは8歳のとき——13歳までは探偵修行に明け暮れ、それからは事件捜査で世界中を飛び回っていました。ですから、同年代の、それも男性が側にいること自体、初めてのことなのです」

「その割には、クラスでは上手くやれてるみたいだけどな」

入学式の日以来、お姫様はすっかりクラスの中心人物だ。俺とはまったく逆。

「不実崎さんは、初めての、対等な相手ですから。まだ整理がついていないのでしょう」

「対等ね……。探偵として、か？」

「はい」

「俺は対等とは思わねえけどな……」

日々、思い知らされている。詩亜・E・ヘーゼルダインはすでに本物の名探偵だ。座学でも、武道でも、およそ探偵の能力で、俺が勝っている部分はない。初日のあれは、やっぱりラッキーパンチに過ぎなかったのだ。

「……たかが推理力で上等だの下等だの、侘しいこった」

「そういう生き方しか知らない方です」

俺の負け惜しみに、カイラは端的に答えた。

探偵としての生き方しか、知らない――想像を絶する人生だ。

「……ま、ろくに友達も作れなかったってのは同情するよ。俺も似たようなもんだ」

「というと？」

「不実崎未全の孫が、社会で普通に生きていけると思うのかよ」

カイラは初めて、返答を迷うように黙り込んだ。

俺は皮肉に唇を曲げて、

「あんま構えるなよ。別にお姫様にも、探偵王にだって恨みはない」

――探偵なんてクソだ。

昔は、シンプルにそう考えていた。だけど、今は……『恨み』なんて簡単な一言では、表し切れない。

一度は恨んだ。一度は憧れた。そして一度は、失望した。

その上で、俺は今、この学園にいる。……説明なんて、しようがない。

「あなたは……」

カイラは何か言いかけて、言葉を呑み込んだ。

代わりにドライヤーを止めて、片手を軽く、俺の肩にかける。

「……あなたも、呪われてしまったのですね――『探偵』というものに」

あなた、も？

俺は振り返り、カイラの顔を見上げた。いつも通りの無表情は、だけど瞳の奥に、俺と同じ、割り切れない何かを秘していた。

「カイラ、お前――」

――ただの、メイドじゃないんだな。

お前にとってお姫様は、ただのご主人様じゃなく――

「そろそろ失礼します。お嬢様の昼食が終わる頃合いですので」

カイラはすっと離れ、シャワールームの出入り口に向かった。

俺は取り残されたように座ったまま、

「ありがとな。髪、乾かしてくれて」

「次はお背中お流しさせていただきます」

耳を疑う発言に声を詰まらせると、鉄面皮のメイドは振り返り――

――くすり、と初めて、その薄い唇を綻ばせた。

「冗談です」

そう言って、カイラは扉の向こうに消える。

俺はそのまま項垂(うなだ)れて、詰まった息を吐き出した。

……なんだよ、いきなり笑うなよ。

可愛いと、思っちまったじゃねえか。

10　推理するまでもない明白な事実

「ホンット、デリカシーないよね！」

カイラに背中を洗ってもらいながら、私は不満を漏らした。

「許可なしに女の子の部屋に入ってくるとかさ！　普段もそうだよ！　暑いからってお風呂上がりに半裸でほっつき歩いて……！　異性と同居してるって自覚がないのかな!?」

カイラは丁寧に私の肌を磨きながら、お風呂場に響き渡る私の愚痴を黙って聞いている。

すっきり忘れられたらいいんだけど、こういうときは自分の記憶力や観察力が恨めしい。忘れることも見逃すこともできないから、どうしても根に持ち続けてしまう。

「日本は気遣いの国だって聞いてたんだけど！　話と違うくない!?　ねえ、カイラ！」

「私見を申し上げると」

カイラは私の身体を覆う泡をお湯で流しながら、

「せっかくご忠告申し上げたのに、それをすっかり忘れて深夜にゲームに熱中し、大声を上げていた主に、一抹の失望を禁じ得ません」

「うっ……！」

……確かに、ちょっと油断してた。

部屋には配信用に防音材を貼ってあるから、少しくらい声を出しても大丈夫だって……。

「お嬢様は、推理では神経質なまでに重箱の隅をつつくくせに、普段がズボラ過ぎるのです。これを機に我が身を省みるべきかと」

「……カイラは、不実崎さんの味方なの？」

「わたしはお嬢様の従者です。なればこそ、時には敵にも回ります」

私とカイラは、お義父さまに引き取られたときから、姉妹のように生きてきた。

今でこそ主従ということになっているけど、私はまだ、その頃と同じ関係のつもりでいる。カイラもきっとそうなのだ。だから、口調こそ立場を弁えたものだけど、あの頃のように——実の姉のように、接してくれる。

「お嬢様」

カイラは私の肩に優しく手をかけて、諭すように言った。

「初めての敗北を、悔しく思うのはわかります。ですがそのために、真実を見る目を濁らせてはなりません」

「……真実？」

「不実崎さまがどのような苦労をしてきたか……想像はおつきになるでしょう」

……人間というものは、びっくりするくらいに愚かだ。

血で罪は遺伝しない。そんな当たり前のことを知るのに、一体何千年が必要だったのか。

わかっている。私だってその一人。

初めて、不実崎さんに声をかけたとき……私には、明らかな傲慢があった。出自で人を判断するクラスメイトを見下し、そして不実崎さん自身を見下していたからこそ、『私が手を差し伸べることで彼をクラスに馴染ませてあげよう』なんて発想が出てきたのだ。

だからこそ……悔しかった。

見下していた不実崎さんに負けて……彼がわかっていたことを、自分はわかっていなかったと知ったとき……悔しくて悔しくて、しょうがなかった。

「本来ならば、お嬢様は恨まれて然るべき立場——とっくの昔に寝込みを襲われていてもおかしくありません。にもかかわらず、寮を変える選択を採らなかったのは、お嬢様自身、わかっていたからでは？　不実崎未咲は、邪悪ではないと」

本気で論を交わせば、多少は人となりが見えてくる。

不実崎さんは、人を食ったように笑ってはいたけれど、答えがわかっていない私を見下したり、貶めようとする気配が感じられなかった。あったのは、苛立ち。『探偵だったらこうあってくれよ』という、ある種の願いのようなもの。

探偵に人生を狂わされたからこそ、彼には誰よりも、理想の探偵の姿が見えているのかもしれない……。

「少しは大人になる時分です、お嬢様。〈探偵王女〉という肩書きは、不実崎さまにだけは、何の価値も持たないのですから」

「……わかってる」

この2年間、私は褒められ続けてきた。だけどそれは、探偵王であるお義父さまの威を借ってのこと。探偵としての実力にしても、師匠の修行があったればこそだ。

この学園では何もかもを自分で勝ち取らなければならない。自分で……自分だけの力で。

「もうちょっと……考えてみる」

カイラは無言で、背中から私を抱き締めてくれた。姉妹であり、親友でもある従者の優しさに今だけは甘えて、私は鏡に映った自分の顔を見つめていた。

殺人トリックならすぐ思いつくのに……こういうことは、全然答えが出ないんだね。

配信を見飽きた俺は端末の画面を落とし、自分の部屋を出た。

何かにつけＤＹが必要になるこの学園でも、ネット回線だけは無料だ。そのおかげで生徒端末さえあれば暇潰しには事欠かないが、それにも限界がある。お姫様と違って娯楽物を何も持っていない俺は、そうなったら寝るか散歩くらいしかすることがない。

その点、この幻影寮は優秀だ。武家屋敷らしく広々とした庭があり、ぼーっと眺めるにはうってつけ。しかも造園業者を入れているのか、いつ見ても綺麗に景観が保たれている。

今日の夜空は晴れていた。

静謐な月光が広い庭に降り注ぎ、開演前の舞台のように照らしている。

その真ん中に——妖精のような少女が、佇んでいた。

……俺はしばし、……その姿に、魅入られる……。

目の前にある、地続きの空間のはずなのに、どれだけ手を伸ばしても届かない気がした。

この縁側を境として、こちらとあちらで世界が隔たっているかのような——

……何を考えてんだ。こんなのは、ただの見た目の話だ——詩亜・E・ヘーゼルダインが、世にも珍しい優れた容姿を持って生まれたというだけの話だ。

俺が不実崎未全の孫であるだけなように。

こいつもただ、綺麗に生まれただけでしかない。

それがこいつ自身の何かを決めつけることは、ありえない。

「——何してんだ？　そんなところで」

壁をぶち破るようにして、俺は声を放った。

お姫様が振り返り、月光に輝く髪がカーテンのように揺れる。それから、まるで臨戦態勢に入るように、すうっと軽く目を細めた。

「別に……ただの瞑想ですよ」

「瞑想？」

「脳のメンテナンスのようなものです。パフォーマンスを落とさないように、頭を空っぽにする時間を定期的に設けているんです」

「ふうん……。気分転換みたいなもんか」

「……そうとも言いますね」

そうとも言うのかよ。賢ぶった言い方しただけじゃねえか、じゃあ。

「夜は冷えるぞ。そろそろ中に入ったらどうだ？」

「今更紳士ぶったって稼げませんよ？　私の好感度は」

お姫様は挑発的に薄く笑った。そら見ろ、先輩。小細工なんて通用しねえじゃねえか。

「そうかい。だったら勝手にしな」

俺は縁側に腰掛け、踏み石に置いてあったサンダルに足裏を乗せた。

「……なんで座るんですか？」

「俺の勝手だろ？」

お姫様は小さく眉をひそめる。……しまった。また喧嘩腰になっちまった。

俺は視線を逸らして唇を曲げる。ちゃんと喋る、ね――まったく、高いハードルだ。

「……はあ」

そのとき、お姫様が小さく溜め息をついて、軽く顔を横に振った。

まるで自分を咎めるように。

「不実崎さん……その、何をしていたんですか？」

なんだ？　尋問？

「こんな時間まで……どうやって時間を過ごされているのかな、と」

趣味を訊かれていただけだった。

「別に……適当だよ。遊ぶ金もねえし、端末で配信を見たり……」

「配信？　……もしかして、私のも……？」

「ああ、この前チラッと見たぜ。お前、配信だとすげえ格好してんのな。あのフリフリの、ロリィタって言うのか？」

「スチームパンク・ファッションです！」

形のいい眉を逆立てて、お姫様は抗議した。大いなる違いがあるらしい。そういえば、頭にゴツいゴーグルを着けてたっけな。バーチャル背景も錬金術師の研究室みたいで。

「……レトロなものが、好きなんです。この寮も、それで選びました」

ぽつりと付け加えられた言葉に、俺は少しハッとした。

お姫様の態度や言葉には、俺はいつも胡散臭いものを感じていた。

しかし今の言葉には、その匂いをまったく感じなかった……。

黙り込んだ俺をどう思ったのか、お姫様はばつが悪そうに顔を逸らす。

「悪いですか？　私に趣味があって」

「悪いとは言ってねえっての。……他にもあんの？　ああいうヤツ」

我ながら下手くそだな。こんなんじゃすぐに――

「……服以外の私物は、あまり持ち込めませんでしたが……一応、身の回りのものの一つとして、持ってきたものはあります」

――すぐに話を打ち切られるかと思っていたが、意外にもお姫様は、俺の下手くそな尋問に付き合ってくれた。

スカートのポケットを探り、じゃらりと金色の鎖が伸びた、円盤状のものを取り出す。

「懐中時計です」

縁側に座る俺のほうに近付いてくると、その円盤を差し出してくる。歯車が透けて見える文字盤の上で、カチ、カチ、カチ、と秒針が一定のリズムで回っていた。

「こりゃまた、いかにもアンティークって感じだな」

「そういうデザインなだけで、別に歴史のあるものではありません。……ですけど、これは……師匠に、頂いたものなので」

師匠——S階梯(ティアー)探偵の一人、〝クイーン〟の称号を持つ名探偵だっけか。

「……いいな」

回り続ける歯車を見つめながら、俺はそう呟(つぶや)いた。

「あなたにもレトロ趣味が？」

「いや——まあ、素直にかっけえなとは思うが——俺はさ、昔っから引っ越し続きで、あんまり物を長く持ったことがないんだ。遊牧民みたいに身軽にしてて……実家と呼べる場所すらない。だから、ちょっと羨ましいなと思ってよ」

「……いなかったんですか？　贈り物をしてくれるような、関わりの深い人が」

「センシティブなところを訊(き)いてくれるな。……まあ、いるとしたら家族と、それからじいさんの部下の人たちくらいだけど——正直、楽な暮らしじゃなかったしな。俺は誕生日プレゼントも遠慮してた。じいさんの部下は、俺たちのところには物を残さないようにしてた――お尋ね者だからな。何が致命傷になるかわかんねえだろ？」

お姫様は大きな瞳を少し見開き、ぱちぱちと何度か瞬きをした。

「お爺様の部下、というのは――〈劇団〉の残党ですよね？」

「そういう名前だったっけか。じいさんの組織は」

「……良かったんですか？　私に話して」

「了解は取ってある。隠すつもりだったら、まずは『不実崎』って苗字を隠すべきだろ？」

「それは……そうですが……」

別れ際に、あの人は言っていた。

――我々のことは好きなだけ話して結構ですよ、坊ちゃん。その程度で捕まるようでは、〈劇団〉の〈詩人〉はとても務まりません。我々の情報を大いに利用し、探偵学園での信頼を得ると良いでしょう

犯罪者とはいえ、あの人は俺にとって家族みたいなものだ。それを売るような真似は気が引けて、積極的に話してこそいなかったが、別に隠し立てするほどのことでもない。

「この学園に入った直接の切っ掛けだって、あの人に――じいさんの部下の一人に勧められたからだしな。まあこれを言うと、スパイを疑われちまいそうだけど」

「だったら、なぜ言うんですか――私は探偵です。疑うのが仕事ですよ」

「どうせ嫌われてんだから一緒だろ、っつーのが一つ。もう一つは――」

俺はお姫様の懐中時計を指差して、

「お前は一つ、自分を見せてくれた。だから俺も、一つ見せた。明快なロジックだろ？」

……ああ、しっくりくるな。

別に俺は、お姫様と特別お近づきになりたいってわけじゃない。あんまり不仲だと居心地が悪いってだけで、それ以上のことは望んでいない。

だからこういう、賢しらぶった無機質なロジックが、しっくりくる。

お姫様はしばし、俺の顔を無言で見つめた。

それから、少し開いていた口をきゅっと閉じると、横に移動して、縁側の、俺から一人分ほどの距離を開けたところに、腰を下ろした。

月明かりに照らされる、呆れるくらいに整った横顔を見つめていると、お姫様はそっと、夜空に放るように言葉を紡ぐ。

「――私、ショックだったんです」

その声音は、推理しているときよりも、透明だった。

「私は推理する機械です。そうあるべしと言われて、生きてきました。その生き方に疑問を持ったことなんてありません。だって、私にはその能力がありますから。5年間の探偵修行と、最年少でのB階梯という実績は、自分の才能を確信するのに充分な証拠です」

なのに、と言って、お姫様は恨みがましげな目で俺を見る。

「あなたという、誰よりも負けてはいけないはずの、誰よりも負けるはずのない相手に、負けてしまったんですから――ショックくらい、受けて然るべきです」

「……な、なんか、ごめん」

少し申し訳ない気持ちになった。俺は探偵修行なんてしたことがないし、実際の事件捜査だってまだ経験していない。あれはただのラッキーパンチだった。

「いえ……私が調子に乗っていたのがいけないんです。たかが養成機関の問題を、自分が間違えるわけないと――傲慢な過信をした、私がいけないんです」

「まあ仕方ねえだろ？　実際、あんたの実力だったら、探偵学園なんて真面目に通っても初心者狩りにしかなんねえわけだし」

「スマっ……!?　た、確かにそうかもしれませんが、私にだって事情があるんですよ！」

お姫様は心外そうに身を乗り出した後、落ち着いて夜空を見上げる。

「〈探偵王〉から――お義父様から、課題が出たんです。〈犯罪王〉不実崎未全の、最後の事件を調べてこいと――それには日本での捜査権限が必要なので、探偵資格を……」

「じいさんの最後の事件か――気にならないでもないが、課題ってのは何の？　あんたの師匠は〝クイーン〟なんだろ？」

「……〈探偵王〉を継承するための、最終試験です」

最終試験？

「ご存知かどうか知りませんが、私は〈探偵王〉の実の娘ではありません。そもそも基本的に、目録に載るほどの名探偵は家庭を持たないものですから」

「なんで――って、そうか。弱味を作らないためか……」

「ええ。犯罪者に人質に取られてしまう危険性がある以上、恋人さえ作ってはいけない――少なくとも、私はそう習いました。そのため、お義父様は世界中の孤児院から才能ある子供を見出し、後継者候補にしたんです。その一人が私であり、カイラでした」

「カイラ？　……カイラも〈探偵王女〉の候補だったのか？」

「そうです。選考過程で落選しましたが、能力が高かったので、私の助手になったんです」

俺はカイラの瞳を思い出した。〈探偵王女〉を選考する過程でふるいにかけられ、このお姫様に敗北したうちの一人――だとしたら、あのときの目は、やっぱり……。

「候補が私一人になるまで、幾度となくお義父様からの課題がありました」

俺は物思いから浮上し、お姫様の声に耳を傾けた。

「その最後の一つが、不実崎未全・最後の事件――不実崎さん。あなたがその〈劇団〉の残党から、何か聞いていてくれていれば助かるんですけどね」

「……いや、悪いが何も聞いてないな。じいさんの計画はいろいろと聞かされたが……」

「えっ？」

お姫様は目を丸くして、俺の顔をまじまじと見つめた。

「冗談の……つもりだったんですが。本当に聞いて……？　〈劇団〉の犯罪計画を？」

「な、なんだよ。最後の事件のことは本当に知らねえぞ？　俺が聞かされたのは、それ以前の、細かい事件の話だけで――」

「知らないんですか？　……ダークウェブや非合法のオークションでは、不実崎未全に影響された、いわゆる〈後継者（フォロワー）〉たちや、後ろ暗い謀略を練る権力者たちが、気の遠くなるような値段で〈劇団〉の犯罪計画を売買しているんですよ？　贋作（がんさく）でさえ億単位の値がつくのに、真作ともなれば――」

今度は俺が目を丸くする番だった。

「…………マジ？」

「マジです。大マジです。……いいですか、不実崎さん。その話は私以外には絶対に！　しないでください。ある日突然拉致されて、自白剤漬けにされたくなければね」

怖（こ）えこと言うなよ、と茶化（ちゃか）すことすらできない。俺には想像もつかない話だったが、お姫様の目は真剣そのものだった。

「……あなたに探偵学園を勧めたというその残党の方は、あなたを守るためにそう言ったのかもしれませんね。普通の高校に入るよりも、セキュリティが圧倒的に強固ですから」

「……だとしたら、絵本みたいなノリでとんでもねえ情報吹き込まないでほしいもんだ」

「ええ、本当に、まったくもって」

大きく溜（た）め息（いき）をついてから、お姫様はほのかに口元を緩ませた。

「ですけど、……そうですか。それが理由なんですね。あなたの推理力は」

「まあ……そういうことになるかな。別に俺には、探偵としての技術も才能もねえよ」

「そうでしょうとも。あの選別裁判（セレクト）以降のあなたと来たら、それはもう絵に描いたような落ちこぼれですからね」

「うるせえな！　誰だって初心者のときはあんだよスマーフ女！」

くすくすと小さく笑って、「……あ」とお姫様は自分の唇に指で触れた。

「どうした？」

「いえ、その、……男の子と話して、こんな風に自然に笑うことがあるんだな、と……」

なぜだか恥じ入るように、お姫様は目を逸らす。

俺は首を傾げて、

「なんだよ、お前。まさか男と話すのに慣れてねえのか？」

「仕事では話しますよ！　……でも、同世代の子とプライベートで話すことなんて、今までなかったので……」

……普段のこいつはどこか胡散臭い。それは演技臭いと言い換えてもいい。きっとこいつは、探偵としてしか人と接したことがなかったんだろう。だから、ただの一人の女子としては、友達を作ったり、一緒に遊んだりしたことさえない。

普通の人間が過ごす人生を、過ごしてこなかったんだ。

俺と——同じように。

「……やるな、先輩」

「はい？」

「いや」

怪訝そうな視線を送ってくるお姫様を他所に、俺は口の端を上げる。

探せば見つかるもんだ——共通点ってヤツが。

「よくそれでやっていけてるな。俺なんか転校するたびに教室で浮きまくってたのによ」

「あれは配信のコメント欄と同じです。私はコンテンツとして消費されているだけですよ」

「その割には楽しそうに見えるが」

「……楽しくて悪いですか？」

「自己顕示欲が強くて結構なこったな」

「あなただって似たようなものじゃないですか！　勧められたからって、その苗字を隠しもせずに探偵学園に入ってくるなんて、目立ちたがり屋以外のなんだというんですか⁉」

「苗字はどうせバレると思って……！　大体、入学理由だって、直接の切っ掛けはそれってだけで、動機は別にも——」

「そうなんですか？」

あ、やべ。

俺が目を逸らすと、お姫様は意地の悪い笑みを浮かべて、ずいっと詰め寄ってきた。

「私も語ったんですから、あなたも語るべきです。明快なロジックですよね？」

「……ああ、くそ。誰にも言うつもりなかったのに……」

「残念ながら、そういうものを暴くのが、探偵ですので」

本当に悪趣味な仕事だな！

「……妹だよ」

「妹さん？」

俺は諦めて、ぶっきらぼうに言う。

「昔——小学生の頃さ、探偵に憧れたことがあったんだ。たまたま配信で解決篇(へん)を見て——ジョルジュ・エルミートって名前の。知ってるか？」

「知ってるも何も……元S階梯(ティアー)探偵じゃないですか。〈カーテン・フォール事件〉の……」

「そう。その事件のさらに3年前に、日本で〈怪盗コンクール事件〉ってのがあったんだ。その解決篇の堂々とした姿に、感動してさ。影響されるまま、妹に言ったんだよ」

妹と——未香(みか)と一緒に配信を見ながら、怖(おそ)れ知らずにも、世間知らずにも。

「——俺が、じいさんの名前さえ霞(かす)むような名探偵になれば、誰も俺たちをいじめなくなる。……ってさ」

本当に昔の話だ。今はもう、現実にできるとは思っちゃいない。思い知らされたんだ。

3年前の、あのニュース——〈カーテン・フォール事件〉で。

だが、あの人に探偵学園を勧められたとき、そのかつての夢が脳裏を過ぎらなかったかと言うと……嘘(うそ)になる。

俺は目を泳がせながら、頭をがしがしと掻(か)いた。

「恥ずいな、くそっ！　小学生の頃の作文読ませるような真似(まね)すんなよ！」

「——いいじゃないですか」

柔らかな声に導かれて、俺はお姫様の、夢見るような微笑みを見た。

「いいと思います。とても……いい夢です。あなたには、少々似合いませんけれど」

「……悪かったな」

「でも、それなら、もうちょっと授業を真面目に受けたほうがいいですね。退学になって出戻ってきたら、妹さんもがっかりしますよ？」

「わかってるよ」

お姫様は縁側の縁に踵を乗せて、自分の膝を抱き締めるようにする。

「何だか、ちょっと羨ましいですね。私……お兄ちゃんが欲しかったので」

「なんでだ？　ウチの妹は、結構俺をウザがってたけどな」

「一緒に遊んでくれそうじゃないですか」

「どうだったかな……」

妹も引っ越し続きでろくに友達ができなかったから、お兄ちゃん子ではあったが。

「あんたがおままごとをしてる姿は想像つかねえな、お姫様」

「……その『お姫様』っていうの、やめません？」

拗ねたような声音で言って、お姫様はジト目で俺を見る。

「別にいいだろ。〈探偵王女〉なんて名乗ってんだから」

「自称じゃありませんよ。……皮肉られているようで、いい気分はしません」

「だったらなんて呼べばいい？　『詩亜』か？」

「ひうっ」

お姫様は変な声を漏らして、ぴくっと身体を震わせた。

「どうした?」

「す……すみません。男の子に呼び捨てされるのは慣れてなくて……」

そう言って、きょどきょどと目を泳がせる。意外とナードっぽいな、こいつ。

「じゃあファミリーネームか? ヘーゼルダイン」

「……それなら、『エヴラール』のほうがいいですね」

「えぶ……?」

「エヴラール。ミドルネームの『E』ですよ。……私が育った、孤児院の名前です」

詩亜・エヴラール・ヘーゼルダイン。……それが、こいつの名前か。

「オーケー。わかった。じゃあそれで」

それから俺は少し考えて、

「……最初、酷いことを言って悪かったな、エヴラール」

エヴラールは少し驚いた顔をすると、くすりと微笑んだ。

「こちらこそ、勝手な偏見で突っかかって申し訳ありませんでした、不実崎さん」

俺は犯罪王の孫で、こいつは探偵王の娘だ。

でも、そんなことは俺たちには関係ない。

それは推理するまでもない、明白な事実なのだ。

11　小さな先輩の秘密

「へえ。ホントに何とかなったんだ」

翌日の放課後、お姫様との和解をフィオ先輩に報告すると、先輩は意外そうに言った。

「適当に言っただけなのに。何とかなるもんなんだねぇ」

「俺の感謝返してください」

「やっだよ〜ん☆　今度何か命令聞いてもらお〜っと！」

尊敬していいのか悪いのか判断に困るな、このメスガキ先輩は。

そうしていると障子が開いて、廊下からひょこっとお姫様——エヴラールが顔を出した。

「あの……不実崎さん……」

「ん？　どうした？」

なぜかエヴラールは廊下でもじもじして、ついには後ろのカイラに背中を押し出される形で居間に入ってくる。その後、きょどきょどと無意味に畳の上を歩き回ると、俺から二歩分くらい離れたところにゆっくりと座り込んだ。

「あの……お暇なら……でいいんですが……でも遊ぶお金がないって仰ってましたし……」

ぶつぶつと呟くばかりで、要領を得ない。

だが俺はこの様子を知っていた。小さい頃、妹の末香がよく、こんな風にもじもじして、何かを言い出そうとしていた。そういうときは決まって、俺に遊んでほしいときなのだ。

「もしかして、俺と遊びたいのか、エヴラール？」

「うえっ」

変な呻き声を発して、エヴラールは警戒する小動物のように左右に目を泳がせた。

「い、いや、遊びたいというか、他に選択肢がないというか……カイラは相手してくれませんし、先輩は論外ですし、男性ならゲームにも造詣があるかと――」

「おお～、マジで仲良くなってんじゃぁん」

謎の言い訳を繰り返すエヴラールを見て、フィオ先輩が不躾なからかい口調で言った。

「んにひひ。寮則第三条を忘れないようにね？」

「第三条？　……って、なんでしたっけ」

「『寮内恋愛はほどほどに』」

瞬間、エヴラールが面白いように顔を真っ赤にした。

「そっ！　そういうのではっ……！　周りに男子が不実崎さんしかいないから、私はっ！」

「エヴラール……その反応が一番怪しいぞ」

俺の指摘に、「あうう……」とエヴラールは萎み込んだ。わかっている。こいつは慣れていないだけなのだ。演技の殻を被らずに人と接することに。

「んにひひっ！　まあまあ、あとは若い二人に任せちゃおっかなぁ？」

場を荒らすだけ荒らしてフィオ先輩は立ち上がり、パーカーの袖をぶらぶら揺らしながら居間を出ていこうとする。

「どっか行くんすか？　晩飯は？」

「ごめ～ん。今日もフィオ抜きで！」

そう言い置いて、先輩は去っていく。俺は首を傾げながらそれを見送り、

「普段何をしてんだろうな、あの人……。授業にも依頼にも行ってる感じねえし、退学にならねえのか？」

「「え？」」

エヴラールとカイラが声を揃えて俺を見た。

俺はその『何を言ってるんだお前は』という顔に戸惑って、「な、なんだよ？」と訊く。

二人は顔を見合わせて、それから再び俺を見ると、

「不実崎さん、知らないんですか？」

「驚きました。万条吹尾奈先輩が何者か、ご存知なかったのですね」

「は？　いや……何者か、って。２年の先輩だろ？　この幻影寮に住んでる……」

「それだけじゃなくて……」

エヴラールはもどかしげに、

「あのですね、万条吹尾奈という人は――」

続いた言葉に、俺はただただ口を開けることしかできなかった。

◆

「おっはよー♪　準備できてるー？」

扉が閉められた瞬間、外の喧騒が置き去りになった。隠れ家感のある怪しい照明のＶＩＰルームに、小学生のように小柄な少女が、弾んだ足取りで入ってくる。

彼女よりもずっと背の高い少年たちが、少女に傅くように頭を下げて出迎えた。少女はその間を自然体で通り抜けると、豪奢な革張りのソファーにぼふりとお尻を落とす。

それから、少女——万条吹尾奈は、ぶかぶかに余ったパーカーの袖の中から棒付きのキャンディーを取り出した。

包みを取ると、ケミカルな緑色のそれを、唇でついばみ、舌先で撫で回し、ようやく口の中に咥え込む。そして白い棒だけをタバコのように口から出して、キャンディーのように甘ったるい声で、少年たちに尋ねるのだ。

「首尾はいい感じ？　『準備』は整ったかなぁ？」

少年たちの一人が、奥の部屋から一人の女子生徒を連れてくる。

女子生徒は緊張した様子で、きょろきょろと辺りを見回していた。少年に腕を引かれ、吹尾奈の対面のパイプ椅子に座らせられると、おずおずとした目で吹尾奈を見やる。

吹尾奈は、笑っていた。

「いいねぇ。うまいうまい！　いかにも自分が『被害者』ですって顔！」

女子生徒の顔が強張った。

「物好きだよねぇ。人生何事も経験！　ってヤツだ？　……ねえ、知ってる？　『好奇心猫をも殺す』って、元はイギリスのことわざなんだよぉ？」

んにひひひ――その笑い声は、どこか空々しく窓のない地下室に響く。

「イギリスでは猫に命が九つもあるって話があってね、そんな猫ですら好奇心が原因で死んじゃうよ、っていう、そういう意味。……だからさあ」

ちゅぽんっ、と――吹尾奈はキャンディーを口から引き抜いた。

「祈っててね？　猫みたいに、二つ目の命があることを」

――万条吹尾奈の肩書きは三つある。

一つ目は、真理峰探偵学園の2年生。

二つ目は、学生寮〈幻影寮〉の住人。

そして三つ目は――

――日本最高の探偵養成機関・真理峰探偵学園、その七つの頂点、その一角。

――千万無量の知識をもって無知蒙昧を溺殺する、博覧強記の裁判屋。

シャーロック・ランク第7位――〈衒学探偵〉万条吹尾奈。

「さあ」

棒付きキャンディーを指揮棒のように持って、衒学探偵は号令する。

「事件を始めよっか？」

12　学生の終わり、探偵の始まり

そうして、この日、探偵学園の日常は崩れ去った。
『――第一種事件警報発令。第一種事件警報発令』
上級生によるものと思しき、その放送によって。
『学内にて事件が発生しました。種別は第一種』
その言葉の意味を、俺は少ししてから理解する。
『現場保全のため、該当区域を封鎖します』
第一種――それは『殺人』を意味するコード。
『繰り返します。第一種事件警報発令。これは訓練ではありません。
これは訓練ではありません――』
たぶん俺は、この日まで勘違いしていたんだろう。
探偵にとっての日常とは、本来、人の死と隣り合わせ。
誰かが誰かを殺す。
推理するまでもないその事実が、探偵が住まう領域なのだ。

シャーロック+アカデミー

SHERLOCK ACADEMY

Logic. 1 | 犯罪王の孫、名探偵を論破する

第三章　探偵学園の秘密

1　事件を生み出すもの

『ポケットを確認してご覧なさい』

いつもの柔らかな、しかしどこか無機質な口調で、あの人は幼い俺にそう言った。

あれはどこに住んでいた頃だったか。どこからともなく現れたあの人に、俺は武術の稽古をつけてもらっていた。そしてその休憩中に、ちょっとした手品を見せてもらったのだ。

消えたはずの飴玉（あめだま）がポケットから出てくると、俺はガキらしく無邪気に驚いて尋ねたものだ。どうやったの？　魔法みたいだ――

『魔法ではありません。奇術はただの技術です。しかし、そのタネは黙して秘するべし――いくら坊ちゃんでも、お教えすることはできませんね』

ただの技術――いつも教えてくれる、〝みっしつさつじん〟みたいに？

『それは少々違います。手法は確かにそうでしょう。「殺人トリック」と言うように、優れた不可能殺人は一種の奇術だ。ですが、それは飽くまで手法の話であり、事件そのものの話ではありません──』

首を傾げた俺に、あの人は薄く微笑み、唇の前に人差し指を立てた。

『トリックは技術が生み出します。しかし、事件は心が生み出すものです』

そして、そう──こう言ったのだ。

とっておきの秘密を話すときのような、密やかな囁き声で。

『それを知るのは探偵ではなく、私たち──犯罪者だ』

2　探偵学園生の使命

1年3組の教室は、沈鬱な静寂に包まれていた。

その理由は、他でもない──ついさっき校内に響き渡ったアナウンス。

では・・・なく。

その原因となる出来事に、他ならぬ俺たちが、遭遇してしまったことだった。

あれから何分経ったかわからない──ただ、ついさっきのことのように、その光景は思い出せる。

水面に広がる赤。

ぐったりと動かない手足。

青白く血の気を失った、同年代の少女の肌──

——人生で初めて出くわした、本物の殺人事件の現場。

俺も含めて、きっとほとんど全員が、処理しかねていた。そのあまりにも絵空事じみた、悪夢のような光景を、どうやって受け止めればいいのか——

普通なら、怖かったなあ、で終わればいい。

でも、俺たちにそれは許されない。

なぜなら俺たちは——探偵学園の生徒だから。

「——あーっ！　なんやもう！　辛気臭いなあ！」

その処理落ちしたパソコンのような沈黙を、一つの剽軽な声が破った。

一人の男子が黒板の前に躍り出て、バンッ！　と教卓を叩く。

髪を軽薄な金髪に染めたその男子生徒は、この頭脳至上主義、知性崇拝がデフォルトの学園において、珍しいタイプだった。

名前は確か、円秋亭黄菊。

亭号を名乗っていることからわかる通り落語家の家系で、よく言えば明るく、悪く言えばうるさく、いつもクラスの雑談の中心にいる、いわゆるムードメーカーってヤツだ。

「いつまで黙り込んどんねん！　時間がもったいないわ！　全員揃ってミイラにでもなるつもりかいな！　ええ!?」

「ならば、どうすればいいと言うのかな」

落ち着いた声で反駁したのは、円秋亭とは真逆のタイプの男子だった。

本宮篠彦――いつも本を片手にしている涼やかな美貌の持ち主で、『探偵学園』と聞いて真っ先に想像するような、知的な雰囲気を纏っている。

人付き合いは決して良くないが、本の知識が恐ろしく豊富で、ミステリ好きが多い探偵志望者たちによく蘊蓄を披露している。

「がなり立てるだけで問題が解決するならこんなに楽なことはない。黙り込むのをやめるとして、君に代案はあるのかな、金柑頭君」

「誰がキンカンや！　なんやねんそれ！」

「織田信長が使った、明智光秀の渾名だよ。ふふ……『明智』だなんて、探偵にとっては名誉ある渾名じゃないか」

「ほぼ悪口やろ！　そら裏切られるわ！」

漫才じみたやり取りを、円秋亭は「ちゃうくてやな！」と打ち切り、

「代案ならある――オレらは探偵学園の生徒や。一つしかないやろ！」

「と言うと？」

「オレらで解決したんねん！　この殺人事件を！　考えてもみいや、オレらが第一発見者なんやで!?　オレらが一番この事件のことをよう知っとるはずや！　やったら、オレらが解決すんのが当然やろが！　使命っちゅうヤツや！」

……使命ねえ。

俺はその演説を、しらけた気持ちで聞いていた。

だが、他の奴らは違ったらしい。

「確かに、考え方によっては……」「私たちより先に事件を知った人は他にいないわけだし……」「だよな。探偵になったら、このくらいのことで……」

「そうや！　オレら1年にこないなチャンス、いつ来るかわからへん！　他のどのクラスよりも、2年よりも、3年よりも、今はオレらのほうが有利なんやで!?」

円秋亭の熱が、段々と同級生たちに移っていく。

頬杖をつく俺を置き去りにして、「そうだ」「やろうよ！」と教室全体が熱気に包まれていく。

「よっしゃ！」

同級生がやる気になったのを見て取った円秋亭は、制服の内側から扇子を抜いた。

それをバチッと教卓に叩きつけると、流れるような調子で言葉を捲し立てる。

「――日本には四季がある、なんて申しますが、近頃はそうでもないようで、4月になっても寒い日ぃが続きます」

不意に落語口調になった円秋亭を、同級生たちが囃し立てる。

再現しようってつもりらしい。落語特有の一人芝居で、事件に遭遇するまでを。

「けれども、身も凍るほどともなれば、なかなか記憶にございません。あれは本日、2時間目のことでした――」

そのリズムに釣られるように、俺もまた、さっきの出来事を思い返すのだった。

3　事件発覚経緯

探偵学園のプール開きは早い。というより、屋内の温水プールしかないので、プール開きという概念がないのだ——年がら年中、秋も冬も、プール授業が絶えることはない。曰く、『探偵ならば、海に突き落とされることも、嵐の孤島に閉じ込められることもあるだろう。泳げないのでは話にならない』——らしい。

ないだろ、嵐の孤島に閉じ込められることなんて。

でもまあ、カナヅチの探偵ってのも格好がつかない。そういうわけでこの日、**俺たち1年生は順番に、入学後初めてのプール授業**のため、総合体育館3階の屋内プールに召集されていたのだ。

男子更衣室での話題は、専ら女子に関するものだった。

なんと今時、この学園は、男女共同でプール授業をするらしいのだ。すると男子は自然と、どの女子の水着が見たいかという話で持ち切りになる。特に我がクラスには、探偵王女ことエヴラールに加えて、あの宇志内蜂花がいる。浮き足立つなというのは無理な話だ。

……けど、担当教師がアレなんだよなあ……。

「お待たせ～」

手早く着替えて更衣室を出て、シャワーの手前で待っていた俺たち男子のところに、お待ちかねの女子がやってくる。

　紺色のスクール水着に身を包んだ女子たちの、特に二人に視線が集中し、男子たちは一様に唖然と沈黙した。

　小柄な身体に女性的なスタイル、そして妖精じみた美貌を兼ね備えたエヴラールの水着姿は、紛れもなく世の至宝と言えるだろう。だが、思春期真っ只中の男どもには、その隣を歩く暴力的なまでの色香の塊こそ、至福の光景だった。

　スクール水着で谷間が見える奴なんて初めて見た。

　宇志内蜂花の豊満すぎる肢体を前にして、男どもは感嘆の声を上げることもできず、ただただ呆然と口を開けることしかできないのだった。

「では、女子も揃ったところで注意しておこう」

　しかし、至福の時間は長くは続かない。

　プール授業の担当教師は、筋肉ムキムキでサングラスを掛けた女教師だった。どこぞの軍隊で教官でもやっていそうなその容姿に、男たちは一様に本能的な恐怖を抱いていた。

　その鬼軍曹風女教師が、サングラスを輝かせながら言うのだ。

「神聖な授業中に不埒なことを考える輩は、その場でただちに蹴り潰す。探偵は子供をもうけないのが普通だ、問題はあるまい？」

　幸せそうに口を開けていた男子たちが、見る見るうちに青くなる。

　たぶん、男女共同でのプール授業が許されている理由が、この女教師だった。あの岩みたいにゴツゴツした脚で蹴られようもんなら、どんな屈強な男でも再起不能になる。

ふっ……まあ俺は、スク水くらいで惑わされないけどな。

何せあの女だらけの寮で暮らしているのだ。耐性が他の男子どもとは違う。風呂上がりのエヴラールとすれ違ったり、フィオ先輩のパンチラを見ないようにしたりするのに比べれば、水着姿なんてまだまだ普通の格好(かっこう)——俺の理性の牙城(がじょう)を崩すには足りない。

「……一人で何をニヤニヤしているんですか？」

いつの間にか、エヴラールがしらっとした目で俺を見上げていた。

「あっ？　い、いや……ただの思い出し笑いだ」

「へえ〜……？」

エヴラールは俺よりも20センチほど背が低い。その身長差で間近に寄られると、角度的に豊かな胸を上から覗(のぞ)き込(こ)む形になり、

「——俺、先に行くわ！」

探偵ならではの見透かすような目から逃れるために、俺は早足でシャワーに向かった。

ちくしょう、わざとやってないかあいつ⁉

俺は誰よりも早くシャワーを抜けてプールサイドに踏み込み、安堵(あんど)の息をつく。とりあえず、蹴り潰されるのは避けられた——

そんなことをしていたから、気付くのが遅れたのだ。

一歩、二歩、三歩ほど歩いて、俺はようやく立ち止まった。

——なん、だ？

奥行き50メートルのプールに、凪いだ水面がたゆたっている。プールの底面の青色がいっぱいに広がっているはずのそれに、しかし、異物が混入していた。

まるで、大量の絵の具をぶち撒けたかのよう。

青いプールの中心が——中心だけが。

真っ赤な色に、染まっていた。

俺はその異様な光景を、即座に飲み込むことができなかった。赤錆？　古い水道の蛇口を捻ったときみたいな？　それにしてもなんで真ん中だけ？

真実の一端に触れたのは、プールにあったもう一つの異物。

帽子だ。

真っ赤に染まっているエリアの少し外に、女物の帽子がぷかぷか浮かんでいる。

それは——このプールに、人間が存在していることを、示していた。

本当に、それからだ。

鉄臭い、血の匂いに、気が付いたのは。

「……え？」「何……？」

俺の後にシャワーを通ってきた奴らも、次々と足を止める。

それから、

「動くなッ！」

女教師の声が鋭く迸(ほとばし)り、筋骨隆々の影が俺のすぐ横を疾風のように駆け抜けた。

「お前たちはそこにいろ!!」

事態を飲み込めていない生徒たちに指示をしながら、女教師は綺麗(きれい)なフォームでプールに飛び込む。そして猛然とした勢いで赤く染まっているエリアに泳いでいくと、どぷんと水中に潜り込んだ。

水の中に何かを見つけたのか？

女教師は赤い水の中から一度顔を出すと、「くそっ！」と毒づいてまた潜る。

それが何度か続いた。

やがて、女教師の顔がまた出てきたと思うと、その屈強な腕に、制服を着た女子が抱かれていた。

女子を背中から抱えて、後ろ向きに泳いできた女教師は、その女子をプールサイドに引き揚げる。

きっちり首元まで閉じられた制服のブラウスがべったりと肌に張り付き、**総レースの派手なブラジャー**を透けさせている。

本来なら刺激的なその姿に、これっぽっちも色気を感じなかったのは、肌の色のせいだ。

青白い――血の気のない、肌の色。

そしてその首には、幾筋もの細い紐の跡が、痛々しく残っていた。

「ひあっ……！」

誰か女子が、小さく悲鳴を上げる。

その姿を見て、考えないはずがない。まさか——と。

女教師は冷静な態度で、青白い女子の口元に手をかざしてから、首に指を添えた。

それから、憎々しげに呟く。

「……おのれ……！」

それでもう、察する他にはなかった。

プールサイドに横たわっているのは、もはや生き物ではなく——

「——先生」

ただ一人。

俺たちの中からただ一人だけ、まったくの自然体で声をあげる人間がいた。

「絞殺ですか？」

探偵王女——詩亜・Ｅ・ヘーゼルダイン。

そいつのシンプルな問いに、女教師は首を横に振る。

「わからん。この首の筋は、いくつものダンベルが括り付けられていた跡だ」

ダンベル……だって？

沈められていたのか？　錘を付けられて？　プールの底に？

このときの俺は気付かなかった。エヴラールも、女教師も、始めから事故の可能性を一顧だにしていなかった。本来ならばそれこそが、命が失われた理由として真っ先に考えうるはずなのに――この二人の日常においては、そうではないのだ。

この非日常が。

誰かが誰かを殺す、という事実が。

当たり前の日常になっている、人間たちのやり取り。

「誰も近付くな」

俺たちに振り返って、女教師は言う。

「誰か職員室に行って伝えろ――屋内プールにて、他殺体を発見した、と」

4　探偵学園の団結

円秋亭黄菊（えんしゅうていおうぎく）さんの微に入り細を穿（うが）った『再演』を聞き終えて、私は感心していた。

確かに、これはちょっと便利かも。

事件の経緯は正確に覚えているけど、目の前で演じられるとまた新しい視点が得られる――おそらくは芸で身に付けたものだろう観察力も、大したものだ。

状況の共有にも有効だ。クラス全員で捜査なんて無謀だと思ってたけど、これだけ正確に認識を統一できるなら――

そのとき、無言ですっくと立ち上がって、教室の出口に足を向ける人がいた。

「おい、不実崎！　どこ行くねん！」

不実崎さんはダルそうに振り返り、冷えた目で黄菊さんを見やる。

私はその目を見て、入学初日のことを思い出した。

そう——私が追いかけ、話しかけ、問い詰めたときのことを。

あのときと同じように、不実崎さんは心の底から億劫そうに言った。

「昼寝でもしてくる」

「はあ!?　なんでや！」

「くだらねえから」

それっきり視線を切り、不実崎さんは教室を出ていった。

呆気に取られたような沈黙が数秒あって、それから黄菊さんが毒づく。

「なんやねん。くだらんって。ホンマに探偵学園の生徒かいな」

「犯罪王の事件に比べれば、この程度の殺人はくだらないってことだろうさ」

本宮さんがそう言うと、みんなは口々に不満を呟く。協調性がないとか、不謹慎だとか、まあそんなようなことを。

ああいう態度を取っているからいつまで経ってもクラスに馴染めないのだ。出自程度でどうこう言う側にも問題はあるけど、不実崎さんの素行の悪さにだって、充分問題はある。

「まあまあ、みんな」

不満が止まらないクラスメイトを、宇志内さんが取りなした。

「不実崎くんには後でわたしから言っておくから、今は話を進めようよ。捜査していくとして、具体的にどうやっていくか」

宇志内さんは1年3組の司令塔にして緩衝材のような存在だ。その人当たりの良さでクラスを取りまとめ、方向性を定める。私は普通の学校に通ったことはほとんどないけど、彼女のような生徒の存在のありがたさは、この数週間で身に沁みていた。

「みんな、殺人事件の捜査なんてやったことないよね？　だったらここは、経験者に音頭を取ってもらうべきだと思うんだけど、どうかな？」

一斉に、私に視線が集中した。

……まあ、そういう流れになるよね。

でも、どうしようか……。彼らはまだ未熟な探偵候補生。経験を積んだ2年や3年ならともかく、彼らを捜査に加えることにはリスクがある――

「お願い！　詩亜ちゃんにしか頼めないからさ！」

――そこまで言われちゃあ仕方ないなあ。

いや違う。決して気持ちよくなっちゃったわけではなく、この人手があれば捜査を効率化できると思っただけだ。不実崎さんにリベンジもしたいし！

「それでは――僭越ながら、現時点での私の推理をお話しします」

私がそう切り出すと、宇志内さんたちは意外そうな顔をした。

「えっ、推理？　もうわかってることがあるってこと？」

「どちらかといえば、わからないことを確認する作業です。まず死体の状態ですが、見したところ、**被害者の頭部に傷が認められました。おそらくは打撲痕です。プールを赤く染めていた血液の出所でしょう**」

あの一瞬で？　と誰かが囁いた。一瞬あれば充分だ。師匠にそう仕込まれた。

「それじゃあ、プールサイドで殴られて、プールの中に沈められたってことかな？」

「違います」

私は宇志内さんの質問に首を振り、

「**血はプールの中央にしか見られませんでした。**プールサイドから運搬されたなら、プールの端のほうにもいくらかの血が流れていたはずです。**被害者はプール中央で犯人に殴られ、ダンベルを括り付けられて沈められた、**という見方が有力でしょう。**殴るのに使った凶器も、十中八九ダンベル**でしょうね」

「ええ？　制服でプールの真ん中にいたってこと？　死ぬ前に自分で？」

「それについては、今後の課題としておきましょう」

まあ、大体想像はつくけど……。何か大事なものでも投げ捨てられたんだろう。

「次に問題となるのは、プールの水深についてです。お気付きでしたか、皆さん？　被害者をプールサイドに引き揚げるまで、先生が一度も水底に足をついていなかったことに」

「あ……確かに、レスキューみたいに抱えながら泳いでたよね」

「**プールに入ったところの横にあったコンソールパネル**に、『2・0m』と表示されていました。おそらく**あのプールの床は可動式**で、水深を自由に変えられるのでしょう。あの時点のプールには2メートルの深さがあったのです」

競技場のプールなどに見られる仕組みだ。競泳、飛び込み、シンクロなど、競技によって規定の水深が変わるため、床の高さを上下させることでそれに対応するのだ。

「ダンベルのような重い凶器を、足のつかない水中で振り下ろすのは、なかなか難しい仕事です。犯行時、プールの水深がどうなっていたか、早急に調べる必要があるでしょう」

「コンソールなんて気付きもしなかった……。細かいところまで見てるんだね……」

「癖のようなものです」

まあそれが仕事だし？　もっと褒めてくれてもいいけど！

そのとき、ピリリリ、と生徒端末の通知音が一斉に鳴り響いた。

私たちはそれぞれ自分の端末を確認する。通知は学園からだった。

内容は——本日校内で発生した事件について。

「……仕事が早いですね」

隣でカイラが呟(つぶや)いた。学園から送られてきたのは、今回の事件の捜査資料だ。事件発覚からまだ二時間も経(た)っていないというのに、もう詳しい検死を終えたらしい。普段この手の資料を作るのはカイラの仕事なので、その速さが尚更(なおさら)にわかるのだろう。

私は早速、捜査資料を検(あらた)めた。

頭部に打撲痕が一箇所。しかし肺の中に水が溜まっていたことから、死因は溺死と推定**――殴られたけど、気絶しただけ**ってことか。さらに、**打撲痕は現場に残されたダンベルと形状が一致**している。やはり凶器をそのまま錘として活用したようだ。

被害者の爪に水着の繊維。被害者が着ているのは制服だから、**これは犯人のもの**ということになる。また、**繊維は血液の上に付着していた。**付着した順序が血液→繊維となるので、**殴られた後も少し意識があり、犯人と揉み合った**ことになる。

他には、被害者の持ち物一覧があった。生徒端末、お守り、帽子、財布――お守りは死体の制服に丁寧に括りつけられていて、帽子は現場のプールに浮かんでいた。端末と財布は制服のポケットから発見。**財布の中身は同一の硬貨が14枚で、合計700円。**

そして私は、この資料で初めて、被害者の名前を知った。

2年2組、何方沙美。

捜査資料の最後には、『教師立ち合いの下、犯行現場の検証を許可する』とあった。

今更だけど、事件発覚以降、学園に警察がやってくる気配がまったくない。身内の恥は身内で雪ぐというわけか、学園は完全に自分たちだけで事件を解決する気らしい。

「行きましょうか」

みんなが資料を読み終わった頃合いを見計らって、私は言った。

「現場百遍と言いますから。まずは現場検証です」

おおー!! と元気のいい声が、教室に響き渡った。

5　探偵学園の常識

キャンパス内のベンチに寝転がっていた俺の視界が、急に暗闇に包まれた。

「あるときは女子高生。またあるときは天才女優。しかしてその実態はー？」

突然の襲撃に面食らいつつ、俺は告げる。

「……宇志内（うしない）か」

「ぶっぶーっ！　はっずれー♪」

「は？」

目元を覆う手のひらがどけられると、見慣れた女子の顔が現れた。

「宇志内じゃねえか」

俺の表情がよほど渋そうだったのだろう、宇志内は普段に倍する人懐っこい顔をした。

「みんな現場検証に行っちゃったよー？　不実崎（ふみさき）くんは来ないの？」

まるで文化祭の打ち上げみたいに言いやがる。

俺は溜め息をついて寝返りを打ち、

「お前らはさ……おかしいと思わないのか？」

宇志内はきょとんとして、

「何が？」

「これは模擬事件じゃない。本物の事件——本物の殺人だ。人が……死んでんだぞ」

「あー、うん……そだね」

「なのにさ、それを無遠慮に詮索するってことに対して、少しも疑問に思わないのか？　なんでそんな、ただの学校行事みたいに——」

——ついて、いけねえ。

どうして簡単に適応できる？　どうして不謹慎だとは思わない？　『俺たちは探偵学園の生徒だ』——そのたった一言で、どうして常識が吹っ飛んじまうんだ？

いや、わかっている。たぶん、間違っているのは俺なのだ。この学園ではそっちが普通で、俺のほうが少数派なのだ。死者の秘密を軽々に暴き立ててはならない、なんて常識を未だに持ってるのは、ここには俺しかいないんだ……。

「それなら、尚更調べないとダメだよ」

俺は顔を上げた。

宇志内が母親めいた微笑みを浮かべて、俺を見下ろしていた。

「みんなが間違ってるって言うんなら、尚更不実崎くんが捜査しなきゃ。何もしなかった人の言うことなんて誰も聞かないもん。不実崎くんが誰よりもすごい推理をして、これが正しいんだってお手本になるしかないんだよ。違うかな？」

このときの宇志内は、何だかいつもと違う気がした。

探偵志望のくせに推理ができない、むやみに親切な同級生——なのに今はどうしてか、俺の脳裏にあの人の顔が蘇る。

　──それを知るのは探偵ではなく、私たち──犯罪者だ
……ああ、そうだ。だから俺に、探偵になれって言ったんだ、あの人は。

俺は仰向けになり、右腕を目の上に置く。

「……くそ。返す言葉が見つからねえ」

「へへへ」

宇志内がはにかむ声を聞きながら、俺は一抹の悔しさを飲み下した。

ここで一人で腐ってたって、何の意味もありはしない。それは反論の余地のない、真実だった。

俺は勢いよく上半身を起こす。「おっと」と宇志内がそれを避けて、その間に、俺はベンチから立ち上がった。

ポケットに手を突っ込みながら歩き出すと、宇志内が背中を追いかけてくる。

「どこ行くの？」

「2年2組」

被害者──何方沙美が所属していたクラス。

「俺は俺なりのやり方でやらせてもらう。物証だのアリバイだのは、あのお姫様にやらせとけばいいいさ」

6　現場検証

再び水着に着替えてプールに入ると、水はすでに綺麗になっていた。言うに及ばず死体はすでに運び出され、だけどどうやらそれ以外は、ほぼほぼ事件発覚時のままに保全されているらしい。

私は広いプールを見渡し、肌でその空気を感じ取った。設備の整った屋内プールゆえに、**室内の気温も適温に保たれている。**まだ4月だけど、肌寒さは少しも感じない。

「どこから手を付けますか、お嬢様」

同じくスクール水着に着替えているカイラが言った。もちろん、近いところからだ。

入口のすぐ脇にある、可動床のコンソールパネルを見る。**タッチパネル式**で、現在は前見たときと同じ、水深2メートルに設定されている。でも、死体を見つけたときにチラッと見たときは、確か……。

「先生」

現場検証の監督役は、あの軍人めいた女教師――譲動教諭だった。証言者を兼ねてのことだろう。

「私の記憶によれば、**このコンソール、もっと濡れていた**ような気がするんですが」

「ああ」

譲動教諭は腕を組んだまま肯き、

「もう乾いてしまったようだが、**死体発見時は確かに濡れていた。**鑑識班も記録している。**犯人が濡れた手で触った**のだろう。おかげで指紋もろくに取れなかったようだ」

うーん……。指紋の隠滅が目的なら、むしろ綺麗に拭き取りそうなものだけど。

「コンソールが濡れていたことが重要なのですか、お嬢様？」

「ううん。とりあえず記憶との齟齬を確認しただけ」

振り返ると、クラスのみんなが所在なさげにしていた。おっと、今回は単独行動じゃないんだった。カイラがそれとなく私の意図を説明してくれたんだろう。

「皆さん、プールを調べてみましょう。とりあえずは――」

私はコンソールの表示を指差す。

「――この表示が正しいかどうか、確かめるところから」

プールサイドを横切り、私は爪先からゆっくりとプールに入っていく。**水温は室温と同じくらい**か。肩まで水に浸かっても爪先はまだ床に着かず、私はどぷんと頭の上までプールの中に沈み込んだ。

なるほど。私の身長が１５４センチだから、確かに2メートルくらいはありそうだ。

水面に顔を出すと、みんなはプールサイドで立ちすくみ、どこか気後れした様子で私のことを見下ろしていた。死体が沈んでいたプールだから入りにくいのかな。ここは指示を出してあげたほうがいいか。

「身長の高い方――そうですね、１８０センチ以上ある方、入ってください」

クラスの中でも特に上背のある男子が、「ほら行けよ！」と背中を押されて、プールに突き落とされる。その方は目算でも190センチ近い身長があったが、もがもがと水面を掻きながら、「ちょっ、深っ……！」と何度も床を蹴って息継ぎをしていた。

「水深は本当に2メートルのようですね、お嬢様」

カイラがプールサイドにしゃがみ込みながら、半ば溺れている男子を冷静な顔で見下ろしている。私は「そうだね」と肯いた。コンソールの表示は信用してよさそうだ。

「すみません。どなたかお願いがあります」

プールサイドのクラスメイトたちを見上げて、私は言った。

「先生に場所を訊いて、プールの管理室に向かってください。コンピューターに強い方のほうがいいでしょう。可動床を動かした記録が残っていないか、調べてほしいんです」

みんなは顔を見合わせると、「じゃあ俺が！」と名乗り出た男子を中心に五人ほどのチームを作り、譲動教諭から話を聞いて小走りにプールを出ていった。

不慣れな感じはあるけど、指示を出せば行動は素早い。思ったよりも効率いいかも。

「この間にプールの底を調べます。広いので手分けをしましょう。足がつかないので、泳ぎが得意な方だけ――」

「――では、こちらをお使いくださいい、お嬢様」

カイラがおもむろに、水着の胸元から萎んだ風船みたいなものを取り出した。

「何それ？」

「学園に常備されている探偵道具の一つです。このように口を開くと——」

カイラが風船みたいなゴム袋の口に指を突っ込み、広げる。するとゴム袋は急速に空気を吸い込み、丸く膨らんだ。

「——自動的に膨らみ、**即席の空気ボンベとなる**そうです。**不使用時は紙のように薄くなる**ため、収納場所にも困りません」

「へえ〜……便利だね。さすが探偵学園」

息継ぎの必要がなくなるから、水中の調査の効率が上がる。カイラは膨らんだ風船型ボンベを私に渡すと、「いくつか用意しておりますので」と水着の中から次々に同じものを引っ張り出し、水中調査班になった人たちに配っていった。男子は受け取ったそれを見つめて、少し顔を赤らめていた。カイラって結構、勘違いさせるタイプだよね……。

私は風船型ボンベを口に咥えて、プールの中に潜る。

他のところはみんなに任せて、私は死体が沈んでいた辺りを重点的に調べることにした。床に手で触れながら、プールの中心に向かって泳いでいく。注意深く触ってみると、**床には格子状に、薄くスリットが入っていた。**床を上下させる際、このスリットが水をすり抜けさせるんだろう。じゃないと水ごと床が動いちゃうし。

プールの中心に辿り着くと、まず真っ先に目に付いたものがあった。

紐が括りつけられたダンベルだ。

全部で5個——持ち手に括りつけられた紐の端は水中にたゆたっていて、たぶんそこが被害者の首に結びつけられていたんだろう。

私はそのうち一つを手に取り、軽く持ち上げてみた。重い――水の浮力があってさえ、かなりの重量を感じる。錘（おもり）となるダンベルプレートの側面には、**10kg**の刻印があった。10キロ――全部で50キロか。こんなものを首に括（くく）りつけられたら、水面に顔を出すのは不可能だろう。

私は一度水面に顔を出すと、風船型ボンベを口から外し、

「どなたか、男子の方！　来てもらえますか!?　力持ちの方のほうがいいです！」

プールサイドでそれぞれ調査をしているクラスメイトたちに、そう叫んだ。

目的は実験だ。

この10キロダンベルを水上に持ち上げて、振り下ろすことはできるか？

水の抵抗の関係で、水中にある頭を殴りつけるのは難しい。**殴られた際、被害者の頭は水上にあったはずだ**。とすると当然、犯人も凶器のダンベルを水上に振り上げたはず。

だが、**体力自慢の男子数人に試してもらったところ、困難だと判明した。**何せ水深は2メートル。足がつかないのだ。10キロといえば海上保安官が訓練で使うような重さ――いくら探偵学園の生徒でも、そんな錘を持った状態では立ち泳ぎもままならない。

運ぶだけなら、床で転がせばいいだろうけど……。

水を滴らせながらプールサイドに上がった私は、監督役の譲動（じょうどう）教諭に質問する。

「先生、死体に括りつけられていたのは、10キロダンベル5個で間違いありませんか？」

「ああ、間違いない。すべて首に巻く形だった」

「たった5個の割には、ずいぶん手間取っていたように見えましたが。何度も水面に出て息継ぎをして……。先生ほどの熟練者なら、水中で手元が狂うこともないのでは？」

「**紐の結び方がめちゃくちゃ**でな……。これは賭けてもいいが、犯人はまともに蝶結びもできない奴に違いないぞ」

……確かに、**ダンベルに括りつけられていた紐も、不器用そうな結び方**だった。

カイラが無言で差し出してきたペットボトルの水を受け取り、水分を補給していると、管理室に行ってもらっていたメンバーがちょうど戻ってきた。

彼らの報告はこうだ。

死亡推定時刻と重なる時間——**今日の1時間目の授業中に、プールの床を動かしたログが残っていたら**しい。**1・5メートルから、2メートルへ。**

やっぱりね。水深2メートルのままじゃおよそ不可能な犯行だし、普段からこのプールの水深が2メートルに設定されていたとも思えない。水球くらいでしか使わない水深だ。

「犯人は被害者が確実に溺死するよう、床を下げたのですね」

「そういうことだろうね」

みんなに説明するようなカイラの確認に、私は肯いた。

「先生。床を動かしてみてもいいですか？」

許可を取り、水中調査班を全員引き上げさせると、私はコンソールにタッチして床を動かした。床は存外ゆっくりと動き、完全に動き切るまでには15分ほどかかるらしい。この間にまた管理室に行ってもらい、**床が動き切ったときではなく、コンソールを操作した瞬間にログが残る**ことを確認した。

「先生、この水深設定は正確ですか？」

「正確だ。**1センチのズレもなく、設定された水深に調整されるようになっている**」

水深1・5メートルとなったプールで、再び実験を行った。

この深さならば、ある程度——170センチ程度の身長さえあれば、10キロダンベルで人を殴りつけることは可能そうだ。

犯行可能になる身長の目安としては、水上に目が出るかどうか。**目が水中にあっては、標的となる被害者の頭がろくに見えなかったはず**だ。人体比率的に、目の高さは身長の9割程度の位置になる。よって**150センチの高さにある水面から目を出すためには、身長が約166・6センチ必要になる。**爪先立ちを考慮に入れなければの話だけど。

「ではやはり、筋力と体格に優れる男子の犯行の可能性が高そうですね」

カイラの見解を受けて、クラスメイトたちが一様に肯いた。

ただ一人、私だけが「いえ」と首を振る。

「頭部の傷口がダンベルと一致している以上、被害者がダンベルで気絶させられたことは疑いありません——しかし、よく考えてみてください。10キロのダンベルで頭を殴られたら、普通は死にます。それが死ななかった——ろくに力の入っていない、勢いのない攻撃だったとは考えられませんか？　まるで華奢(きゃしゃ)な細腕で、ふらふらしながらようやく頭に掠(かす)らせた、というような……」

「あ」「なるほど……」

と、クラスメイトたちは納得深げに唸(うな)った。

現場検証を通じて、犯人像がだんだんと絞れてきた。残る問題は――

「ともあれ、一番の収穫は可動床のログですね。可動床が動かされた時刻こそ、犯行時刻と見て間違いないでしょう。午前9時21分――1時間目の授業の真っ最中です。ほとんどの生徒が教室に集まっているこの時間なら、アリバイのない人間は限られるでしょう」

「アリバイ――ですか。お嬢様は、犯人は外部犯ではないと？」

「当たり前でしょ？　**この学園には、生徒端末がないと入れない**んだから」

今更な話なのに、みんなは表情に緊張を走らせていた。

当たり前に過ごしていたこの学園に、殺人犯がいる。

その現実を、知らず知らずのうちに、見ないようにしていたのかもしれない。

容疑者は、生徒、教師、それから事務員――探偵塔に出入りする探偵たちは排除していいだろう。**探偵塔は入場ゲートの外にあるし、学園の関係者以外は、たとえ卒業生でもゲートを通れないようになっている**から。

「最後に、可動床の高さを元に戻してみましょう。……カイラ、あれを」

カイラから小瓶を受け取ると、私は再びプールに入り、その中心に小瓶の中身を撒(ま)いた。

それは血糊(ちのり)だった。真っ赤(まか)な液体が水面に広がっていき、死体発見時を再現する。

「OKです。可動床を動かしてください」

プールを上がって合図を送り、コンソールを操作してもらう。

水深が1・5メートルから再び2メートルになるまで、私は片時も目を離さず、プール中央の血糊の様子を見守っていた。

結果として――**床を動かしても、血の広がり具合は変わらない**ことがわかった。

「もしこれで血の広がりに変化が生じていたら、『床が動かされてから犯行があった』という、ややこしい順序になっていたところでしたが――杞憂(きゆう)でしたね」

プールサイドに座り込んでいた私は立ち上がって、

「犯人は被害者を殴って気絶させた後、ダンベルを括(くく)りつけて沈めた――その後、被害者が万一にも浮き上がってこないよう、念には念を入れて床を下げた。やはりこれが、この事件のあらましのようです」

「その念入りな行動が、犯行時刻を明らかにしてしまったのですね」

カイラの言葉に、私は薄く笑った。

「それが本当に、ミスだったらいいんだけどね……」

――この探偵学園で起こる事件が、本当にその程度なの？

「これで現場検証を終えます。次はアリバイを調べましょう。皆さんの足が頼りですよ」

みんなのやる気に溢(あふ)れた掛け声を聞いて、私はプールを去った。

7　外野の勘繰り

真理峰探偵学園はそのシステム上、上の学年になるほど生徒数が減っていく。**新入生の定員は毎年１２０人**だが、そこからどんどん退学者が差し引かれていき、2年になると四つあったクラスが三つに減る。3年にもなるとたったの二クラスしかない。学年が上がるほど学外での事件捜査が主になるので、授業の出席者も減っていくようだ。

2年生の教室がある階には初めて入ったが、なるほど、生徒の数が見るからに少ない。しかし、2年2組の教室に満ちたこの静寂は、決してそのせいではなさそうだ。

「……聞き取りの子？」

俺と宇志内が入口に顔を見せるなり、近くの席の先輩が率先して立ち上がった。

何も言ってないのに——さすが探偵学園。捜査される側の振る舞いも心得ているらしい。

俺たちが肯くと、「ちょっと待ってて」と言われ、ある女子生徒が教室の奥から呼び出される。お堅い感じの女子で、探偵学園でなければ図書委員でもやってそうな風貌だった。

「江戸辺綸です。沙美に関しての聞き取り対応は、私が担当しています。あの子とは、私が一番親しかったので……」

抑制の利いた声には、しかしほのかな悲しみが滲んでいる。探偵学園生としての矜持が、彼女に悲しみに暮れることを許していないのかもしれない。

……本当に、どうかしてるな。死んだ友達を悼むことさえ許されないなんて……。

「すみません、先輩。手早く終わらせます」

こんな不謹慎な時間は、とっとと終わらせるべきだ。

俺は手早く、しかし言葉を選んで、江戸辺先輩から何方沙美の人となりを聞き出した。

「沙美は正直、優秀なほうではありませんでした。2年への進級もやっとのことで……。ランクはシルバーです。**1年の終わり頃から急に模擬事件や選別裁判の成績が上がり出して……**」

「動機について、心当たりはありません。少なくとも自殺ではないと思います。**沙美って、大人しい子なんですけど、最近いい雰囲気の男子がいて……ちょうど明日に、デートの約束をしたって、嬉しそうに話していましたから。**……その男子は別のクラスですが、保健室で寝込んでいるみたいです。そっとしておいてあげてください……」

「捜査資料の持ち物にあったお守りは、沙美が大切にしていたものです。故郷のお母さんにもらったものだそうで……。**沙美が制服でプールの中にいたのは、あのお守りを拾うためじゃないかって、**私たちは結論付けています」

こんなに優秀な聞き込み相手は他に存在しないだろう。聞き取り調査はほんの5分程度で終わり、俺たちは2年2組の教室を後にした。

すると入れ替わるようにして、1年生らしき生徒が江戸辺先輩に話しかけ、似たような話を始めていた。……たぶん、俺たちが最初じゃなかったんだろうな。

——反吐が出そうだ。

「どうかな？　不実崎くん。何方沙美さんについて、少しはわかった？」

俺は宇志内と一緒に、1年の教室がある二階に降りていきつつ、眉根を深く寄せた。

「大人しい性格で、優秀ではなくて、いい感じになってる男子がいて——多少は解像度が上がったけど、こんなもん……ただの情報だ」

俺は結局、どこまで行っても部外者なのだ。

何方沙美と、一言だって言葉を交わしたことはない。どんな声色なのか、どんな表情をするのか、少しでも思い出と言えるものは、何一つ持ってはいない。

どれだけ情報を積み重ねたところで、部外者が無遠慮に墓を暴いているだけでしかない。

心なんて——ちっともわかりはしない。

「……虚しいよな。どんな名推理をしたって、死んだ人間は生き返らねえんだから」

「それは……でも、何もわからないままにするよりは、いいんじゃないのかな……」

真実を見つければ、江戸辺先輩は救われるのだろうか。寝込んでいるという名も知らぬ男子は、救われるのだろうか。

わからねえ。……わからねえよ、俺には。

暗澹たる気持ちになりながら、いつの間にか自然と、1年3組の教室に戻っていた。他の連中はみんな現場検証に行ったらしいから無人だろう——と、思いきや。

「……う～んぬ……」

たった一人——祭舘こよみが、ぐでっと机に突っ伏しながら、生徒端末を睨んではしきりに首を傾げていた。

その変わらない姿に心のどこかでほっとしながら、俺は「よお」と話しかける。

「祭舘、お前は行かなかったのか、現場検証」

「ん～……行ったたって何かできるとは思えないし～……。っていうか怖いし、殺人とか」

祭舘はぎゅっと目を瞑り、ぶるぶると震え出す。そりゃそうだよな。これが普通の反応だ。……っはは。こいつ見てると、マジで安心するぜ。

「何見てたの、祭舘さん？　何だか難しい顔して。珍しいね？」

得意の人懐っこさを発揮して、宇志内が祭舘の顔を覗き込んだ。祭舘は眠そうな目で宇志内の胸を見ながら（おい）、いそいそと生徒端末を仕舞おうとする。

「いや～……何でもないよ、べつにー……」

その面倒臭そうな声音を聞いて、俺はピンと来た。

そう長くない付き合いだが、俺はもう知っている。祭舘こよみが面倒臭そうにするのは、決まって何か不思議なことを見つけたときなのだ。

正直、今の俺は進む先がわからないでいる。樹海で分かれ道に行き当たったように、どこに向かえばいいのか決めかねている。それをこいつなら——どこまでも『普通』を貫き通す祭舘なら、道を示してくれる気がした。祭舘が提示してくれる『普通』の推理ならば、自分を捻じ曲げることなく呑み込める気がした。

「嘘つけ。何でもあるだろ、祭舘」

だから——祭舘にとっては勝手だろうが——縋るしかなかった。

「何か気付いたことがあるんじゃねえのか？　さっき生徒端末を見てたよな——もしかして、事件の捜査資料を見てたんじゃねえの？」

「えっ？　ほんと⁉　祭舘さん！」

この場に宇志内がいてくれて助かった。宇志内が勢い込んで、ほぼゼロ距離まで顔を近付けると、祭舘は大きく仰け反ってたじたじになる。

「ま、まあ……いやでも、殺人事件とはホント関係なくてー……」

ここまで口を割らせたら充分だ。

俺は祭舘の前の席の椅子を引いて、どっかりと座り込んだ。

「何でもいい。言え。友達だろ？」

「……今度、何か奢ってよー？　友達なんだからさ」

お安い御用だと請け負うと、祭舘は不承不承、生徒端末を取り出し直して、話し始める。

「この被害者の、何方さん？　の、持ち物なんだけどさー。お財布があるでしょ？　その中身の７００円っていうのが気になっててさー……」

「ふうん？　７００円とは、確かに寂しい財産だが……それがどうかしたのか？」

「え？　いや、何言ってんの？」

怪訝そうに首を傾げた祭舘に、俺と宇志内も首を傾げた。

「**あたしたちはみんな、お金なんか持ってない**じゃん」

「「……あ」」

そうか。忘れてた……！　俺たちは全員、普段ＤＹを使って生活している。７００円どころか、それを入れる財布さえ持ってはいない！

「なんで普段使わない財布なんか持ってるのかって話か……！」

「しかも現金って、学園に申請して換金してもらわないと手に入らないんだよね？　何に使ったんだろ？」

「しかもさー」

祭舘(まつりだて)はのんびりした口調で、

「**硬貨が14枚**って書いてあるよね。で、**合計７００円**なんだよね。ってことは、**50円玉が14枚入ってる**って意味じゃんね。……普通さ、ある？　小銭入れに50円玉だけが14枚も入ってることなんてさー」

……ない。

日本で日常生活を送っていればわかる。１円玉や10円玉、１００円玉が大量にダブつくことはある。だが、**50円玉がダブつくことは滅多(めった)にない。**

俺は考え込みながら、宇志内(うしない)に質問した。

「なあ宇志内……このこと、お姫様は何か言ってたか？」

「ううん。何にも」

そうか——エヴラールは日本に来て以来、ＤＹでしか買い物をしてないんだ。日本の硬貨なんて一回も使ったことがない。

だから気付けなかった。

この情報の異常性に、注目することができなかったんだ……。

「……宇志内。お前はどう思う？」

「調べるべきだよ！　明らかに変だもん、こんなの！」

ちょっとした不思議でしかない。祭舘の言う通り、殺人事件には関係ないかもしれない。

だが、だからこそ、今の俺にはちょうどよかった。

何方沙美(どなたさみ)はなぜ、50円玉を14枚も持っていたのか？

この普通の、素朴な謎ならば、俺も素直に好奇心を傾けることができた。

「……よし。じゃあまずは換金申請だな。事務室行くぞ！」

「いてらー」

「何言ってんだ。お前も行くんだよ、祭舘！」

「ええー!?　なんでえぇぇー……！」

この手の謎は、お前に推理してもらわなきゃどうにもならねえだろうが！

俺と宇志内は二人で祭舘を引きずりながら、１階にある事務室を目指した。

8　三つの密室

クラスで手分けして聞き込みをしたところ、**教員と事務員については全員がアリバイを持っている**ことがわかった。授業中だったり、職員室や事務室にいたりで、一人の漏れもなく犯行時刻の所在が明確だった。

生徒のアリバイはさらに強固だ。何せ犯行時刻は1時間目の真っ最中で、しかも今日の1時間目は全学年全クラスが通常授業——つまり、**出席している生徒は全員、教室の自分の席に座っていた**のだから。

さらに、**通常教室棟の出入り口には監視カメラがあり、授業中に何らかの方法で抜け出した生徒がいたとしても、その姿が必ず映っているはず**だという。もちろん**カメラ映像も見せてもらったけど、そんな不審な生徒は一人もいなかった。**

ちなみに、聞き込みで判明した各クラスの出欠表は次のようなものだ。

1年1組……出席30人：欠席0人
1年2組……出席29人：欠席1人
1年3組……出席30人：欠席0人
1年4組……出席30人：欠席0人
2年1組……出席21人：欠席7人
2年2組……出席22人：欠席6人

2年3組……出席20人：欠席8人
3年1組……出席22人：欠席10人
3年2組……出席18人：欠席15人

疑うとすれば、合計47人に及ぶ欠席者。彼らのアリバイは学園の入場ゲートのログを調べればはっきりする。**可動床と同じように、生徒端末を認識させてゲートを通ると、その時刻と端末の持ち主が逐一コンピューターに記録されるのだ。**それを調べれば、欠席扱いなのに学園内にいる生徒を特定することができる。

……はず、なんだけど……。

「あかんみたいや」

端末で別チームと連絡を取っていた黄菊（おうぎく）さんが、悔しそうに顔を顰（しか）めながら言った。

「ログを管理しとるサーバーに、なぜかアクセスでけへんらしいわ。事務員さんが言ってる感じやと、誰かにパスワードを変えられたんちゃうか、って」

「……犯人でしょうか、お嬢様」

「だろうね。内部犯ならソーシャル・ハッキングが可能だから」

パスワードがいつ盗まれたのかもわからないし、特定は極めて困難だろう。

「今、コンピューターに強い生徒が何人か集まって、変えられたパスワードを解析しとるらしいで。もう少ししたらそれが終わるかもしれへんって話や」

「それじゃあ——カイラ、そっちに行ってきて。パスワードの解析が終わり次第、ログ情報を入手して報告して」

「承知致しました」

しずしずとお辞儀をすると、カイラは足早にゲートの方角へと歩み去った。

ふむん……。ちょっと奇妙だな。**サーバーのログインパスワードを変えたところで、ちょっとした時間稼ぎにしかならない**はずなのに——そもそもそれができるなら、可動床のログだって隠せたはずだ。犯人の意図はどこにある……？

考え込みながら、通常教室棟の廊下を歩いていると、みんなの生徒端末から一斉に通知音が鳴り響いた。

見てみると、それは初めて見る通知だった。

〈1年1組の捜査によって、校内の植え込みの地中から**血のついた衣服**が発見されました。血液のＤＮＡは被害者のものと一致。捜査資料を更新します〉

確認すると、捜査資料に血と土のついた**ブラウス**の写真が追加されていた。大きな発見があると、ただちに全員に共有される仕組みなのか。

「かあーッ！　１組に先越されたかあ！」

「校内の地道な調査には人員を割り振っていなかったからね」

「こら負けてられへんで、みんな！」

おおっ！　とみんなが、黄菊(おうぎく)さんの鼓舞に応える。

この捜査競争がレートにどう反映されるのか知らないけれど、探偵の最大の仕事は、情報が出揃った後の整理と推理だ。情報収集でどれだけ後れを取っても、それが共有されるのなら大して問題はない。

とはいえ、どこから手を付けようかな……。徐々に輪郭は見えてきてるんだけど……。

「――――うぐぅあぁぁあああああああああああああぁぁ…………!!」

唐突に校舎中に響き渡ったそれに、誰もがびくりと身を固くした。

男子の……悲鳴？

上の階から！

一瞬の硬直から脱し、私は即座に駆け出した。

階段を猛然と駆け上がり、5階に辿り着く。5階は理事長室や生徒会室があるフロアだ。元より人口密度は低く、今も廊下には数えるほどの人しかいなかった。

その廊下の奥に、男子が倒れている。

――いた！

「なんだ!?」「事件か!?」

階下からざわつきながら他の生徒が上がってくるのに気付いて、私は即座に、スカートのポケットに忍ばせておいたテープを取り出した。

「入らないでください!!」

そう叫んで、**黄色いテープを階段を塞ぐようにして張る。**学園が貸し出している探偵道具の一つ、携帯非常線テープだ。こんなこともあろうかと持っておいてよかった！

そうして人の出入りを遮断すると、私は倒れている男子のもとへと向かった。男子の周りには3年生らしき男女が三人いて、私が駆け寄るとそのうちの一人が振り返った。

「非常線を張ってくれたようだね。礼を言う」

「無事ですか？」

「ああ、命に別状はない。腕は折れてしまっているようだがね」

倒れた男子は腕からどくどくと血を流し、うう、と苦痛に呻いている。その肩を女子の3年生が掴み、大きな声で問いかけていた。

「誰にやられたの!?　顔は見た!?」

倒れた男子は額に脂汗を滲ませながら薄く瞼を開け、苦悶が入り混じった声で言う。

「突然……襲われた……。顔は、見えなかっ、た……」

そう言ったきり、身体から力が抜けた。気絶してしまったようだ。

最初にお礼を言ってくれた3年生が立ち上がる。

「応急処置は済ませた。教師にも連絡済みだ。すぐに担架が来るだろう。……これが第二の犯行だとしたら、ずいぶんとお粗末なことだ」

予言だったかのように、そのときちょうど、**私が張った非常線テープを突き破って担架**

がやってきた。腕が折れた男子生徒を慎重に載せて、担架は階段の下へと消える。

その間、私は辺りを見渡していた。

悲鳴が聞こえたとき、私はこのすぐ下の4階にいた。つまり、階段で5階から降りてくる人物を監視できる状態にあった。だけど、悲鳴から現場に到着するまでの間に、5階から降りてきた人物はゼロだったと思う。

そして、**ここ5階は通常教室棟の最上階で、屋上は存在しない。**

要するに——犯人の逃げ場がない。

犯人はまだこの階にいる。

とすると、野次馬(やじうま)に交ざって知らんぷりをしているのだろうか？　いいやそれもない。

私が非常線を張り、人の出入りを制限したからだ。残る可能性は二つ——

「先輩方」

その場に居合わせた三人の3年生に、私は言った。

すると三人は、私が何を言うまでもなく小さく笑って、口々に言う。

「アリバイならある」

「私たちは全員、お互いに監視状態だったからね」

「全員がまったく同時にこの階に来た。その時点で、彼は血を流して倒れてたよ」

……本当に、この学園は話が早い。

「ありがとうございます。……それでは、手早く終わらせましょう」

「そうするとしよう」

四人で協力して、5階にあるすべての部屋、すべての隠れ場所を捜索した。

当然のように、誰も発見されなかった。

犯人は閉鎖された5階に、煙のように現れて、煙のように消えたのだ。

つまり――密室。

先輩方と別れ、4階でクラスのみんなと合流した頃、カイラから連絡が入った。

パスワードが解析され、入退場のログを確認できたそうだ。

ログによれば、欠席者全員、犯行時刻には学園内にいなかったらしい。

これもまた――密室。

そして犯行時、水深1・5メートルに設定されていたプール。

これも条件によっては――

「……ちょっと」

探偵としての本能によって、私は薄く笑っていた。

「面白く、なってきたかも」

9　50円玉14枚の謎

結論から言うと、何方沙美（どなたさみ）は1000円分だけDYを日本円に換金していた。

申請上の換金理由は『捜査資金』。それ以外の付帯条件は特になく、担当の事務員によると、**何方沙美に与えられたのは１０００円札だったはず**だという。

「もらった１０００円札を、どこかで50円玉に両替したってことか……？」

「えー？　尚更(なおさら)不思議だよ。そんなことある？」

俺と宇志内(うしない)は首を傾(かし)げるばかりだったが、ただ一人、祭舘(まつりだて)こよみだけは、

「あー……」

と、納得したような声を漏らしていた。

「おい、祭舘。何か気付いたことがあるなら話せよ」

「いやあ……でも、確証とかはないしー……」

「いつもの『大胆な想像』ってヤツだろ？　それでいいんだって」

当たるも八卦(はっけ)、当たらぬも八卦——外したところで冤罪(えんざい)が生まれるわけでもない。こいつの推理に、エヴラールみたいな厳密性は最初から求めちゃいないのだ。

「うーん……じゃあまず、この換金が、単純に何かに使うためのものだとするよー？」

俺と宇志内はこくこくと肯(うなず)く。

一度始まってみれば、祭舘の推理は滑らかだった。

「そしたら、その用途？　の条件は、だいぶ限定されると思うんだよねー」

「って言うと？」

「一、二……たぶん五つかなあ。……全部言わなきゃいけないのかぁ。めんどくさー」

「推理の説明をめんどくさがるなよ。一応探偵志望だろ」

「はあ……。じゃあ一つ目、ＤＹが使えない場所であること」

「まあそうだよね」と宇志内が言う。「ＤＹが使えるなら現金は必要ないし」

「そゆこと。御茶の水の外のお店か、学園と提携してないお店だね」

それから祭館はピースを作り、指をうにうにと曲げては伸ばした。

「二つ目、お釣りが出ないこと。お釣りが出る使い方なら１０００円札を使ったはずだし、お財布に残ったのは５００円玉１枚と１００円玉２枚だったはずだよね？」

「ああ、そうだな」

「三つ目、50の倍数の値段だけど、１００の倍数の値段じゃない。１００の倍数の値段のものを買うなら１００円玉でいいはずだから」

「うんうん。確かに」

「四つ目、値段がわかってない」

「わかってない？」

「例えば１５０円のジュースが買いたいとするでしょー？　だったら１５０円分の換金で充分だったはずだよね。７００円も余ってるはずないよー」

腑に落ちる。が……それだと、三つ目の条件と矛盾してないか？

「で、最後ね」

俺が疑問を差し挟む前に、祭館は五つ目の条件を明かす。

「１０００円札を全部、50円玉に両替できる場所。……どこかわかんない？」

俺と宇志内は顔を見合わせ、一様に首を横に振った。そんな場所、あるか？　バスの両替機……は、10円玉や１００円玉も出てくるよな……。

「えー？　そっか。知らないかー。確かに最近のは電子化されてるしなー」

「おい、探偵らしくなってきたじゃねえか。もったいぶりやがって」

「うへえ。やめてよ。言うから言うから。――ゲームセンターだよ」

思った以上に馴染み深い名前に、俺は目を瞬いた。

祭舘は、くあ、と欠伸を一つして、

「昔はねー？　１クレジット50円の安いゲーセンがあったんだってさー。そこになら50円玉しか出さない両替機があってもおかしくないでしょー？」

「なるほど――いやでも、待てよ祭舘。御茶の水はお前と一緒に隅々まで回ったじゃねえか。50円のゲームセンターなんてどこにもなかっただろ？」

「表向きにはねー」

祭舘のさりげない補足に、俺と宇志内は「え？」と声を揃えた。

「だからー、パッと見どこにもないなら、どこかに隠れてるってことなんじゃないのー？闇カジノならぬ闇ゲーセンってやつー」

闇ゲーセン……？　許可を取らず、隠れて営業してるゲーセンがあるってのか⁉

「どこにあるんだ、そんなもん……？　警察ですら見逃してるんだとしたら、俺たちには場所なんて見当もつかねえよ……」

「ねー。御茶の水って狭いようで広いし……」

「……あー……」

祭舘がいかにも心当たりありげに目を逸らしたので、俺と宇志内の注意を一気に惹いた。

「まさか、場所もわかるのか、祭舘？」

「えー？　いや、まあ、偶然かもしれないけどー……」

「どこどこ？　どこにあるの!?」

俺たちに詰め寄られて、祭舘はまたたじたじになりつつ、

「……不実崎くんさあ、あの自販機覚えてる？　最初の尾行授業でさー」

「ん？　ああ……あの１００円自販機か？」

「あの自販機の下さあ、**50円玉が落ちてた**んだよね？　１００円自販機なのに」

「あ……」

１００円自販機ならば、１００円玉にしか用はない。

50円玉を落とすなんてことは、滅多に起こらない。

たまたまその自販機に、50円玉ばかり余らせている客が来ない限り……！

「あの自販機の近くにあるのか！」

隠れて営業している闇ゲーセン。何方沙美が、事件の直前に訪れていたらしき場所。

行ってみる価値は、充分にありすぎる。

「すぐに行こうよ、不実崎くん！　日が落ちたら閉まっちゃうかも！」

「おう……！」

これは生きていた頃の何方沙美の、生の足跡だ。

ただの情報とは違う。今度こそ、何方沙美という一人の人間の輪郭を捉える……！

俺は祭舘の細い肩を強く掴んだ。

「ありがとうな、祭舘！　お前は最高の探偵だ！」

「ちょ、ちょっと褒めすぎ――」

「じゃあな！　行くぞ宇志内！」

宇志内と二人で駆け出すと、祭舘の声が背中を追いかけてくる。

「今度お昼ご飯奢ってよねー！」

俺は軽く手を振りながら、学園のゲートを目指した。

10　探偵王女、歌うように考える

「――さて諸君！　ここで注目すべき事実とは何か！　それは――」

日が傾き、本来なら放課後と呼ばれるべき時間にもなると、校内のあちこちにああいった演説者が現れるようになった。

これも探偵学園の風物詩というものだろうか。あちこちで突発的に開かれる推理披露会には、必ず数人の聴衆がいて、合いの手を入れたり反論を加えたりしている。

まるで噂(うわさ)に聞く学園祭のような喧騒(けんそう)の中を、私はカイラと、数人のクラスメイトを引き連れて歩いていた。

目的地があるわけじゃない。あるとすれば、それは推理の先にある。

ハッキングで隠されていた入退場ログは、欠席者の中に犯人はいないという事実を示していた。そして学園内にいた生徒、教員、事務員の全員についてもアリバイが証明され、犯人ではありえないという結論が下されている。

容疑者、0人。

これはもちろん、捜査が暗礁に乗り上げたことを意味しない。なぜならば、一見不可能に見える状況は、何者かによる作為の存在を証明しているからだ。

今回で言えば、犯行時刻を明らかとした可動床のログが、犯人によってあえて残された証拠であることを教えてくれている。アリバイトリックとは、犯行時刻が明確でなければ機能しないものだからだ。

不審な点があるとすれば、それはやはり、入退場ログのハッキングだろう。自分にアリバイがあることを示したかったのなら、入退場ログは迅速に確認してほしかったはずだ。あの時間稼ぎには、必ず何らかの意味がある。

何らか——というか。

今のところ、一つしか考えられないが。

「――ねえ、聞いてよ聞いてよお母さん（Ah! Vous dirai-je, Maman）――」

唇が自然と、幼い頃から親しんだ童謡を口ずさむ。

そのリズムに乗って、目的地を見つけた推理が走り出す。

「――私が悩んでいるわけを（Ce qui cause mon tourment?）――」

不可能状況は事件を複雑にすると思われがちだが、実際にはその逆だ。不可能なことが多ければ多いほど、可能性は限定され、事件はシンプルになっていく。本来は探偵が心を砕くべき、可能性を取捨選択する作業を、代わりに犯人がやってくれているようなものだ。

「――パパは私に推理させるの（Papa veut que je raisonne）――」

今回はまさにそれ。いくつもの不可能要素は、犯人が大衆に紛（まぎ）れづらい特異な性質を備えていることを明白に示唆している。

特にお粗末なのは、先ほど起こった第二の事件だ。

「――立派な立派な大人のように（Comme une grande personne）――」

あの事件は、あまりに不可能状況を整え過ぎた。密室殺人などというものは、大概の場合、犯人のミスでしか起こりえない。密室の主たる目的は自殺や事故に見せかけるところにあり、他殺であると見抜かれた時点で九割方失敗しているのだ。

「――だけど私にはキャンディのほうが（Moi je dis que les bonbons）――」

シンプルな密室には、シンプルな答えしかありえない。

その答えを前提にすれば、学園自体を封じている密室も解ける。

残るは三つの密室で最も小さい、プールの水深密室のみ。

「――そんなものより大事なの――」

童謡を歌い終えた頃、私は目的地の前にいた。

そこは〈捜査支援棟〉という、特殊な校舎の一角。目の前にあるドアには、〈変装準備室〉と書かれたプレートがある。

「皆さん」

律儀についてきてくれたクラスメイトたちに、私は告げた。

「ここが……最後です」

決意を込めて、扉を開く。

変装準備室とは、その名の通り、変装するときに使う部屋だ。必要な道具が一通り揃っていて、申請さえすればどれでも借りることができるらしい。**私たち1年は、まだこの部屋に出入りするほど、授業が進んでいない**けど。

変装道具は多岐に亘り、それゆえ、変装準備室もごみごみとした倉庫めいた空間になっていた。私は死角だらけの部屋をざっと見回し、小さな脚立に目を留める。

「素晴らしい」

思わず呟きが口を突いた。

なぜなら、その小さな脚立の足元にある埃の跡が、わずかにズレていたからだ。

比較的最近に、動かされた形跡――

——でも、この脚立が使われたってことは、やっぱり。

輪郭を明確にしていく真実に、胸の中がざらついていく……。

私はその脚立を、変装準備室の中で一番大きな棚の前に移動させた。そして脚立の上に乗り、棚の一番上の段の戸を開いた。

そこには様々な靴が、奥と手前の二列に並んでいた。**棚板の手前側は綺麗に掃除され、埃一つない**が、奥のほうはそうでもなさそうだ。

私は手前に並んだ靴を全部どけて、足元にいるカイラに渡すと、奥に押し込まれている靴たちに目を向けた。ハイヒール、軍靴、ロングブーツ——ロングブーツだろう。

私は**五足並んでいるロングブーツ**を、左から順番にひょいっと持ち上げ、その下の埃が積もっていない部分を指でなぞっていった。そして一番右のブーツにまで辿り着くと、靴の下をなぞった指先に粘ついた感触を得て、ああ、と溜め息をつく。

「やっぱり……これなんだ」

できれば——もっと、左のブーツであってほしかった。

私は一番右のロングブーツを手に持つと、脚立を降りる。

カイラもみんなも、わけがわからない、という顔で私を見ていた。探偵をしていてトップクラスに楽しい瞬間だけれど、今回ばかりは、あまり楽しむ気にはなれない。

今回ばかりは——推理が外れていてほしかった。

棚から取り出したロングブーツを机に置いて、「中を見てみてください」とみんなに言う。みんなはブーツの中を覗き込むと、不思議そうな顔をした。

それもそうだろう。そのブーツは足首の辺りまで、中身がすっかり埋まっているのだ。

「これは……資料で読んだことがある。確か〈スーパーシークレットブーツ〉だったか」

博覧強記にして活字中毒の本宮さんが、眼鏡をずり上げながら言った。

「要するに超上げ底のブーツで、爪先立ちで履くことで大幅に身長を高く見せるという——膝の位置がおかしくなってしまうから、ロングスカートなどとの併用が必須になってしまうが」

「いやいや、膝だけやのうて、腕の長さとか腰の位置とか、いろいろおかしなるやろ」

黄菊さんのツッコミに本宮さんも肯き、

「それに加えて、そもそも背格好まで大きく変えなければならない変装をする機会はそうそうない。なのであまり使われないそうだ」

「なんや、欠陥品か。それであんな奥に突っ込まれとったんやな」

「ですが、身長を大きくできるのは事実です」

私が俯きがちに言うと、みんなの視線が集中した。

「……わかりませんか？　**このスーパーシークレットブーツがあれば、身長166・6センチに満たない人間でも、しっかり水上に顔を出して、水深1・5メートルのプールを歩くことができたん**ですよ……」

ハッと息を呑む気配があった。

いつになく物憂げな気分になりながら、私は棚板をなぞった指先をちりちりと擦った。

「このブーツが置かれていた部分に触れてみると、少し埃が積もっていた上に、湿り気までありました。**埃はこのブーツがしばらく棚から持ち出されていたことを意味し、湿り気はこのブーツが水分を持っていたことを意味します。**いくら水気を拭き取ったり乾かしたりしても、靴裏の細かな溝の奥までは、犯人のハンカチが届かなかったようです」

これは明確な証拠。

このブーツが、プールでの犯行に使用された、という。

変装準備室の備品利用には申請が必要だ――記録を調べれば、勝手に持ち出されていたことが簡単に明らかになるだろう。

「これは……！　大きな前進だぞ！」

「せやな！　このブーツが使われとるっちゅうことは、元から身長の高い奴は犯人やないっちゅうことや！　少なくとも166・6センチ以下の――」

166・6センチ以下？

とんでもない――

「……お嬢様？」

気遣わしげに話しかけてくれるカイラに、私は応えることができなかった。

だって――**このブーツは、身長を30センチも伸ばしてしまうのだから。**

11　闇に舞う姿

祭舘が推理した闇ゲーセンは、実在した。

とあるビルの地下で営業していたそれに、俺たちは上手く侵入することができた。宇志内の演技力のおかげだ。宇志内が見張りの男に見事に話を合わせ、誰かからの紹介があったかのように見せかけたのだ。

「(あんまりきょろきょろしないでね、不実崎くん。ここにいるのが当然です、みたいな顔してて!)」

「(お、おう。善処するわ……)」

隠れ家的バーみたいな薄暗い照明の空間に、ゲーセン特有の混沌とした騒音が満ちている。置かれている筐体は、主に古い格ゲーや音ゲー、シューティングゲーム。椅子には俺らと同じくらいの年齢の奴らが座り、小さくガッツポーズしたり、イライラと舌打ちしたりを繰り返している。

俺と宇志内はさも常連かのような顔をして、両替機のほうに向かう。用意してきたなけなしの現金を50円玉に替えながら、こっそりと筐体の前に座る奴らの顔を盗み見る。

ぼーっとした、ともまた違う――まるで何かから逃げるように、レトロゲームが放つチープな光に没頭する若者たち。その光景から伝わってくる闇のような憂鬱さに、俺まで呑み込まれてしまいそうだった。

ここにいれば、もう何も考えなくていい。

そんな誘惑が、混沌とした喧騒(けんそう)にわだかまっている気がする……。

「(……とりあえず遊ぶフリをして、聞き耳を立ててみようよ)」

宇志内の提案に肯(うなず)いて、俺たちは適当な格ゲーの筐体に向かい合わせで座った。

様々なゲームの音が入り混じった喧騒は、人の話し声を容易に覆い隠してしまう。だが、それゆえに、油断を生むようだった。レバーをガチャガチャ動かしながら聞き耳を立てていると、気になる単語が途切れ途切れに耳に入ってきた。

「──の裁判──通りの結果──」「──報酬は──」「──代行の場合──」

……代行？

「──シナリオ──」「──丈夫、覚え──」「──付けろ。八百長(やおちょう)──」

八百長……!?

レバーを握る手が急速に汗ばんでいく。

あいつら……間違いない。

選別裁判(セレクト)の八百長や、事件依頼の代行の交渉をしている──!!

俺の脳裏に浮かび上がってきたのは、2年2組の江戸辺(えどべ)先輩から聞いた、何方沙美(どなたさみ)に関する話だ──曰(いわ)く、**1年の終わり頃から急激に成績が上がっていた**らしい。

その理由を、俺は今まさに、目の前にしている。

この闇ゲーセンは、探偵学園の落伍者(らくごしゃ)が行き着く場所だ。能力が足りない人間が、それでも学園にしがみつくための駆け込み寺……！

「――ボスは？」「――つも通り、奥のＶＩＰルームに――」

漏れ聞こえてきた『ボス』という単語に、俺は耳をそばだてる。

これほど大規模な不正グループ、自然発生したわけがない。これを作り、取り仕切っている人間が――元締めとなる人間が、必ずいるはず。

これは大胆な想像に過ぎないが――もし。もし、だ。何方沙美が、何らかの理由でその元締めの不興を買ったのだとしたら？

例えば、この闇ゲーセンのことを、学園側にリークしようとしたのだとすれば――

――それは、殺人の動機になりうるんじゃないか。

これほどの大規模な不正行為を取り仕切る奴なら、手段は選ばないんじゃないか……!?

どちらからともなく、俺は向かい側の宇志内と目配せを交わしていた。

ボスはＶＩＰルームとやらにいる。それは、この闇ゲーセンの奥にある。

間違いなく、探偵学園に所属する誰かだろう。その顔を見ることができたら――

――何方沙美の轍を踏む可能性はある。

だが、ここで逃げ出したら、俺はもう一生、信じられない気がするのだ。

かつて妹に誓った、じいさんの汚名が霞むほどの名探偵ってヤツを。

俺はゲームを終わり、立ち上がった。宇志内も立ち上がり、俺の側に寄ってくる。

「(行くんだね？)」

「(お前はいいぞ)」

「(一人じゃ無理でしょ？　大根役者くん)」

……俺の演技はお粗末なもんだ。宇志内がいなけりゃ、このゲーセンに入ることすらできなかった。

「(マズそうな雰囲気になったら即逃げる。離れるなよ)」

「(わかってるって！　ちゃんと守ってね？)」

また勘違いしそうなことを——俺よりも肝が据わってやがるぜ。

ＶＩＰルームに続くと思しき廊下の前には、アメフトでもやってそうな大柄な男が立っている。俺も武術には多少心得があるが、正面からやり合えばかなり手こずりそうだ。

宇志内に腕を引かれながらそいつの前に行くと、宇志内は「あのう……」と、ゲーム音に掻き消されそうなか細い声を出した。

「……なんだ？　お前たちは」

怪訝そうに眉間にしわを刻む大男に、宇志内はびくりと肩を跳ねさせてみせる。

「ぼ、ボスに、報告しなきゃいけないことがあってぇ……」

さっきまでの宇志内とは似ても似つかない、弱々しい声だった。声だけじゃなく、仕草や姿勢も様変わりして、落ち着きなく目を泳がせたり、肩を縮こまらせたりしている。

この少女が宇志内蜂花だとは、クラスの連中でも気付けないかもしれない。

「報告？　ではその男はなんだ」

「わっ、わたし、人見知りでぇ……ひっ、人と会うときは、か、彼がいないとぉ……」

びくびくしながら、宇志内は俺の腕をぎゅうっと抱き締めた。

突然、二の腕から肘にかけてが柔らかな感触に包まれ、驚きそうになる。俺はかろうじて堪えたが、大男はむにゅりと形を変えた宇志内の爆乳を見て一瞬鼻の下を伸ばし、それから俺に嫉妬混じりの冷たい視線を向けてきた。

お、おお、そうか。俺たちの正体から別のところに意識を向けさせるテクニックか。そうだよな？　そうだと言ってくれ。

「……ダメ、ですかぁ？」

トドメとばかりに、宇志内は上目遣いで、捨てられた子犬のように言った。

これに庇護欲をそそられない男はいない。大男はうっとたじろいで、何かを誤魔化すように目を泳がせながら顎を触る。

「あー……わ、わかった。さっさと行け」

「ありがとうございますっ」

宇志内が弾んだ声でお礼を言うと、大男の顔が薄っすらと赤くなった。意外と初心なタイプらしい。

大男の横を通り抜け、狭い廊下に入ると、宇志内は無言で唇の前に指を立てる。表情はすでに普段の宇志内に戻っていた。だったらそろそろ腕を離してくれ、と思うが、問答をしている余裕はない。

足音を殺しながら、薄暗く細い廊下を奥に進む。まるで大きな化け物の食道を歩いているような気分だった。喉がからからに渇き、何度も唾を飲んでは、その音を聞かれてはいないかと警戒する。

ゲーセンの喧騒が後方にフェードアウトし、代わりに人の声が前方から小さく耳に届き始める。

廊下の奥に、一枚の防音扉があった。人の声は、そこから漏れ聞こえているようだ。声に混じるのは、やはりゲームの音……。レトロゲーム特有のピコピコした音じゃない。最新鋭のゲームのリッチな音楽だ……。

俺たちはより一層息を殺し、その防音扉に近付く。それにはカラオケの扉のように小さな窓が存在し、そこから内部を覗けそうだった。

宇志内と目配せを交わす。宇志内がこくりと肯いた。俺はポケットから生徒端末を出し、録画をスタートさせる。そしてそのレンズを、防音扉の小窓にそっと近付けながら、自分の目でも室内を覗き込んだ。

そこには――ダンスゲームの筐体と、それを取り囲む10人ほどの男女がいた。

ゲームをプレイしているのは、たった一人。

音楽に合わせて激しくステップを踏む――小柄な少女。

――その後ろ姿に、途方もなく嫌な予感がした。

音楽が終わると、取り巻きが一斉に拍手をする。

それに応えるように、小柄な少女が息を切らしながら振り返る。

そうして、初めて見えた顔を。

この闇ゲーセンの――ボスの顔を。

俺は、知っていた。

12　探偵遂行

「……もう、生徒は残ってない？」

「どの部屋にも灯(あか)りはありません」

「そう……。それなら、始めよう」

私とカイラは、入場ゲートの管理室にいた。

外はとっくに真っ暗闇。白々しく輝く電灯が、ゲートのサーバーにアクセスしているモニターを照らしている。

カイラが滑らかにキーボードを叩(たた)き、検索条件を入力した。内容は、『入場ログが最後に残っている男子』だ。

モニターに映るサーバーのログが瞬(また)く間(ま)に絞り込まれる。

ヒット件数は、0件。

この結果は、男子生徒が今現在、全員学園の外にいることと、その全員が正規の手段で

学園を出たことを意味している。

　本来なら——の話だけど。

「……ふう……」

これで、三つの密室はすべて、完全に解き放たれた。

解き放たれて——しまった。

私はしばし瞑目して、瞼の裏の闇を見つめる。

そして、再び瞼を上げたとき、すでに迷いはなくなっていた。

私は探偵。

探偵王の名を継ぐ者。

正義の執行者にして、叡智の代弁者。

その使命を——遂行すべし。

「行こう、カイラ」

私はそう言った。

帰ろう、とは言わずに。

13　お茶の間の解決篇

無事、幻影寮に帰りついた俺を待っていたのは、ひどく気詰まりな夕食だった。

今日の料理当番はカイラ。つまり前日から仕込まれた、ひときわ豪勢な夕食だ。いつも騒がしいってわけではないものの、多少は会話も交わされるはずの食卓には、無機質な食器の音と、粛々（しゅくしゅく）としたエヴラールの声だけが漂っていた。

食事をしながら、機械音声のように一定の抑揚で語られるのは、エヴラールによる今日の捜査の報告だった。それをフィオ先輩が、「ふんふん」と相槌（あいづち）だけを打ちながら、にやにや笑って聞いている……。

俺はただ、置き物になることしかできなかった。

きっと今日、俺とエヴラールは異なるルートで、同じ真実に辿（たど）り着（つ）いた。エヴラールにはそれを語る覚悟があったが、俺にはなかった——怖かった。恐ろしかったんだ。昨日まで当たり前だったことが、自分の言葉一つで崩れ去ってしまうのが。

「——ふうん」

変装準備室を調べた話まで聞き終えて、フィオ先輩は初めてエヴラールの顔を見た。

「それじゃあ、犯人は身長１６６・６センチ以下の人間だってところまで特定したんだあ？　やるじゃ～ん」

「いえ」

エヴラールもまた箸を置き、正面からフィオ先輩を見据える。

それは、寮の後輩としての目ではなかった。

ひったくり犯を捕まえたときと同じ——探偵としての目だった。

「スーパーシークレットブーツは全部で5足ありました。実は、**それらはすべて同じものではなかった**んです」

「へえ？」

「**違ったのは、底上げの高さ**です。犯行に使われたと思われるのは底上げ30センチのものでしたが、一番低いものは10センチで、そこから15センチ、20センチと5センチ刻みに上がり、**30センチは一番底上げが高いもの**だったんです」

「ふうん。それで～？」

「犯行に必要な身長は166・6センチ。それ以上身長を高くするのは、足元を不安定にするばかりでメリットがありません。ですから、犯人は必要最低限の高さのブーツを使用したはずです。例えば私であれば、元の身長は154センチですから、15センチも底上げできれば充分――ですが実際に使用されたのは、30センチも底上げするブーツでした」

俺はエヴラールの言わんとすることを理解する。

30センチもの底上げが必要になるのは、並外れて背の低い人間のみ。

「一つ下のサイズの、25センチでは足りなかった。どうしても30センチ必要だった。……166・6引く25は、141・6センチ――犯人がもし、それ以上の身長であれば、25センチの底上げで充分だったはずです」

不意にカイラが生徒端末を操作し、画面を上に向けて卓袱台(ちゃぶだい)に置いた。

「学園から、身体測定のデータを提供していただきました」

画面に表示されているのは、全生徒の身長データ。

「万条吹尾奈――先輩」

探偵王女、詩亜・E・ヘーゼルダインは、万条吹尾奈のあどけない顔を、ひたと見据え
て放さない。

「141・6センチよりも低い、身長140センチの生徒は――あなた、ただ一人です」


万条吹尾奈をおいて他には――ただの一人も、存在しない。

総合体育館のプールの真ん中で、何方沙美をダンベルで殴りつけた人間は。

水深1・5メートルのプールを歩くのに、30センチもの底上げを必要とした人間は。

他にいるはずがない。こんなに背の低い学園生が――他にいるはずがないんだ。

小学生のように、背の低い先輩だ、と。

小さい先輩だ、と最初から思っていた。


「……………………」

フィオ先輩は……動じなかった。

お前が殺人犯だ、と真っ向から突きつけられても、肯定も、否定もしない。

対するエヴラールも、飽くまで自然体だった。

緊張もない。悲しみもない。機械のような無表情で、最も近しい先輩を見据えていた。

怖くないのか、エヴラール。

お前は怖くないのか？

たとえそれが真実だったとしても。自分の推理が、自分の日常を傷付けてしまうことを、怖いと思わないのかよ？

そんなの——まともじゃねえだろ。

俺は耐えられない。俺は受け入れられない。まだ嘘だって思ってるんだ。闇ゲーセンのVIPルームで、フィオ先輩の姿を見たあのときから——ずっとずっと、こんなの悪い夢だって思ってるんだ。

だってよ。妙に煽ってきてムカつくけど、たまに相談にも乗ってくれて、俺が不実崎だからって色眼鏡で見なくて——毎日一緒に飯を食うのが、当たり前になってた人がさ。

人殺しだなんて——どうして信じられるってんだよ!!

「その様子だと……後輩クンも、異論はない感じかぁ」

はあ、と小さく溜め息をついて、フィオ先輩は古い天井を見上げた。

その仕草に、俺は諦念を見て取った。

「——で？」

だが、違った。

そのリラックスした態度が表していたのは、諦念ではない。

「そのクソザコ推理で、フィオを捕まえたつもりになってんの？」

余裕。

あたかも子供の話を聞いてあげていたかのような。今までは優しく話を合わせてあげていただけだと言わんばかりの余裕が、その笑みには宿っていた。

それを見た瞬間、エヴラールが素早く立ち上がる。

ひったくり犯のときと同じだ。予備動作を見落とすほどの、電撃的な動きだった。気付いたときには、エヴラールの手には腰の高さほどのステッキが握られていた。

スカートの裏に、折り畳み式のステッキをずっと忍ばせていたのか。その用途が本来の歩行補助にないことは一目瞭然。エヴラールは右手でステッキの上部を逆手に持ち、軽く持ち上げながら、身体（からだ）を半身に構えていた。

……あれから、〈体術基礎〉の授業で習った。

〈バリツ〉。探偵が現行犯逮捕や正当防衛を基本とするがゆえに、後の先（カウンター）を制することに特化した探偵専用格闘術。その時々の得物（えもの）によって五つの型を有し、極めた探偵はどれだけ階級が上の相手でも傷一つ付かないという。

ステッキを得物とするのは、五つの中で最も攻防のバランスに優れた型——

——バリツ一式〈ルイ・ロペス〉。

「やめなよぉ」

臨戦態勢に入ったエヴラールに対して、フィオ先輩は悠然と味噌汁（みそしる）を啜（すす）る。

「バリツ勝負は得意じゃないんだからさぁ——弱い者いじめは恥ずかしいよ？」

「ご冗談を。あなたは〈リーガル・トラップ〉の達人です。これだけ言葉を交わしていて気付かないとでも？」

一触即発の空気の中、フィオ先輩は飽くまでも飄々と食事を続けながら、

「ねえ、王女ちゃん——フィオがどうやってシャーロック・ランクになったか知ってる？」

「……選別裁判において、無敗を誇ったからだと聞きました」

「そうそう。それで付いた渾名が〈裁判屋〉——ちょっと人聞きが悪いよねぇ？」

あの闇ゲーセンを見た俺なら、わかる。

この学園の根幹システムの一つである選別裁判を、掌握しているのだ、この人は。勝てる事件がわかる。勝てる相手がわかる。それでどうやって負けろと言う？

その〈裁判屋〉が、正面からの告発を受けて、こうも平然としているのだ——ならば、それは。

「ねえねえ、王女ちゃん——ずいぶん自信満々だけど、本当に見落としはないのかにゃ？入学初日に晒した醜態、もう忘れちゃったぁ？」

「……あのときは前提条件を引っ繰り返されました。今度は同じ手は使えません。それとも、先輩にはできるのですか？　私とは別の推理を構築することが！」

「できるよん」

あっさりと放たれた言葉に、全員が凍りつく。

エヴラールの論証は、一聴して隙がないように思えた。俺のときみたいに、叙述トリッ

クを弄する余地さえない。なのに、別の推理を？　どうやって……!?

「もちろん、犯人も別の人だよ？　……気になる？　気になるぅ？」

愕然とする俺たち1年生を煽るように、フィオ先輩はにやにやと笑う。

場はすでに、完全に万条吹尾奈に支配されていた。

俺は思い知る。探偵同士の対決は、真実を独占したほうに傾くのだ。エヴラールはすでに、自分の推理を吐いてしまった。だからフィオ先輩は推理を出し渋り、マウントを取り放題になる——自分が有利になるように、話を運び放題になる。

「……ハッタリを」

かろうじてエヴラールが口にした台詞は、苦し紛れ以外の何物でもなかった。

「ハッタリかどうかは、聞いてみればわかるよ。……ま、こんなお茶の間で喋ったって何の意味もないから、言わないけどね？」

くすくすとせせら笑い、フィオ先輩は湯飲みのお茶を一口啜る。

「王女ちゃんはさあ、当たり前のように自分を『探偵役』だと思ってるよね。事件を解決するのは自分だって、誰に言われるでもなく思い込んでるよね。……ほぉんと甘いなぁ。ここは『探偵学園』だよぉ？　探偵たる権利は、戦って勝ち取るものなんだよ」

湯飲みを卓袱台に置き、座ったまま、しかし超越的に——シャーロック・ランク第7位、万条吹尾奈は告げる。

「容疑者の前で悠長に、たらたらたらたら一席ぶって気持ちよくなってるキッズなんかには、一生得ることのできない権利なんだよ。出直してきな？」

体格は一番小柄なのに、その姿には、誰も太刀打ちできないと思い込まされるだけの凄味があった。

これが、真実を握っている探偵のプレッシャー――次の瞬間、目の前の人間が何を口にするかわからない。その不可視の脅威が、銃よりも容易に生殺与奪の権を握る。

探偵王女の鉄面皮に、ついに歪みが生じた。悔しげに歯を噛み締め、何かを堪えるように身体を震わせて――それから、ついに、手に握ったステッキを下ろす。

「――戦えば、いいんですね？」

「そうだよ。探偵にとって、バリツは所詮サブアーム――本当の武器は、推理だけなんだからね」

フィオ先輩が生徒端末を出して、その先端をエヴラールに差し向けた。

すると、エヴラールの端末から通知音が鳴る。その重みに比してあまりにも軽すぎる、電子の白手袋。

「日程は、明日の昼から。中断なし。控訴なし。一発でケリつけよ？」

エヴラールはしばらく端末の画面を見下ろして、

「――わかりました。〈第九則の選別裁判〉にて……ケリを、つけましょう」

騎士が剣を交わすように、端末の先を、突き合わせた。

こうして、慣れ親しんだお茶の間で、日常が終わる合意がなされた。

詩亜・E・ヘーゼルダイン　対　万条吹尾奈。

真実が明かされるとき、どちらかが喝采を浴び、どちらかが汚名を浴びる。

14　推理機械

「……出ていくのか」

簡単に荷物を纏めて、カイラと一緒に玄関に立った私を、不実崎さんの声が呼び止める。

振り返ると、不実崎さんがポケットに手を入れながら、私を見下ろしていた。

「……ええ。殺人の容疑者と同じ屋根の下で寝るほど、不用心ではありませんので」

「行く当てはあるのか？」

「この展開に備えて、宿は取ってあります」

「……想定通り、ってわけか」

暗い声は、いつもより低いところに落ちる。私を負かしたときの獰猛さは鳴りを潜め、今の不実崎さんはまるで迷子のようだ。

不実崎さんは床を見つめたまま、

「お前は……怖くねえのか、エヴラール？　先輩を……犯人扱いすることが」

縋るような質問に、私は用意していた答えを返す。

「扱いではなく、真実です。ならば私は探偵として、それを明らかにするだけです」

不実崎さんは数秒瞼を閉じて、小さく溜め息をつく。

そして、次に瞼が開いたとき、彼の瞳はひどく遠くにあった。

「今のお前は……まるでロボットだな」

——うん。よく言われる。

「推理も、反論も、何もしなかったあなたには……私を詰る権利は、ありませんよ」

その正論をもって、この問答の決着とした。

私はもはや振り返ることはなく、カイラを伴って幻影寮を出る。

月の光が、うら寂しく私の道を照らしていた。

その光の中に、この一月ほどの記憶を見る。

いや、違う。

記憶ではなく——思い出、と呼ぶのだったか。

「…………楽しかったなあ…………」

15　探偵としての覚悟、人としての願望

「キミは出ていかなくていいの、後輩クン？　寝込み襲っちゃうかもよぉ～？」

ふてぶてしく居間に居座るフィオ先輩が、両手をわきわきさせながら言った。

俺はその冗談には取り合わず、立ったまま小柄な先輩と対峙する。

「どうにも納得がいかないんすよね」

「何がぁ？」

「本当に先輩が犯人だとして、どうして学園の中で殺したんすか？　七面倒なトリックなんか使うよりか、どっか知らない場所で始末したほうがずっと簡単で安全だったはずじゃないっすか。それに先輩の——『ボス』の立場なら、誰か都合のいい駒に殺人を代行させることだってできたんじゃないっすか？」

フィオ先輩は意味ありげに笑いながら、

「さあねぇ？　そう思うんなら、自分で推理してみたらぁ？」

ごろんと無防備に、畳の上に寝転がる。

「吹尾奈ちゃんはいい子なのかな？　悪い子なのかな？　さて、どっちでしょ～？　……ま、無理かぁ、どうせ♪　自分で見たものも信じられない、ヘタレ～な童貞クンじゃねぇ」

——俺には、探偵としての覚悟がない。

それも……この人には、見抜かれてるってわけか。

「……とりあえず、いい子ってことはないっすよ」

ようやくそれだけ言い返すと、フィオ先輩は無言でひらひらと手を振った。

もはや言葉を交わす価値すらない。

これ以上議論したければ——証拠くらい持ってこい。

言外のメッセージを受け取って、俺は居間から立ち去った。

16　俺だけの推理動機

『少しだけ、出てこられますか。甲賀(こうが)通りのコンビニ前で待っています』

突然の電話に従った先で待っていたのは、カイラだった。

コンビニの無機質な光の中に、メイド服の褐色少女が佇(たたず)んでいるのは、何とも奇妙な光景だった。それこそ祭舘(まつりだて)辺りが何も知らずに見ていれば、推理を始めてしまいそうなくらい――しかし俺にとっては、今やこの街の誰よりも見慣れた、日常の風景だった。

「よう。大丈夫か。こんな夜に出歩いて」

「護身術くらいは心得ております」

そう言って、カイラはメイド服の袖から棒状の物体の持ち手を見せてくる。

「スタンガンか？」

「はい。……わたしの実力だと――丸腰では、不足ですので」

無表情の裏から滲(にじ)む複雑な感情に、俺は唇を結んだ。

ときどき、カイラはこういう顔をする。怒るような、悲しむような、懐かしむような――ただただ、遠い表情を。

俺はカイラの隣に立って、春の星空を見上げた。

「用は、あるのか？」

「おそらくは、あなたのほうに」

お見通し、か。……いや、違う。訊いてほしいのかもしれない。カイラ自身が。

「たぶん――正しいのは、エヴラールやフィオ先輩のほうなんだろうな」

独り言のように、俺は話し出した。

「探偵の仕事は、真実を明かすことだ。それを躊躇ったら、探偵失格――でも、俺にはどうも割り切れねえ。今日一日、ずっと迷ってた……。死人をダシに、謎解きなんかしてもいいのか？　親しい人間が犯人でも、心を殺して断罪すべきなのか？　そんな資格は俺にあるのか？　――必要なのは、わかってるんだ。でも、どうにも身が入っていかないんだ。何だかまるで――ゲームの世界にでも、いるみたいで」

学園の様子も、同級生の行動も、そう――すべてが、ゲームみたいだ。

作り物だとわかっていたら、俺も謎解きゲームに精を出す。だが、一つの命が、一人の人生が、実際に断ち切られていると考えると、『俺は何様なんだ？』って疑問が顔を出す。

事件を生み出すのは心だ、とあの人は言った。

でも、心を蔑ろにしなければ、とても冷静になんて考えられない。

死人も、犯人も、パズルのピースのようには捉えられない。

「お前なら……わかってくれるか？　カイラ――俺よりずっと長く、名探偵の側にいるお前なら」

ああ、これはずるい質問だ。

答えなんてわかっている。彼女から呼び出してくれたことが、その証拠だ。

――……あなたも、呪われてしまったのですね――『探偵』というものに
あのときから、なんとなくわかっていた。

俺と彼女は同じ穴の狢で、奇しくも出会うことができた、傷を舐め合える相手だと。

「……わたしは」

俺の手の甲に、小さな手の甲が触れた。

「お嬢様と――詩亜と、探偵王女の席を争った最後の課題で……『この人が犯人であってほしくない』と、そう思ってしまいました。そのせいで、わたしは推理の手を鈍らせ――あの子は、推理する機械となりました」

ゆっくりと、軽い重みが肩にかかる。

肌色とは正反対の白銀の髪が、俺の首筋をくすぐった。

「後悔はしていません。間違ったとは、思っていません。探偵になんて、そう――ならなくて、よかったんです」

自分に言い聞かせるようなその声色に、ああ、と腑に落ちるものがあった。

きっと俺たちは、心のどこかで憧れているのだろう。

ああいう、完全無欠の探偵になりたかったのだ――と。

けど、心のどこかで反感を抱いてもいる。

あんなものに、なりたかったわけじゃない——と。

憧れも、反感も、未だに後生大事に抱えている時点で、とっくに手遅れだ。

それはどちらも、夢に手を掛けた人間なら、とっくに捨て去っているものだから。

「——明日、お嬢様は負けるでしょう」

「かも、しれないな」

遠い昔の幼い夢が、そのときこそ打ち砕かれるだろう。

「逃げますか?」

誘うように、カイラの細い指が俺の手のひらを撫でた。

「今なら……付き合いますよ」

犯罪王のなり損ないと、名探偵のなり損ない。

なるほど、尻尾を巻くにはお似合いの組み合わせだ。

溜め息が夜気に溶ける。

あまりにも甘い誘惑に、その未来が目前に描かれる。

——でも。

「まだだ」

答えは、意外なほどにするりと出た。

「——まだだ」

噛み締めるように、もう一度言う。

だって、俺の中には残っている。ついていけないと言いながら。諦めたと言いながら。

――フィオ先輩は、人殺しなのか、そうじゃないのか？

知りたい、という気持ちが――残っている。

「……だったら、それが、あなたの推理する理由です」

カイラの身体が、すっと離れた。

まだ肌寒い４月の夜に、人肌の温もりだけが残される。

「あなたなら、なれるかもしれませんね――機械ではない、探偵に」

そう言って、カイラは背中を向けて、すたすたと歩き出した。

俺はその小さな背中に、「ありがとうな、カイラ」と呟く。

「いえ」

顔だけで振り返り、カイラはほのかに微笑んだ。

「誰にでも、人肌恋しい夜はありますから」

――ちくしょう。今、ちょっと、顔が赤くなっちまったかも。

「それでは、また……夜のお供にお困りならば、ご用命を」

「……言っとけ」

わかりにくいメイドジョークを何とか流して、俺も幻影寮の方角に足を向けた。

――真実を、知りたい。

知りたければ、戦うしかない。

それが、この学園の流儀だ。

17　最も騒がしい朝

〈探偵王女〉詩亜(しあ)・E・ヘーゼルダインと〈衒学探偵(げんがくたんてい)〉万条吹尾奈(ばんじょうふいおな)による選別裁判(セレクト)開廷の報は、その日の深夜には学園中を駆け巡っていた。

探偵王の後継者と、最も新しいシャーロック・ランクの対決。

この趨勢(すうせい)に注目しない学園生はいない。この特報をいずこからともなく耳に入れると、生徒たちはそれぞれの寮で集合し、彼女たちが提示するであろう推理や、勝敗がどちらに傾くか、といったことを、夜を徹して検討した。

そして、選別裁判当日の早朝——事件が起こった先日と同様、すべての授業は休講となっている。にもかかわらず、探偵候補生たちは次々とキャンパスに姿を現し、入場ゲートの周囲で人だかりを作っていた。

ただの渋滞ではない。彼らとて探偵を志す者。ただの聴衆で終わる気は毛頭なく、それぞれが夜の間に検討してきた推理を、実証しようと集まってきたのだ。

彼らが求めていたのは、ログを残さずにゲートを通り抜ける『裏技』だった。

まず真っ先に試されたのは、鉄道で言うところのキセル行為だ。二人がぴったりとくっつき、前の人間が生徒端末で改札を開ける。そして二人で一気に改札を通り抜けてしまおうというものだ。

しかし、これは不可能だった。改札にはセンサーがあり、二人以上の人間が改札を抜けようとすると警報が鳴る仕組みになっている。また、このセンサーの存在によって、**生徒端末を認識させるだけさせて、自分自身は改札を通らず、ログだけをサーバーに残す方法も不可能である**ことが確認された。

また、それと同時、真理峰探偵学園のキャンパスを取り囲む外塀では、ゲートを使わずに学園内に忍び込む方法が検討された。**もちろん、これも不可能だ。塀を越えようとすればセンサーに引っかかり、穴を掘って潜ろうとすれば地中まで延びた外塀に突き当たる。外塀に穴が開いていることもなく、真実、ゲートを通じてでしか学園内には入れない。**

これらの実験のために、学園には何度も警報が響き渡り、御茶の水史上最も騒がしい朝として、近隣住民に記憶されることとなった。

しかし、その甲斐はあった。

幾度もの試行錯誤は、自然とただ一つの解へと辿り着く。

持ち主の手で生徒端末を認識させ、センサーを一人きりで通過する――要は、この条件さえクリアしていればいい。

裏技の有効性が実証された瞬間、早朝のゲートに歓声が上がった。

それと同時に、彼らは確信したのだ。

詩亜・E・ヘーゼルダインに勝機あり、と。

18　事件の核

俺が足を踏み入れたとき、プールは閑散としていた。

ゲートがあれだけ騒がしかったのとは対照的だ。もうこの現場に関しては、みんな調べ尽くした後なんだろう。俺みたいな奴が今更現れるとは学園側も思っていなかったらしく、監督役の教師さえ不在だった。

まあいい。生徒端末には〈証拠撮影アプリ〉が入っている。改竄が不可能な映像を撮影するアプリで、これで録画しておけば証人は不要だろう。

「――ふーみさーきくんっ」

と思っていたら、不意に後ろから肩を叩かれた。

振り返ると、水着姿の宇志内が悪戯っぽく笑っていた。

「やっぱりここだった。体育館に入っていくのが見えたからさ」

「驚かすなよ……。犯人に口封じでもされるのかと思ったぜ」

「そうそう、不用心だよ？　探偵なんて、犯人にとっては不都合の塊なんだから」

確かに、いつ殺されたって文句は言えない。この学園の場合、何人殺してもキリがなさそうだが。

「今から現場を調べるの？」

「まあな。大体はお姫様から聞いたんだが、自分でも確認しとこうと思ってよ」

「わたしも捜査の内容はクラスの子から聞いたよ」

「じゃあちょうどいい。その話、俺にも教えてくれ。俺が聞いた話と擂り合わせたい」

エヴラールは、飽くまで推理に必要な情報だけをフィオ先輩に話したはずだ。それ以外の部分に、フィオ先輩が言う『別の推理』が潜んでいるのかもしれない。

宇志内からエヴラールの捜査の詳細を聞きながら、俺は現場を調べていった。

プールに潜り、可動床を手で触り、水を切った手で可動床のコンソールに触れ――

「――で、変装準備室に行って、変なブーツを見つけたんだって」

「それで全部か？」

「うん。これで全部だけど？」

エヴラールの捜査経緯をすべて聞いて、俺は少しだけ疑問に思った。

「凶器の――ダンベルの出所は？　調べなかったのか？」

「あ、それなら同じ階のトレーニングルームらしいよ。現場検証の帰りに調べたみたいだけど、大したものは見つからなかった、って。捜査資料の写真と変わんなかったみたい」

「一応行ってみよう。同じ階だな？」

俺たちは水着の上にジャージだけ羽織り、トレーニングルームに向かう。

同じ階なら着替えなくてもいいかと思ったんだが、思ったよりも距離があった。廊下を数十メートルほども歩いて、ようやく目的地に辿り着く。

「ここの横に用具倉庫があって、そこから持ち出されてたんだって」

バーベルやランニングマシンなどが並ぶトレーニングルームを横切って、『現場保全中』の札が掛かっている扉を開ける。埃っぽい匂い……ここが用具倉庫だな。

俺は生徒端末で捜査資料を呼び出し、そこに載っている写真と見比べた。凶器のダンベルが入っていたのは、奥の棚の下の段にあるプラスチックの籠――

その籠を引っ張り出してみると、いろんなトレーニング器具が綺麗に整頓されて収まっていた。スペースが空いているのは、10キロダンベルが5個持ち出された痕跡だろう。**ダンベルはいくつか余っていて、他の器具の下に収まっている。**

「どう？　何か気が付いた？」

宇志内が中腰になって籠の中を覗きながら言う。

「……わからん。わからんが……何か、違和感がある」

なんだ……？　何がおかしいって言うんだ……？

これ以上籠とにらめっこしていても仕方がない。俺は籠を元に戻し、用具倉庫を出た。

「宇志内、いったん着替えようぜ。肌寒くなってきた」

「ん、そうだね。あんまり水着で歩き回るのも恥ずかしいし……」

……宇志内は特にそうだろうな。

皆までは言わず、俺たちはいったん別れ、男子更衣室と女子更衣室へ。

俺は手早く着替えを済ませると、一足先に廊下に出て、宇志内を待っていた。

女子って水着に着替えるの時間かかるよな。宇志内の場合、あのとんでもない肉の塊を収めるのに苦労しそうだ――って、ダメだダメだ。妄想してる場合か。

フィオ先輩のあの自信……絶対に何かある。ハッタリだとしても、ただのハッタリじゃない。俺たちが知らない事実があるはずなんだ……。どこかに、絶対に――

「――ひゃあっ！」

小さな悲鳴が聞こえて、俺は一気に思考の海から浮上した。

脳裏を過ぎるのは、昨日起こった事件――通常教室棟の5階で起こったという、密室襲撃事件。

――探偵なんて、犯人にとっては不都合の塊なんだから

まさか――宇志内！

俺は矢も盾もたまらず、女子更衣室の扉に飛びついた。

「宇志内っ!!　大丈夫か!?」

扉を開けた先で待ち受けていたのは――ぽかんと口を開けた、宇志内だった。

男子の間でまことしやかに、『あれはHカップはある』と噂（うわさ）されている爆乳を、**飾り気のないブラジャー**に収め、背中のホックを留めている最中の、宇志内蜂花（ほうか）だった。

宇志内は口を開けたまま俺の顔を見つめ、やがて徐々に、頬（ほお）を赤く染めていく。

「あっ……ええっと、……ごめん、ちょっと足がもつれただけ、で……」

ほどなく耳まで赤くしながら、抱きかかえるように**地味なブラジャー**に覆われた胸を腕

で隠す。

「あー……ははは。お、お見苦しいものを……。へ、へへ、こんなことならもっと可愛いの着けておけばよかったかな。**おっきいと可愛いのが少なくてさ。特にレースのやつなんて、気合い入れたいときにしか着けられなくて――**」

その瞬間、違和感が確信に結実した。

「――あのー。不実崎くーん？　人が照れ隠しで女の子の秘密を明かしてあげたのに、ノーリアクションですかー？」

「それだよ、宇志内！」

「ひゃっ⁉」

俺は興奮のままに、半裸の宇志内の肩を力強く掴む。

「ずっと……ずっと引っかかってたんだ。それは、それだったんだ……‼」

「そ、それって？　え、何？　もしかして――わかったの？　真相が！」

「ああ……」

操られるように、俺は口にしていた。

「魂を懸けてもいい――これが真実だ」

この事件を構成する、心。

ずっと見えなかったそれが、ようやく――垣間見えた。

「ありがとう、宇志内……。それと悪い。俺、すぐに行かないと」

「え？　行くって？　どこに？」

「説明してる暇はないんだ。だから何も訊かずに、二つだけ、頼みを聞いてくれ」

そして口早に二つの頼み事を告げると、俺は急いで更衣室を飛び出した。

どうか間に合ってくれ。

選別裁判が終わる前に――でないと、俺たちは全員――！

19　探偵たる資格

――真実に怯える者に、探偵たる資格なし
お義父さまの厳格な声が、重々しく頭の中に響く。

その一言で、カイラは後継者候補から外され、〈探偵王女〉は私だけになった。当時の私には、カイラの気持ちはあまりわからなかった。確かに犯人は、意外だったけど。犯人が意外なところに潜んでいるのは、当たり前のことでしょ？

なのに今は、少しだけ、怖い。

幻影寮に住んでいた期間は一月もない。修行中の潜入任務では、もっと長い間、コミュニティに溶け込んでいたこともあったのに。なのに私は、万条先輩をこの手で告発することを、ほんの少しだけ――恐れている。

――今のお前は……まるでロボットだな

そう。私は推理する機械。そうなるように育てられた。それでいいと思っていた。だって、みんな、そのほうが褒めてくれるから。クールで、超越的で、神様みたいで――そんなカッコいい名探偵を、みんなが求めているから。

なのに、なのに……少しだけ、戻ってしまったらしい。普通の学生みたいな日々を、過ごしてしまったせいで。

私は学生である前に、探偵。

私は人間である前に――探偵だ。

「――お嬢様、お嬢様。お客様です」

カイラに呼ばれて、私はふと顔を上げた。

探偵学園の施設の一つ――〈選別大法廷〉の、控室。椅子に座って精神統一をしていた私の前に、見慣れたクラスメイト――宇志内蜂花(うしないほうか)さんがいた。

宇志内さんは確か、不実崎(ふみさき)くんの様子を見に行ってくる、と言って姿を消して以来、別行動を取っていたはず――控室にまでやってきて、何の用だろう？

「ごめんね、詩亜(しあ)ちゃん。大事なときに押しかけて――でも、不実崎くんから頼まれちゃったからさ」

「不実崎さんから……？」

「うん。まず、不実崎くんがした捜査の内容を聞いてくれる？」

そして宇志内さんは、昨日、今日と不実崎さんが行った捜査を、詳らかに語ってくれた。

闇営業のゲームセンター――集団的な不正行為――初耳の情報も多かったけど、腑に落ちる面もあった。だから昨夜、不実崎さんはあんなに冷静だったのだ。私とは違うルートで、犯人に辿り着いていたから。

「……ありがとうございます。これで動機がはっきりしました」

「それともう一つ――実は、不実崎くんに頼まれたのは、このことを調べて、詩亜ちゃんに報告することだったんだよね」

「はい？」

「**何方沙美さんの部屋には、総レースの派手なブラジャーは一着も残ってなかったよ。あるのは普段使いの、地味な下着だけだった**」

…………はい？

私は面食らって何度か瞬きをした後、深く溜め息をついた。

「……何を調べさせられているんですか、宇志内さん……」

「ホントにねぇ。でも、不実崎くん、真剣だったからさ」

あはは、と柔らかに笑う宇志内さんも、不実崎さんの意図は知らされていないらしい。

何を考えているんだろう、あの人は……。わけがわからない。

「わたしの用はこれだけ。頑張ってね！　傍聴席で見てるから！」

宇志内(うしない)さんはそう言って、控室を出ていった。

その後、カイラが静かな声で言う。

「お嬢様。そろそろ時間です」

肯(うなず)いて、私は椅子から立ち上がった。

不実崎(ふみさき)さんが何をしていようと、戦うのは、私一人だ。

カイラでさえ法廷に立つことはできない。私に味方するのはただ一つ——真実のみ。

真実が味方についた探偵に、敗北の二文字はない。

真実に怯(おび)えない限り、何を恐れる必要もない——

「行こう」

20　開廷

真理峰探偵学園(まりみねたんていがくえん)キャンパスの一角に鎮座するその威容は、競技場のようにも見えれば議事堂のようにも見え、あるいは闘技場(コロシアム)のようにも見えると言われる。

〈選別大法廷〉。

特別注目度の大きい選別裁判(セレクト)が行われるときにのみ使用されるその施設は、ちょうど皇居を挟んで反対側に居を構える最高裁判所よりも、なお巨大なスケールを誇る。最高裁判所の大法廷が傍聴席１６６席、記者席42席の合計２０８席に対して、選別大法廷の最大収容人数は、実にその倍ほどにもなる約４００人だ。

　全校生徒、全教員、その他特別な許可を得た外部傍聴者が集ってもなお余りある傍聴席が、今日は数えるほどの空席を残して埋め尽くされていた――

　普段、選別裁判の裁定者となるジャッジ・ドローンの姿はない。代わりに姿を現したのは、大和撫子然とした長い黒髪と、腰掛けた最新鋭の車椅子を特徴とする、一人の女子生徒であった。

　シャーロック・ランク第1位――生徒会長・恋道瑠璃華。

　彼女は手元のコントローラーで車椅子を巧みに操り、法廷を見下ろす位置にある裁判長席に収まる。探偵学園に在籍する全員が関係者となったこの事件を裁定するのは、やはり学園の頂点に君臨する彼女――〈黒幕探偵〉しかありえない。

　続いてようやく、今日の主役たちが法廷に姿を現す。

　煌びやかな髪を靡かせて、堂々たる足取りで探偵席に立つのは、〈探偵王女〉詩亜・E・ヘーゼルダイン――『妖精のよう』と形容される美麗な容姿に、今日は冷然たる探偵の表情が宿っている。教室や配信で見せる愛想は欠片もない。しかし、この場に集う探偵志望者たちは、その機械のごとき冷徹な態度にこそ陶然と息を漏らすのだった。

　差し向かいの探偵席に立ったのは、およそ2年生とは思えない小さな少女だった。

〈衒学探偵〉万条吹尾奈――今日ばかりは学園指定の制服を身に纏っているが、大きく袖を余らせたそのだらしのない姿からは、およそ威厳らしきものは感じられない。

しかし、この場に彼女を侮る者はいなかった。シャーロック・ランク第7位——たった一年で最強の一角に上り詰めた少女のホーム・グラウンドは、まさにここ、選別大法廷であると知っているからだ。

法廷で向かい合った二人の探偵を見下ろして、恋道瑠璃華（れんどうるりか）が厳かに告げる。

「本法廷の不明案件は、『何方沙美（どなたさみ）を殺害せしめたのは何者か』とする。無論、『実行犯を裏から操る者がいた場合、その真犯人の正体』もまた、議論の対象となる——両者、異存はないね？」

「ありません」

「ないよぉ～？」

二名の同意を得て、恋道瑠璃華は宣言した。

裁判の開廷を。

決闘の開幕を。

「——それでは、解答者は知恵ある者の誇りと正義に従い、〈第八（エイス）・第一探偵方針（ファースト・モットー）〉の成立を宣言せよ」

瞬間、法廷の照明が暗く絞られた。

直後、薄暗闇を光が切り裂く。大法廷に仕掛けられた最新科学設備が起動したのだ。

光が結ぶのは立体の幻影。本物さながらのホログラムが、事件現場を作り出し、証拠物件を再現する。法廷にいながらにして、探偵たちの推理はあらゆる場所を飛び回り、あらゆる真実を紡ぎ出すのだ。

〈Holographical Announcement Law of Operative SYSTEM〉——通称〈ＨＡＬＯシステム〉。名探偵に後光(ハロー)を宿し、叡智(えいち)と真実を司(つかさど)る現人神(あらひとがみ)とする装置。

しかし、ＨＡＬＯシステムが真っ先に編み上げたのは、現場でも証拠でもない、二つの小さな白手袋だった。

かつてのヨーロッパでは、罪の在処(ありか)を見極める際、神の名の下において剣を交わし、勝ったほうを正しいとする制度——『決闘裁判』があった。決闘の開始には作法があり、挑む側は自らの手袋を地面に叩(たた)きつけ、挑まれた側はそれを拾う——それによって、人々は自身の言い分に、文字通りの命を懸けることを宣言していたのだ。

決闘によって交わされる武器は、やがて剣から銃に変わり、そして今は言葉となった。

血が流れることはなくとも、探偵にとって自身の推理は命に等しい。

ゆえにこそ、舞い落ちる白手袋は問いかけている。

——探偵よ。己が命を懸けられるか？

目の前にそれが翻ったとき、二人の探偵は躊躇(ちゅうちょ)なく、その手で白手袋を掴(つか)み取った。

「——手掛かり(ショウダウン)は示された!!」

白手袋が砕け散る。

血飛沫(ちしぶき)のように舞ったポリゴンが、勇気ある決闘者たちを、讃(たた)えるように輝き照らした。

21　密室突破

「それでは、冒頭弁論を始めたまえ」

裁判長席の恋道会長が玲瓏な声で告げ、私は肯いた。

以前、不実崎さんに負けたときも、私が先手だった。同じ轍を踏むことにはなるけど、これは仕方がない。この裁判は実質、私が原告側のようなものだ――私が先に手の内を明かさなければ、万条先輩も手札を切ることはない。

一つ、息を吸って精神を整え、私は語り出した。

「この事件の犯人は――万条先輩、あなたです」

傍聴席のどよめきと共に、私は昨夜の居間で語ったのと同じ推理を説明する。

スーパーシークレットブーツの話まで終えると、傍聴席からは唸るような声がそこかしこから湧き出した。

「以上により、先輩――犯人たりうるのは、あなたしかいないのです。これで冒頭弁論を終了します」

「では、万条吹尾奈くん。彼女の推理に反論はあるかい？」

「あっりまぁーす★」

万条先輩は法廷の厳粛な空気には似つかわしくない、道化めいた声をあげてピョンとジャンプし、探偵台に据えられたタッチパネルを操作する。

「確かにその推理だとフィオが犯人ってことになっちゃうけどぉ、まだ説明してないよねぇ？　フィオが学園に入った方法をさ！」

万条先輩の頭上に、大きなホログラム・ウインドウが現れた。

ウインドウにびっしりと並ぶのは、ゲートの入退場ログ・データだ。

「見ての通り、フィオの最後の退場ログは犯行日から３日も前の日付！　そんで入場ログは今日の日付だよ！　つまりその間、フィオは一度も学園には入ってないってこと！　なのにどうやって、そんな見ず知らずの子を殺せたって言うのぉ？」

まずは小手調べ……ってところですか、先輩？

「キセル行為の亜種です」

私は即答した。

「ゲートはセンサーによって、一度に一人しか通り抜けることができません。一人だったらいいのです。誰か他人に改札を開けてもらい、自分だけ通り抜ければいい。そうすることによって、他人のログだけをサーバーに残し、学園に侵入することができるのです」

普段、こうしたトリックを説明しているとき、聴衆からは感心の声や考え込む気配が伝わってくるものだ。

だけど、この学園では違った。我が意を得たりと、百人以上の傍聴者が一斉に肯く。彼ら探偵志望者によって、私は検分されているのだ。お前の推理はどれほどのものか、と。

経験したことのない緊張感に身を引き締めながら、私は万条先輩の惚け顔を見やる。

「えぇ〜？　それってつまり、入場と退場で共犯者さんが二人いたってことだよねぇ？」

「そういうことになります」

「ん〜？　おかしいよぉ？　それだとさ、犯人を代わりに通した共犯者さんたちは、端末でゲート通れなくなっちゃうじゃぁん。ほら、交通系ICカードでもたまにあるでしょ〜？　前に使ったときの支払いが上手くいってなくて、改札でエラー吐いちゃうやつ――それと一緒で、最後のログが『入場』になってる端末で学園に入ろうとしたら、エラーを吐いちゃうんじゃないかなぁ？」

「端末を故障させるなどして、新しいものに交換してもらえば済む話です。外部での事件捜査中に、と説明すれば、怪しまれることはないでしょう」

「じゃ、『退場』のほうは？　犯人を学園の外に逃がした共犯者さんは、学園から出られなくなっちゃうよねぇ？　今もまだ、学園の中に閉じ込められてるってことぉ？」

「いえ――端末を使わずに学園に入ることはできませんが、出ることとならば可能です」

「……へえ？」

万条先輩の、そして傍聴者たちの値踏みするような視線を全身に感じながら、私は推理を開陳する。

「それを説明するには、先に解明しなければならない謎があります。昨日の夕方に起こった第二の事件――通常教室棟の5階で起こった襲撃事件です」

私は手元のタッチパネルを操作し、通常教室棟5階のホログラムを頭上に表示させた。

「あの事件は、完全な密室で起こりました。密室内の人物は全員が互いに監視する状況であり、すべての部屋を隈なく捜査しても、隠れている人物は見つからなかった――であれば、可能性は一つ」

シンプルな密室には、シンプルな解答しかありえない。

「犯人は、被害者自身だったのです」

傍聴席の一部から小さな唸り声が響く。それを聞きながら私は続ける。

「自殺ならぬ自傷です。犯人は自らの手で自分の身体を傷付け、さも何者かに襲われたかのように偽りの証言をした。そうして、病院に搬送されることが狙いだったのです」

そう、と私はさらにパネルを操作した。

「――怪我人に、生徒端末は使えませんから」

私の頭上にウインドウが現れる。それは万条先輩と同じく、入退場ログのデータ。ただしそれは、昨日の夜――私とカイラを除くすべての生徒が帰った後のものだった。

「私は昨夜、すべての生徒が帰った後――すなわち、すべての生徒が『退場』のログを残した後に、『入場』のログを最後に残している男子生徒を検索しました。しかし、見ての通り、ヒット件数は0件でした」

ウインドウには、一行たりともデータは表示されていない。

「これは奇妙です。なぜならゲートを抜けるには、持ち主自身の手で生徒端末を持ち、改札に認識させなければなりません。気絶している人間にそれができるでしょうか？　襲撃された彼を病院に運ぶには、緊急用の出入り口を通るしかなかったはず――『退場』のログは残せなかったはず。ゆえに、彼が残した最後のログは『入場』となり、この検索に引っかかったはずです！」

　私は探偵台に両手をついて畳み掛けた。

「事件後、入退場ログを管理しているサーバーが、パスワードの変更によってアクセス不能になる事件が発生しました。ほんの数時間の時間稼ぎにしかならないその工作の目的は、まさに時間を稼ぐことにあったのです――学園内にいる彼が、すでに『退場』のログを残している。自分の端末で、誰かを外に逃がしている――その事実の発覚を遅れさせ、自作自演の襲撃事件によって彼を学園の外に逃がす……そのためのね！」

　襲撃事件が狂言だと知れた瞬間に、ゲートの密室を突破する方法も自ずと知れた。

　万条先輩の誤算は、襲撃事件の際、私がすぐ近くにいたことだろう。現場に急行した私が即座に非常線を張ったせいで、他の生徒が現場に近付けず、意図せぬ密室が生まれた。密室状況じゃなかったら、私も狂言だと見抜くのに時間がかかったかもしれない。

　傍聴席からの視線は、値踏みのそれから称賛のそれに変わった。

　いつもなら心地良く感じるそれが、今回ばかりは心強く思える。自分は間違っていないと、彼らの視線が信じさせてくれる。

　間違いない。もはや事件に困難はない。

これが、真実――

「――あー、おっけおっけ。そういう言い分ね？」

万条先輩は――まだ笑っていた。

愉快の笑みじゃない。感心の笑みでもない。

それは――嘲り(あざけ)の笑みだ。

「んー、どうしよっかなぁ……？　証人を立てることもできるんだけどぉ……ま、いいや。ちまちま言い訳みたいなことするのもめんどくさいしぃ――」

そして――にたり、と。

嗜虐(しぎゃく)の笑みに変わる。

「――おしおき、しちゃおっか？　王女ちゃん？」

ピアノを弾くように、万条先輩の指が手元のパネルをリズミカルに叩(たた)く。

ウインドウからログ・データが消え、代わりに法廷を青いホログラムが満たす。

現場のプールがミニチュアライズされて再現され、仮想の水が法廷を水没させたのだ。

呼吸のできる水中で、万条先輩の笑顔が不気味に歪(ゆが)む。

「王女ちゃんの推理はさ、犯行時、このプールの水深が1・5メートルだったことを前提にしてるよねぇ？」

「前提も何も、ログがはっきり残っています。犯行時の水深設定は――」

「それは床の高さの話じゃん」

……え？

まさか……。

「ねえ――本当に確かめたのかな、王女ちゃん？」

タンッと音高く、万条先輩の指がタッチパネルを叩くと、ホログラムが変容した。

法廷を満たした水が――急速に、目減りしていく。

「犯行時のプールが、いつもと同じ水の量だったか――本当に確かめた？」

22　探偵学園の論理

傍聴席がざわつき、「静粛に！」と恋道会長が木槌を鳴らす。

その喧騒を楽しむようににやにや笑いながら、万条先輩は本格的な反論を開始した。

「可動床の設定はあくまで床の高さ。プールそのものを満たしてる水の量がさぁ、その想定より少なかったら、水深はもっと浅かったことになるよねぇ？」

私は歯噛みする。

私の推理は、犯行時のプールの水深が１・５メートルだったから、背の低い万条先輩は一番底が高いスーパーシークレットブーツを使わざるを得なかった、というもの。

それが、本当の水深はもっと低かったなんて話になれば……！

「例えば、本当の水深が１・２メートルくらいだったとするよぉ？　そしたら、王女ちゃんの推理によると、犯人の身長はフィオよりももっともっと低い、100センチちょいくらいの幼稚園児ってことになっちゃうよねぇ？　違うかなぁ？」

くすくすと煽(あお)るように、万条先輩は癪(しゃく)に障る笑い声を漏らす。

呑(の)まれるな。先輩の反論はクリティカルじゃない！

「舐(な)めないでください、そのくらい私も考えています……！　犯行時のプールの水量が少なかったとして、いつ元の水量に戻ったと言うんですか？」

「そんなのログに残ってるよ。水深を2メートルに変えたときでしょお？」

ことりと小首を傾(かし)げて、万条先輩は続ける。

「現場検証のとき、せんせーから聞かなかったぁ？　**可動床を動かすと、1センチのズレもなく設定の水深になるようになってる**って。それってさぁ、水の量も調整されるって理解しないとおかしいよねぇ？　なんてったって――水は、蒸発するんだからさ」

「…………!!」

「あれあれ？　知らなかった？　こんなことも知らなかったのかにゃあ？」

水は蒸発する――何もしなくても、ひとりでに減る。

ならば、1センチのズレもなく水深を指定する操作は、そのプロセスに水量調整が含まれていて当然……！

「――その水嵩(みずかさ)の調整が、犯行後に行われたと？」

「ログは嘘(うそ)つけないからねぇ。そういうことになるかな？」

「だとしたらおかしな話です。蒸発に伴う数ミリ、数センチの調整ならばともかく、数十センチ分もの水嵩を調整するのには、大量の水をプールに流し込まなければなりません！その際にプールの水は強く攪拌されるはずです——被害者から流れ出た血液と共に！」

死体発見時、被害者の頭部の傷から流れ出た血液は、プール中央に留まっていた。

水量が減っていない状態で床を動かした際には、その状態に変化が起こらないのは確認済み。だけど、何十センチ分も水を流し込んだりすれば、血液はプール中央には留まらず、もっと全体に広がったり、希釈されたりしていたはずだ。先輩の反論は成立しない！

——くすくす、と嘲笑が聞こえた。

「そんなの、簡単なトリックじゃぁん。もしかして思いつかないのぉ？」

玩具で遊ぶように万条先輩が笑い、タタンッとタッチパネルを叩いた。

「証拠を二つ出してあげる。一個目はこれ！」

光が、万条先輩の目の前で立体の像を結ぶ。現れたホログラムは、帽子の形をしていた。見覚えのある帽子だ。確か、現場のプールに浮いていた、被害者の——

「証拠そのいち！　この帽子をね——」

もう一つ、手品師のように、万条先輩は新たなホログラムを生み出す。今度は殺虫剤のようなスプレー缶だった。

「証拠そのに！　この冷却スプレーでぇ——」

そして最後に、マネキンの頭部を模したホログラムが現れる。万条先輩は帽子をそのマネキンに被せると、帽子とマネキンの接触点に冷却スプレーのノズルを向け、「しゅーっ！」と口で放出音を真似た。

「——って感じで凍らせて、くっつけちゃうんだよ。そうやって、堰き止めちゃえばいいんだよ——傷口から流れ出す血液をね！」

血液を……堰き止める？

「頭皮じゃなくて髪にくっつくように凍らせれば、死体に凍傷も残らないだろうしぃ、時間が経てば氷が溶けて、帽子は水面に浮かんでいっちゃう」

帽子のホログラムが、ふわふわと先輩の頭上に浮かんでいく。

「血液が本格的に流れ出すのは、帽子が外れた後。それがプールの水量調整が終わった後だったら、血が混ぜられちゃうことはないよね？」

「待って——待ってください。なんですか？　その冷却スプレーって……！　プールの水で濡れているとはいえ、そんな、瞬時に物を凍りつかせるようなもの、どこにも……！」

「あ、これ、学園の探偵アイテムね。瞬間冷却すぷれ～♪　強力な特別製なんだよね～。ちなみに、学園のゴミ箱の中から見つけましたぁ♪」

ゴミ箱の、中……？

何……？　何それ……!?

「さらにちなみにぃ、帽子の裏地からはき～っちり、血液反応が出たよ？　学園の鑑識班も迂闊だよね？　**帽子は血に染まった水の外に浮かんでた**んだからさあ、血液反応が出たらおかしいって気付かなきゃ！」

「聞いて……聞いていません！　どちらも見知らぬ証拠です！」

「――問題はないよ」

悠然とした声で答えたのは、黙って推移を見守っていた恋道会長だった。

「自身の捜査情報を裁判前に公開する義務は存在しない。心配せずとも、裁定役のわたしには事前に共有されている証拠だ。問題は認められない」

「そ……そんな……おかしいじゃないですか！　万条先輩は容疑者ですよ!?　ゴミ箱から見つけたなんて言っても、その瞬間を誰かが見ていたんですか!?　彼女自身が適当に用意した物だったとしても、なんらおかしくないじゃないですか！」

「おかしくはない。おかしくはないが――」

頬杖をつきながら、恋道会長は酷薄に告げる。

「――そう思うなら、証拠と論理をもって証明したまえ。それが、この大法廷に立つ探偵としての、在るべき態度だよ、新入生」

……証明……？

偽造証拠の証明？　どうやって？　今ここで見せられたばかりなのに!?

一度裁判を中断し、捜査し直せるなら可能性はある。だけど――

――一発でケリつけよ？

中断も控訴もなしと、条件をつけてきたのは、もしかしてこのため……!?

「んにひひ！　ビックリしたねぇ？」

子供をあやすような口調で、万条先輩は言う。

「仕方ないよねぇ？　いつもは王女だお姫様だってちやほやされて、関係者だか警察だかが、頑張って見つけた手掛かりをぜぇんぶ献上してくれるんだもんね？　知らない証拠が出てきてビックリするのも仕方ないよねぇ～？　でも見つけられなかったほうが悪いんだよぉ？　後出しに文句言うのは、捜査をサボらないようにしてからにしようね～？」

サボるだって!?　この私が!?

断言する。帽子の血液反応なんてでっちあげだ。冷却スプレーだって怪しい！　あれだけの生徒が一斉に学園内を捜査していて、今日まで学園に入ってもいなかった万条先輩だけが見つけられたなんて、眉唾もいいところだ！

でも、それを指摘したところで、先輩は『お友達が見つけてくれたんだよぉ？』とでも言うだろう。万条先輩には共犯者がいる。不実崎さんの調査によれば、大規模な不正グループを統率してもいる。証拠のでっち上げに使える手駒には事欠かない……！

結局、正面から反論するしかないのだ。嘘は嘘でしか庇えない。真っ当な反論を積み重ねれば、どこかで必ず限界が来るはず……！

「……そのトリックが、使われたとしましょう」

考えろ。考えろ。考えろ。

こんな見え見えの嘘を、決して許すな！

「動機はなんですか？　なぜプールの水を減らさなくてはならなかったんですか？　それによって得をするのはたった一人しかいない！　万条先輩――あなたが容疑から外れるという、それだけのメリットしかないじゃないですか！」

「それはもちろん、犯人の偽装だよぉ。言わないとわかんない？　誰かがフィオを犯人に仕立て上げようとした、ってこと！　水深1・5メートルと上げ底30センチのブーツ――これが第一のミスリード。そして、フィオしか得をしない水量の工作――これが第二のミスリード！　王女ちゃん、キミはその両方に見事に引っかかっちゃってるわけ！」

「苦しい言い訳ですよ……！　ここまで推理を重ねなければ意味を為さないような偽装を、どこの犯人がすると言うんですか！　偽装ならばもっとわかりやすく――」

「――はあぁ〜〜〜」

深々とした溜め息に、私は思わず口を止めた。

「わかってないなぁ。ほぉ〜〜〜〜〜〜〜〜〜つんとにわかってないなぁ、王女ちゃんは」

わかって、ない……？　一体、何が……？

「『偽装だったらもっとわかりやすくする』？　あのねえ、王女ちゃん――」

心の底から呆れ果てた声で、万条先輩は言った。

「――ここは、探偵学園だよ？」

……………あ………。

「普通なら気付かない証拠。普通なら考えない推理。そういうのを前提にした偽装はさあ、確かにありえないんだろうね。他の場所なら！　だけどざぁんねん！　ここは探偵学園だよ？　誰かが気付く。誰かが考える。馬鹿みたいに推理慣れした人間が、どんなに複雑なミスリードでも引っかかってくれる！　そう――王女ちゃん、今のキミみたいにね？」

……くそ。

「ん？　反論は？　ないの？　ないんだ？　だったらぁ――」

くそ(メルド)おっ!!

「――はい、論破♪」

反論が出てこない――反証が出てこない――反駁(はんばく)が出てこない！

その言い分は正しいと――私の推理機能が、認めてしまっている……。

私は、探偵王女だ。

世界一の探偵であるお義父(とう)さまに、師匠に、名探偵であれと育てられた……。

それだけが私なんだ。私にはそれだけなんだ。

その私が――私が！

こんなところでっ、こんな穴だらけの推理でっ……負けていいわけがっ……いいわけがないんだ！

二回も、二回も負けていたら、私は、私は何のためにっ――！

「あなたの……あなたの、推理は」

そうだ。まだある。まだ言える。終わってない。終わってない。

「私の推理が……間違っているかもしれない、と……可能性を、示しただけのことです。帽子の血液反応は、別の要因でついたのかもしれない――冷却スプレーは、誰かが別の用途で使い、捨てたのかもしれない――私の推理が、完全に否定されたわけではないはずです。私を論破したかったら、もっと決定的な証拠が――」

「――ねえ、王女ちゃん。これはゲームじゃないんだよ？」

諭すような声色に、私の頭は不意に真っ白になった。

「気付いてるぅ？　今の王女ちゃんの顔にはこう書いてあるよ――『上手く反撃できなくて悔しい』『論破なんかされて恥ずかしい』。ＳＮＳで喧嘩してる人とか、ゲーセンで負けて怒ってる人にそぉっくり」

――――。

「今までそうやって生きてきたんだろうね。見ず知らずの人間の事件に外から首を突っ込んでさ、人が悲しんだり怒ったりしてるのを高みの見物しながらさ、クイズでも解くみたいに推理して、それですごいすごいって褒められてきたんでしょ？　普通なら超不謹慎な野次馬行為でしかないのに、なまじ能力があるもんだから見逃されて――〈探偵王女〉の名に相応しい、見事な『名探偵』っぷりだよねぇ？」

――――――――。

「ねえ王女ちゃん。例えば自分の家族が殺された事件に、キミみたいな推理ゲーマーが現れたら、普通はどう思うかなぁ？　そんで今みたいに、自分は頭いいんだっていう自尊心を守るためだけの、ブッザマぁ～な推理をしたら、どう思うのかなぁ？」

――――――――――――――――――。

「仕方ないから、教えてあげるよ。事件はゲームなんかじゃないって――モニターの中の出来事なんかじゃないって」

そして、万条（ばんじょう）先輩は。

シャーロック・ランク第7位、〈衒学探偵（げんがく）〉は。

その小さな指をまっすぐに、私に向けて突きつけた。

「真犯人は、1年3組の、不実崎未咲（ふみさきみさき）だよ」

………、は……？

万条先輩は、下衆（げす）な笑みを浮かべて――

暴露する。

「そう――王女ちゃん、キミと同じ寮に住んでる、不実崎くんだよ★」

23　最も効果的な推理

どんな複雑なトリックよりも。

どんな精緻なロジックよりも。

どんな意外な犯人よりも。

——その事実に対するどよめきのほうが、遥かに大きかった。

「不実崎と、同じ寮……？」「犯罪王の孫と!?」「えっ、えっ？」「男と一緒に住んでんの!?」「落ち着け。男女共同の寮くらい珍しくない」「同棲!?」

「静粛に!!　静粛に!!」

恋道会長が何度木槌を叩いても、どよめきはまるで治まる気配がない。

私の肌を、ざわざわと不快感が撫でる。なんで？　どうして？　それは疑問ですらない。疑い問うことすら忘却させる。憤りにも似て、戸惑いにも似た、当て所のない絶望。

どうしてみんな——犯人よりも、私の寮のことを気にしてるの？

私が、不実崎さんと同じ寮に住んでるって……そんな関係のないことを、なんで……？

……いや、違う。私だってわかってるんだ。自分の立場も——その情報の価値も。

殺人事件のニュースと、芸能人のゴシップ——どちらがテレビ番組でより大きく扱われるか、思い出してみればいい。

スキャンダルは、人の命より重い。

探偵学園の生徒たちに、使命を一時、忘れさせるほどに——

視線が全身に、突き刺さる。

「んにっひひひ！　いやいや、気付かなかった気付かなかった。フィオも同じ寮に住んでるけどさあ、まさか王女ちゃんと後輩クンが、そんなに仲良しだったなんてね？」

万条(ばんじょう)先輩が、火に油を注ぐ。

最強の裁判屋が――その舌先をもって、牙を剥(む)く。

「いやあ、さっきは『誰かが気付く』って言ったけどさあ――偽装をするなら、『気付き役』がいたほうが確実だよね、そりゃあ？」

その意味を理解した瞬間、凍(い)てつくような寒気が背筋を走った。

油どころじゃない。それはガソリンだった。

燃え上がる。

燃え上がる。

火のないところでも燃え上がる――

加速するざわめきを支配するように、万条先輩は声を張り上げた。

「ここまで手の込んだ偽装をするならさあ！　間違った推理をする役目の人間がいたほうがいいに決まってるよねえ!?　それもできるだけ校内で評価の高い人間がいい！　そうそう――探偵王の娘、なぁんて肩書きがあったら文句なしだよッ!!」

膨らみ上がったざわめきは、今や耳を塞ぎたくなるほど。

傍聴席は、もはや傍聴席とは言えなかった。あちこちで爆発のような紛糾(ふんきゅう)が巻き起こり、広い大法廷に熱気をうねらせ、そして、そのすべてが——

「そ、……そんな……」

——私を、糾弾している。

「わ……私が、不実崎さんの犯行を隠すために、あえて間違った推理をしていると……？」

こんな……こんな、馬鹿な話があってたまるか。

事件とは何の関係もない、下卑たまとめサイトみたいなフェイクニュースでっ……！

「悪い冗談です、ふざけた言いがかりですッ！　あなたの主張には何の妥当性もないッ!!」

「それ以外考えられるかなぁ？　だって気付かないはずがないもんねぇえ!?　探偵王の娘ともあろう者がぁ！　プールの水量が少なかったかもしれないー、なぁんて簡単な可能性にぃ！　気付かないはずないもんねぇぇえ？　わざととしか考えられないよねぇぇえ!?」

「そ……れ、は……」

考えた。考えたんだ、私は！

検討した上で否定したんだ。それで良かったはずなんだ！　問題は……問題はなかったはずだった……。あんなっ……あんな、影も形もなかった物証さえ出てこなかったら！

ダメだ。口ごもったら。印象が悪化する。もはや誰もロジックのことなんて考えてない。怪しそうなだけで怪しいと判断する。もはやこんなの裁判じゃない。人狼ゲーム以下の原始的な口論だ。何か言え。何か言え。何か言えっ……!!

「……っ！　そ、そもそもっ！」

額に汗が滲む。

敵意を含んだ視線が全身に突き刺さる。

ああ――違う。こんなのは、名探偵じゃない。

「そもそも不実崎さんのアリバイは成立しているはずです!!　犯行時刻は昨日の一時間目の授業中！　その時間、不実崎さんは教室で授業を受けていました!!　私だけではなく、1年3組の全員が知っている事実です!!」

「古典的な誤認トリックだよぉ」

……っ、少しくらい、時間使って考えてよ……！

「犯行時刻がはっきりしてるのはなんでだっけぇ？　そう！　可動床を動かしたログがあるからだよね？　だったら可動床を、コンソールに直接手を振れることなく！　遠くから操作することができたとしたら!?」

遠隔、操作……!?

「コンソールはスマホと同じタッチパネル式です！　手で触れずにどうやって!!」

「そのスマホにしたってさあ、あるよねえ？　直接手で触れなくても操作できる道具がさ！　自撮り棒にしても――手袋にしても！」

そう告げて、万条先輩は薄い手袋を懐から取り出す。

「変装準備室にあるんだよねぇ。手の肌色や質感を変えるための手袋！　当然、タッチパネルに反応するように作られてるよ？　じゃないと変装になんないしね！」

また……また後出し！

なのに、誰も文句を言う人はいない。なんでっ……なんでっ……!!

「これを濡らしてさあ、さっきの冷却スプレーで凍らせるの！　コンソールの上部にくっつくように——指の部分がピーン！　って、壁から垂直に立つようにね？　そしたらいずれ溶けてぇ、指がこうして、へにょんっ……って元気なくなってぇ、ぺたっ、ってコンソールに貼りつくよねぇ？　それに反応したんだよ！　こうすれば、プールにいることなく可動床を動かせるよねぇ!?　そしたらあれれ？　あら不思議っ！　犯行時刻はそれより前でもいいことになる！　一時間目より前の、誰もいない早朝でもね！」

誰もいない——誰にも、不実崎さんにも、アリバイのない、早朝——

「だ……だとしても！　証拠が残ってしまうではないですか……！　溶けた手袋がコンソールの下に落ちて！　現場に残ってしまうでしょう!?　それをどうやって回収し——」

——あっ。

「気付いちゃった？」

にたぁ、と。

万条先輩の笑みは、まるで巣にかかった獲物を見る、蜘蛛のそれだった。

「手袋を回収できるタイミングはあるよぉ？　ずばり、死体が発見された瞬間！　誰よりも早く現場に入り、第一発見者のフリをすれば、他の誰かに見られる前に仕掛けた手袋を回収できる！」

冷たくなっていく。顔が。身体が。頭の中が。

師匠に仕込まれた私の推理力は、その先に待つ言葉を正確に推理してしまった。

「さて、誰だったかなぁ？」

惚けた顔で、惚けた声で、裁判屋は、私の心臓に刃を突き立てる。

「殺人現場のプールに、いっちばんに入ったのは、誰だったかなぁ？　――ねえ、答えてよ、探偵王女ちゃん？」


――俺は誰よりも早くシャワーを抜けてプールサイドに踏み込み、安堵の息をつく

私は……覚えている。

無駄に高性能な脳細胞が、残酷なまでに覚えている。

不実崎さんは――話しかけた私に、照れたような顔をして。

私から逃げるように――誰よりも早く、プールへと入った。

殺人現場となっている、プールへと――

「動機は……不都合なことを知られちゃった、ってところかな？」

気付けば、傍聴席は凪いでいた。

もはや勝敗は決し、紛糾すべき議題もない。

語られるすべてを真実として、受け入れる態勢に入っていた。

「おかしいと思ってたんだよねぇ。現場に出たこともないド素人が、B階梯の名探偵相手に入学初日から勝っちゃうなんてさぁ。……ねえ、王女ちゃん。いつ知り合ったの？」

「……え……？」

何のこと……？

「わかるわかる。わかるよぉ、フィオも女子だから！　燃え上がっちゃうよね？　目が眩んじゃうよね？　まるでロミオとジュリエットだもん！　でも良くないなぁ……。いくら好きな相手のためとはいえ――八百長は、さぁ……」

何を……何を言われているのか、わからない……。

八百長……？　私が……？　私と不実崎さんの、あの戦いが……!?

「ちっ、違います！　わ、私はっ、そんなこと……！」

「隠さなくたっていいんだよ？　だってバレバレだから！　フィオも同じ寮だから知ってるんだ～♪　お風呂上がりの不実崎クンを、ぽーっと見てたりするよね？　わかるよわかるよぉ。濡れ髪の男の子ってエッチだもんね？　不実崎クンって筋肉質だから尚更……♥」

「ち、ちがっ……！　ちがっ……！」

「普段はどうやって過ごしてるのかなぁ？　王女ちゃんったら、自分の部屋にぺたぺた防音材貼りまくってるんだもん。中でナニをやっててもフィオにはわかんないんだよね～♪」

怒りと、羞恥と、屈辱と。もはやどれともつかない感情で、顔が燃えるように熱くなる。

ふざけッ……！　ふざけるなっ……！　ふざけるなッ、ふざけるなッ!!

私が、私たちが何をやったってッ⁉　正々堂々と戦ったあの裁判が何だったたってッ⁉

私と不実崎さんの間に、何があるって……ッ⁉

言葉にならない。喉が詰まる。押し寄せる感情が目詰まりを起こしていた。

その間に、傍聴席が勝手な反応を示し始める、落胆、激怒、呆れ——彼らの中では、もう決まっているんだ。私の真実が。不実崎さんの真実が。

「ちっ、違いますっ……！　違いますっ！」

やめろ。見るな。

哀れな敗者を見るような目で——まだ何も、決まってないのに……っ‼

「よくも……仮にも探偵のくせに、よくもそんな下卑たデマを！　すべてデタラメです！　あなたの憶測っ、想像っ、妄想に過ぎませんっ‼　何の証拠もない——」

「証拠？」

きょとんと小首を傾げ、万条先輩は悪魔のように笑った。

「出して——いいの？」

「……、え？」

一体、何を……証拠なんて、あるわけが……。

「しょうがないなあ。選別裁判だもんねえ！　いるかぁ、証拠！　王女ちゃんと後輩クンが、寮で隠れてイチャイチャしてるって証拠がさぁああっ‼」

私が制止する間もなく、万条先輩は生徒端末を高く掲げた。

瞬間、皮肉なほどに法廷は静まり返る……。

先輩が提示する『証拠』を、一言一句聞き逃すまいとして……。

ゆえに、何に遮られることもなく――その『証拠』は、再生された。


『だったらなんて呼べばいい？　「詩亜」か？』

『ひうっ』

『どうした？』

『す……すみません。男の子に呼び捨てされるのは慣れてなくて……』


「――あー、甘酸っぺぇ～」

再生を終了し、先輩はにやにやと、もはや凶器と化した笑みを浮かべる。

「普段は――『詩亜』って、呼ばれてるんだぁ？」

――今の、は。

私が、不実崎さんと……寮の縁側で、話したときの……。

「なっ……なんでっ……聞いててっ……録、音……!?」

「こんなこともあろうかと、録っちゃった★」

隠し、録り……!?

嘘だ……。あのときは、裁判どころか、事件すらまだ――

こ……こんな音声、誰も信じるわけない。

そもそもこの会話は、別に睦言でもない。私たちが付き合っている証拠には——

「マジかよおおおおおおおおおおおっ!!」

失望の絶叫が爆発した。

「配信見てたのに!!」「許せねえよ不実崎！　ヤリチン野郎がッ!!」「ヤバくない？　探偵王女と犯罪王の孫のカップルって！」「やべえやべえ！　呟かねえとツイートツイート！」「探偵王女も女かぁ……」「夢も希望もねえわ」「……まったく、愚かな……」

——なんで？

なんで……信じるの？

これは、真実じゃない。

これは、本当じゃない。

これは、私の、不実崎さんの、本当の、ことじゃ——

「さて皆さん！」

——違う。

「すべての謎は解かれたよ！　それじゃあ行ってみよっか！」

——違う。違う。違う！

「衝撃と驚愕と失望のっ——大っ！　解決へーんっ!!」

違うよぉおぉおおおおおおおおおおおおおおおおっ!!

24　証拠もなく輝くもの

『素晴らしい推理だ！　さすが姫様！』

修行を終え、実戦に出始めたその日から、私に向けられる言葉は称賛だけになった。

褒められるたびに、確信を深める。

私の才能は本物だ。私はこの世にたった一人の天才だ。

私は、探偵になるために生まれてきたのだ。

救われた気持ちだった。報われた気持ちだった。孤児院から連れ出されて、つらい修行をずっとずっと続けて。気付けば私には、同年代の他の子たちが過ごしているような、おままごとをしたり、鬼ごっこをしたり、学校に行ったり、夕方まで遊んだり――そういう当たり前の時間が、何にも残っていなかったから。

もっと褒めて。もっと褒めて。もっと褒めて。

私は賢いの。私は優秀なの。私は天才なの。

ほら――また一人、犯人を突き止めた。人を殺すなら、もっと工夫しないと。大体、ダメだよ？　人殺しなんかしたら。可哀想(かわいそう)な境遇なのには同情するけどね？

――ああ、確かに、全部他人事(ひとごと)だ。

犯人のことも、被害者のことも、遺族のことだって、私は何にも考えていない。

全部……自分のことばかり。

能力を笠に着て。ろくな社会経験もないくせに説教して。上から目線の化け物だ。

その末路としては、……これ以上はない。

勘違いして付け上がった者には、当然のエンディング。たった一つの拠り所だった推理さえ満足にできずに、醜い虚構に圧し潰される。

——不実崎さんにとっては、これが日常だったのかな。

ずっと、不実崎さんは、こんな想いをしてきたのかな。

犯罪王の孫ってだけで、何の証拠もなく、自分のことを決めつけられて。

胸に秘めた真実があっても、大勢の決めつけに塗り替えられる。

違うって、泣き叫んだ日もあったのかな。

愛想笑いをして、調子を合わせた日もあったのかな。

まるで、自分がなくなっていくみたいだ。

身体を一摘み一摘み、ペンチみたいなので啄まれて、バラバラにされていくみたいだ。

これを知れたことだけが、少しだけ喜ばしかった。

私が褒められる裏で、誰かが負っていたかもしれない痛み。

たとえここで、探偵として死んだとしても、これを知ることができたなら、私は自分を、少しは上等に思える。

「——っという感じで！　すべては不実崎未咲の、非道なる計画だったのですっ！　王女ちゃんを責めないであげてね？　彼女は乙女の恋心を利用されただけの、哀れな被害者なんだから——！」

ああ……いっそ清々しい。

証拠も、論理も、証明も、論証も。

ずっと頭の中にあったものが、全部全部なくなって。

「——違う」

それでも、ただ一つだけ。

あの夜に聞いた言葉が、まだ私の中に響き続けている。

——俺が、じいさんの名前さえ霞むような名探偵になれば
あの幼い夢が……眩しいくらいに、燦然と輝き続けている。

「不実崎さんは……そんなこと、しない」

だから、何の証拠もなく。

だから、何の推理もなく。

そうであるはずだと——私の心は、信じることができた。

「……へえ。それで？」

わかっている。

こんな言葉には、何の力もないと。

「それ——証拠あんの？」

「――あるぜ」

「…………え？」

答えた声は、私のものではなかった。

それどころか、この法廷の――万条先輩でも、恋道会長でも、傍聴席の誰でもない。

私は振り仰いだ。

万条先輩が眉をひそめた。

傍聴席の誰もが声の主を探し、ただ一点に目を留めた。

大法廷に、光が射す。

傍聴席のさらに後ろ。観音開きの扉が開け放たれ、そこに一人の少年が立っている。

きっと、知らない者はいなかった。

この真理峰探偵学園で、最も有名な落ちこぼれ。

ブロンズ底辺の劣等生。不当な烙印を押されたはぐれ者。

――犯罪王の孫息子・不実崎未咲が、立っている。

「まったく不甲斐ねえな、名探偵。術中にハマっちまってよ――」

傍聴席の中央を貫く階段を、不実崎さんはゆっくりと降りてくる。

な……なんで……どうして？

こんな状況で姿を現したら、どんな目に遭うか――！

だけど、……私の予想に反して、不実崎さんに罵声を上げる人はいなかった。

覚えがある。

そうだ――幻影寮の居間で、万条先輩と対峙したときの、プレッシャー。

真実を知る者の迫力が、すべての探偵の口を封じている。

「――術中って何？　っていうか今更遅いよぉ？　後輩クン？」

ただ一人――万条先輩だけが、不実崎さんの異様な迫力に対抗できた。

「お姫様を助けに来たつもりか知らないけどさぁ、もう決着しちゃってるんだよねぇ。どうしたのかなぁ？　時間間違えちゃったのかなぁ？」

「あんたがそうやって煽るのは、自分の推理に自信がねえからだろ、先輩？」

柵を軽々と飛び越えて、不実崎さんは法廷に足を踏み入れる。

それは、意思。

ただ見ているだけの外野ではなく、己を懸けて戦うという、意思。

「その癪に障る〈リーガル・トラップ〉さえなけりゃあ、エヴラールはあんたごときには負けねえよ――ザコ探偵が虚勢張っちまって、可愛いなあオイ？」

「……ザコ、探偵？　それって、フィオのことぉ……？」

不実崎さんは、ポケットに手を入れた不遜な態度で、対峙する。

シャーロック・ランク第7位――学園の頂点の一角を前にして、それでも堂々と。

私の代わりに、戦うように。

「なんで——どうして……？」

わからない。私にはわからない。どんな推理も、その謎は解き明かせない。

最初に言った。あなたが言ったんだ。私はまるでロボットだと。

その通りだった。私は事件も、その関係者も、全部対岸の火事だと思ってゲームのように事に臨み、いざ自分に火の粉が降りかかると無様に無残に動揺した——名探偵なんて烏滸がましい、ただの不謹慎な野次馬に過ぎなかった。

それを、不実崎さん——あなたが一番、嫌っていたはずなのに。

「——おい名探偵。何を勝手にヒロイン面してやがる？」

煽るように唇を歪め、不実崎さんは私に振り返った。

「お前を助けに来たなんて、誰が言った？　俺はただ気に食わねえだけだぜ——声がでけえだけで中身の伴わない、無責任なインフルエンサーがな」

「……んにひ。言ってくれるじゃん、後輩クゥン？」

万条先輩が、あの本能的に癪に障るにやにや笑いを浮かべて、

「そこまで言うなら、説明してくれるんだよねぇ？　責任ある推理ってヤツをさ！」

「ああ——肝心のお姫様が役に立たねえんでな。代わりに教えてやるよ、クソザコ先輩——あんたの推理には、致命的な矛盾があるってことを！」

「むじゅ、ンン……!?」

一枚の白い手袋が、ひらひらと舞い落ちてくる。

不実崎(ふみさき)さんの目の前に――まるで、剣を与えるように。

「もしあんたが、そんなもんねえって言うなら。本当に自分が正しいって言うなら――」

不実崎さんの右手が、白手袋を獰猛(どうもう)に掴(つか)む。

「――てめえの推理に……魂を懸けろ」

25　小学生でもわかること

「格好(かっこう)つけてくれたところ恐縮だけど、本当にわかってんの、後輩クン？　今来たばっかで、本当は何の話だかわかってないんじゃないのぉ？」

「心配しなくてもいいぜ。親切な奴(やつ)が、途中から聞かせてくれたんでな」

親切な奴……？

私は導かれるように背後を振り返り、傍聴席の最前列にいるカイラを見た。

私の親友にして、きょうだいにして、メイドにして、助手である彼女は、手に自分の生徒端末を持っていた。

不実崎さんは不遜な態度でポケットに手を突っ込んだまま、口を開く。

「シンプルな話さ。フィオ先輩――あんたが提示する犯行手順は、実際の現場の状況と合致しない点がある」

「へえ。どこがぁ？」

「焦るなよ。まずはきっちり確認しようぜ？　あんたの推理によると、犯行はこういう順番で行われたはずだ」

不実崎さんが語る声を認識して、HALOシステムが空中に光の文字を描き出す。

1．プール中央でダンベルを使い、何方沙美を殴打する。
2．気絶した何方沙美の頭部に、帽子を凍らせて接着。
3．何方沙美にダンベルを括りつけ、プールに沈ませる。
4．可動床のコンソール上部に凍らせた手袋を設置。
5．手袋がとけてコンソールをタッチ。可動床が動き、水量が増える。
6．帽子がとけて頭部から外れ、プールに血が流れ出す。

「一見、何の問題もないように見える。だがな——フッツーに考えりゃあ、現実にこの順序で事態が推移することはありえねえってわかるんだよ」

「はあ？　何言ってんだかわかんないなぁ」

——あ。

私の身体が、震えた。

そうだ。そうじゃないか。どうして——どうして気付かなかったんだ、こんなことに!!

「フィオ先輩——冷凍食品って食ったことねえか？」

ゆっくりと、焦らすように、不実崎さんは万条先輩に近付いていく。

「それに付属されてるソースとかさ、どうやって解凍しろって書いてある？　まさか電子レンジで温めたりはしねえよな？」

「……あっ……！」

万条(ばんじょう)先輩が小さく声を上げた。

時を同じくして、傍聴席からもざわめき声が上がり始めた。

誰もが気付いたのだ。不実崎(ふみさき)さんが語る、矛盾の正体に。

「そう――ぬるま湯か、もしくは流水で解凍しろって書いてある」

万条先輩の笑みが、完全に崩れる。

「当たり前の物理法則なんだよ。氷は、空気の中より水の中のほうが早く溶ける。熱伝導率だか何だかの関係らしいな。だから、水の中にある帽子より、空気の中にある手袋のほうが早く溶けるってことはない。

要するにさ……溶けた手袋が可動床を動かし、水量を元通りにした後に、帽子が外れて血が流れ出す――なんて、そういう順序には、絶対にならねえんだよ」

先に溶けるのは、帽子。

可動床が動き、大量の水がプールに注ぎ込まれるその前に、必ず血は流れ出す。

水量調整によるプールの攪拌(かくはん)を凍らせた帽子で凌(しの)いだ――このトリックは成立しない！

「こんなのさ、小学生でもなんとなく知ってる話だろ？　だってのに、フィオ先輩――」

不実崎さんは、万条先輩の目の前で立ち止まり。

何十センチも上からその瞳を見下ろして、告げた。

「──あんた、こんなことも知らなかったのか？」

万条先輩の身体が、がくがくと揺れた。

「──知って、……知っ……て……っ……ア…………ッ!!」

喉が詰まったかのように何度も空嘔吐きを繰り返し。

「──……………ア……ア………ッ!!」

それでも、言葉は絞り出せず。

「──………ひひ」

ついには致命的な、笑い声だけが漏れた。

「──あひ。ひひひひ。ひひひひひひひしししししし…………!!」

膝が折れる。壊れたおもちゃのように。万条先輩は腰砕けになって、頽れる。

喉の奥から漏れ続ける笑い声は、まるで小動物の断末魔。

論破の屈辱が、衒学探偵・万条吹尾奈の核を打ち砕く──あまりにも矮小な音。

それを酷薄に見下ろしながら、不実崎さんは告げた。

「推理を弄んだな──やりすぎだぜ、先輩」

「………ごめ、……んにゃ、しゃ………」

先輩はがくりと、肩を落とす。まるで目の前の不実崎(ふみさき)さんに、首(こうべ)を垂れるように……。

——二の句を継げなくなった探偵に価値はない。

彼女自身が、私相手に散々やってみせたことだ。

今この瞬間、万条(ばんじょう)先輩は、探偵たる資格を失ったのだ。

「負け、た……？」「シャーロック・ランク第7位が……？」

突然のジャイアント・キリングを目にして、傍聴席は揺れていた。

だけど、不実崎さんの表情に、勝利の快感はない。

むしろ——これから、戦いが始まるかのような。

張り詰めた顔で、ある場所を見据えている。

「——謎は、まだ解けてない」

静かな声に、しかし法廷は、しんと静まり返った。

「終わった気になってんじゃねえよ、探偵ども!!　先輩の推理は間違ってた。じゃあお姫様の推理が正解か!?　いいや違う——だったら、俺が今ここに立ってる意味はねえ!!」

……私の推理も、違う？

まさか、まさか——

この上に、まだ提示する気なの？

私の推理とも、万条先輩の推理とも違う——第三の推理を!?

「ずいぶん、いい席を取ってるな」

不実崎さんが見据えている場所には、ある人物がいた。

法廷の最上段。

すべてを見下ろせる位置。

この裁判を裁定する役割の——ある人物が。


「——降りてこいよ、生徒会長。高みの見物はもう充分だろ？」


啞然とした沈黙が、大法廷を満たす。

それは……その言葉の、意味は。

まさか……もしかして……彼が明かそうとしている、第三の推理とは——

名指しされた恋道会長は、長い髪を揺らして、小さく首を傾げる。

「さて……話が見えないな。どうして私が？」

「決まってんだろうが」

そのときの不実崎さんの動きは、ひどくゆっくりに見えた。

ポケットから右手を出し。

肩の上まで持ち上げて。

裁判長席に座した恋道会長を——まっすぐに、指弾する。

「恋道瑠璃華、生徒会長——あんたが、この事件の黒幕だ」

26　探偵学園の秘密

俺の告発を、生徒会長は悠然とした笑みで受け止めた。

シャーロック・ランク第1位。真理峰探偵学園生徒会長。

そして――〈黒幕探偵〉。

いるわけがねえじゃねえか。学園全体を巻き込んだこの大騒ぎの真犯人――それに相応しい人間が、あの不気味な3年生以外に！

「あんたが仕組んでたんだろ？　フィオ先輩は矢面に立つ役割を負っただけの、いわば尖兵だ。だからあえて、あんたはこの裁判の不明案件設定にこんな文言を付け加えた――実行犯を裏から操る者がいた場合、その真犯人の正体もまた議論の対象となる、ってな！」

入学式のときと同じ、黒幕探偵一流のフェアプレイ精神だ。

姑息な手口で戦場から逃げるつもりはないという意思表示！

あんたは待っていたんだろう、恋道瑠璃華――自分に挑んでくる1年生が現れるのを！

「言いがかりだね」

裁判長席で魔女のように頬杖をつき、恋道瑠璃華はちっぽけな1年生を見下ろす。

「証拠なき言葉には、何の力もない。それがこの学園の絶対ルールだよ。わたしをこの席から下ろしたければ、不実崎未咲くん――示してみたまえ。なぜその解答に至ったのか」

NAME
恋道瑠璃華
真理峰探偵学園生徒会長

――探偵なんて、クソだ。

――探偵が作ったこの世界は、もっとクソだ。

それでも、かつて確かに憧れた、子供の頃の夢があった。

たとえ間違いだったとしても、あの輝きを嘘(うそ)だったとは言いたくない。

だから。

「いいぜ。示してやるよ――これが俺の推理だ！」

生徒端末を通じて、ＨＡＬＯシステムを操作する。踊るように宙に舞ったいくつものホログラムは、一見無関係な証拠を模(かたど)っている。

ブーツ、コンソール、プラスチックの籠、被害者の爪、地中から見つかった衣服、被害者のお守り――

そのすべてが、俺の剣だ。

己のすべてを懸けて、俺は学園最高の名探偵に挑む！

「この事件に残された数々の手掛かりには、互いに相矛盾するものが散見される！　物理的な矛盾じゃない――それから推定される、犯人像の矛盾だ!!」

不審げなざわめきが傍聴席から起こった。そうだろうな。エヴラールの推理に比べたら、俺の推理は曖昧だ――しかし、否応(いやおう)なしに教えてくるのだ。その曖昧さの中から真実が現れると、俺の中に眠るクソったれな犯罪王の生き様がな！

「まず、学園内からスーパーシークレットブーツが発見されたこと！　フィオ先輩が学園脱出に協力させた共犯者に犯行のことを伝えていたとしたら、ブーツを持ったまま学園を出て、誰も知らない場所で処分したはずだ！　そうしなかったということは、学園脱出時、共犯者には犯行のことを伝えていなかったってことだろう！　この事実は、少なくとも学園脱出時までは、犯行がフィオ先輩単独によるものだったことを示している！」

――だが！

「フィオ先輩には自ら骨折するほどの従順な部下がいる！　そんな部下がいるんなら、どうしてフィオ先輩自身が犯行に及ぶ必要がある!?　どうせ共犯として巻き込むのに、わざわざ自分の手を下す理由が考えられない！　フィオ先輩の行動は矛盾している！」

単独犯――組織犯。

相矛盾する――二つの犯人像。

まだだ……。曖昧で薄っぺらい推理も、重ねればその厚みを増す。

そこに浮かび上がってくるんだ、塗り替えることのできない真実が！

「次に、可動床のコンソール！　お姫様曰く、**コンソールは濡れていた**――犯人が濡れた手で触ったんだ。ここからは犯人の性格が窺える。濡れた手で機械に触ることも厭わない、大雑把な性格がな！」

――だが！

「**凶器のダンベルが収まっていた籠は、綺麗に整頓されていた！**　よく見ろよ、**10キロダンベルは底のほうにある。**そりゃそうだ、んな重いもんを他の用具の上に入れてたら、いつ壊れるかわかったもんじゃねえ。つまり犯人は、一度は必ず、籠の中身を底から引っ繰り返したはずなんだ！　そしてそれを、綺麗に収納し直したんだ！　人を殺しちまおうってときにだぜ!?　几帳面な奴以外ありえねえよ！」

大雑把な性格——几帳面な性格。

相矛盾する——二つの犯人像。

「まだあるぜ。**被害者、何方沙美の爪には水着の繊維が残っている！**　これは血液の上に付着していて、**殴られた後に犯人に掴みかかった**ことを意味している！　つまり犯行時、犯人は水着を着ていたことになる！」

——だが！

「学内の地中から発見されたのは、**血の付いたブラウス**だった！　水着じゃない！　犯人はどっちを着てたんだろうな!?」

水着を着ていた——ブラウスを着ていた。

相矛盾する——二つの犯人像。

「最後にお守りだ！　**何方沙美は大事なお守りを投げ捨てられて、プール中央に誘き出されたってのが大方の予想だったよな？　だが、当のお守りは死体の制服に丁寧に括りつけられていた。**それができるのは犯人しかいない！　しかも水中で小さなお守りをきっちり括りつけられるのなんて、相当器用な奴だったに違いないぜ！」

——だが！

「ダンベルの結び方のほうはどうだ!?　第一発見者の先生がほどくのに苦戦するほどめちゃくちゃだったらしいじゃねえか！　先生は賭けてもいいって言ったらしいな――**犯人は蝶結(ちょうむす)びもできない奴に違いない**ってよ!!」

器用な人間――不器用な人間。

相矛盾する――二つの犯人像。

「このちぐはぐな犯人像に、説明をつけられる仮説が一つだけある！　考えてみりゃ当然だよな――犯人像がいっぱいあるなら、犯人がいっぱいいたってことじゃねえか！」

どよめきが傍聴席に走る。

今、驚いている連中には、ある共通点がある。

俺にはもうわかっていた。その共通点こそが、この探偵学園が今まで隠していた、巨大な秘密の答えなのだと。

「この事件の犯人は一人じゃない！　さらに絞り込むぜ。可動床やゲートの細かな仕様や、スーパーシークレットブーツなんてマイナーなアイテムを使ったトリックからして、犯人は学園に詳しくない1年生ではない！　そして、あたかも単独犯のような一貫した事件像を生み出していることからして、そいつらには絶対的な司令塔が存在する!!」

ただ一点を見据えながら放った言葉に、恋道瑠璃華(れんどうるりか)はかすかに目を細めた。

しかし、その笑みは薄れない。

ああ、わかってる。まだ足りないってんだろ？

だから行ってきたんだ——この事件の、核心を知るために。

「後出しには目を瞑ってくれるんだったよな、裁判長？」

「物にもよるかな」

「この事件の決定的な矛盾は、被害者である何方沙美自身だ」

俺は生徒端末に、ある画像を表示させた。

連動してHALOシステムが、空中にその画像のホログラムを描き出す。

「俺は今の今まで、何方沙美の出身中学に行ってたんだよ。そこで見つけたんだ。この何気ない——文化祭の写真をさ」

おそらくは、演劇の出し物でもしていたんだろう。

クラスメイトと共に、ファンタジーめいた衣装に身を包んで、何方沙美は笑っていた。

写真の真ん中で、自信ありげに。

「今のクラスメイトの話によれば、**何方沙美は大人しい女子だったら**しいじゃねえか。なのに、この写真はどういうことだ？　丸っきりクラスの重要人物じゃねえか——まるで別人だぜ。逆高校デビューでもしたってのか？」

いいや違う。

「俺は別のポイントから何方沙美自身に疑いを持って、この写真に辿り着いた。この写真が、俺の疑いを真実に変えてくれた。犯人が複数いることはありえるが、被害者が複数いることはありえない。だったら、この人物像の矛盾は、こう解釈するしかない——どちらかが嘘偽りだ、ってな！」

そして、と俺は続けた。

「2年以上も前の文化祭の写真と、昨日聞いたばっかの証言、嘘だとしたらどっちだ？」

この写真が嘘だとしたら、何方沙美は2年以上前からこの嘘を準備していたことになる。

それに比べたら、昨日今日の証言で嘘をつくのはあまりにも簡単だ。

「俺たちは――嘘をつかれていたんだよ」

この言葉は、傍聴席に居並ぶ、『共通点』を持った一部の生徒――

――すなわち、1年生に向けてのものだった。

「一番大きな嘘は、最初のアナウンスだ。そう、みんなはっきり覚えてるだろ？」

――これは訓練ではありません

「ここまで言っても、まだ降りてこないか？」

再び裁判長席を見上げ、俺は言った。

「そろそろケリをつけようぜ――この茶番にさ」

もはや、誰もが気付いているはずだ。

この事件の真相に。

この事件の本当の被害者が、誰だったのかということに。

だが、それでは終われない。それだけでは終われない。

なぜなら、俺たちは探偵だ。

ここで終われば、フィオ先輩の扇動に踊らされたときと同じ。

一切を疑い、精根尽き果てるまで議論を重ねてこそ、真実には正義が宿る。

だから手加減をしなかったんだろ、フィオ先輩。

だからあんたはそこにいるんだろ、生徒会長。

上等だよ——やろうぜ、とことん。

脳味噌ん中から、何も出てこなくなるまで。

「……ふふ」

恋道瑠璃華は、楽しげに微笑んだ。

それから、裁判長席を離れ、横合いから延びるスロープを降りてくる。電動らしき車椅子でゆっくりと、ゆっくりと、まるでその足で、階段を踏みしめるかのように。

そしてついに、俺と同じ法廷の床に車輪を乗せた。

以前は、入学式の壇上。

そして今日は、最上段の裁判長席。

恋道瑠璃華は、ついに初めて——1年生と、同じ高さで相対する。

車椅子に座っている分、彼女のほうが目線は遥かに低かった。

にもかかわらず、天から見下ろすように悠然と、黒幕探偵は膝の上で手を重ねる。

「胸を貸そう。——遠慮なく来たまえ、1年生くん」

男も女も関係ない。軽量も重量も関係ない。健常も障害も関係ない。

ただ、推理一つ。

脳髄が生み出す理屈だけが、探偵の武器。

——行くぞ、名探偵。

俺は恋道瑠璃華に正面から、銃口のごとく指を突きつけ、自身の推理を放った。

「——この学園の2年生と3年生、および教師の全員が、俺たち1年生に対して嘘をついている!!　数人が実動部隊となって事件現場を構成し、関係者たちは設定通りの被害者像を俺たちに話したッ！　つまり——」

推理という矢が、言葉という弓弦に番えられる。

「——これは入学式のときと同じ、模擬事件だ!!　何方沙美は今も普通に生きているし、学園に殺人者なんか存在しないッ!!」

放たれた推理は、過たず黒幕探偵の急所を狙った。

だが、恋道瑠璃華は——学園史上初めてのA階梯探偵は、

「それは不可能だ」

落ち着き払って、射かけられた推理を弾き飛ばす。

「犯行時、トリックを用いた万条吹尾奈以外の全員にアリバイがあり、複数人の実動部隊など捻出する余地はない」

「全員がグルなら、そのアリバイとやらも意味がなくなるぜ？」

「**監視カメラがある。**校舎の入口では監視カメラが常時映像を記録しており、校舎の出入りを完全に把握しているのさ。デジタルデータは嘘(うそ)をつかない。2年生、3年生、教師のいずれも、総合体育館で犯行現場を構築することは不可能だったんだよ」

「違うな。校舎にいた2年生、3年生、教師——だろ？」

口の端を歪(ゆが)め、俺は二の矢を番(つが)えた。

「伏線は事件の前から張られていたんだ！ **この学園の新入生の定員は120名！** そして去年と一昨年の進級率を、俺はフィオ先輩から聞いたぜ！ お前らもどこかのタイミングで先輩から聞いたんじゃねえか!?」

問いかけられた1年生たちは、一様に肯定のざわめき声をあげた。

「俺は細かい数字を忘れちまったんでな。調べ直させてもらった。**今の2年の進級率は72・5％！ 今の3年は優秀で、去年2年になったときの進級率が80％、今年3年になったときの進級率が75％！** これらの進級率を、定員の120名に掛ける！ すると、どうしたことだろうな——2〜3年の教室にある机の数と合わねえのさ！」

新入生の定員と進級率から算出される今の真理峰探偵学園(まりみねたんていがくえん)の総生徒数は、1年生120名、2年生87名、3年生72名の、計279名。

だが、1年生の聞き取り調査で報告された2〜3年の人数は、**2年1組、2組、3組がそれぞれ28名**——合計84名。**3年1組が32名、2組が33名**で——合計65名。

2年生に3名、3年生に7名、計上されていない生徒がいる！

「犯行時、欠席者を除くすべての席が埋まり、欠席者のアリバイもゲートのログで保証されている！　だが、そもそも席が存在しない奴(やつ)らはどうだ⁉　最初から存在しないことになっている人間なら、授業中も自由に学園内を動き回れた！　アリバイは存在しないッ‼」

これこそが、学園全体が俺たち1年生に仕掛けた、最大のトリック。

俺たちが入学したその時点から、2〜3年はずっと人数を誤魔化(ごまか)していた！

そして、その真実に辿(たど)り着けるように、それとなくヒントを出していたんだ！

存在しない生徒による遊撃部隊——この壮大なアリバイトリックこそが、学園から俺たちに出題された、最後の入学試験だった‼

俺の二の矢は、今度こそ恋道瑠璃華(れんどうるりか)の心臓を射貫(いぬ)いた。

だが、倒れない——黒幕探偵は、まだ倒れない。

「——素晴らしい推理だ」

トリックの根幹を見抜かれてなお、女帝を思わせる悠然さで、微笑(ほほえ)み続ける。

「犯人や被害者の人物像に着目した推理……現場の物証や関係者のアリバイばかり追いかけていては、決して辿り着けない真実。しかし——」

心臓に突き刺さったはずの矢が——抜ける。

「複数の手掛かりの共通点から推論を展開する——君のそれは、一般に帰納的推理と呼ばれるものだ。だが、それには大きな欠点がある。別解の存在を否定しきれない——つまり、間違っている可能性を排除しきれない、という欠点がね」

　抜き取られた矢が、今度は俺自身に鋭い鏃を向けた。

「君はまだ、『これが真実かもしれない』と述べたに過ぎない。『これが真実に違いない』と断言できてはいない！　この事件が茶番に過ぎないと――人為的な狂言だというのなら、それを決定的に示す根拠を挙げ、他の可能性はありえないと証明してみたまえ！」

　生徒会長が投げ放った反論の矢は、優美なまでの弧を描いて、俺の心臓に迫る。

　俺には――この矢は、捌ききれない。

　一の矢、二の矢を捌けたとしても、三の矢に射竦められるだろう。わかっている。俺には能力が足りない。狙撃手のように、小さな小さな針の穴を通す能力が。

　だが。

「――そろそろ目は覚めたか、お姫様」

　それを誰よりも得意とする奴なら、一人だけ知っている。

「――探偵にキスは不要ですよ、王子様」

　隣から伸びた華奢な手が、黒幕探偵の矢を力強く掴んだ。

そう――この法廷という戦場には、まだ一人、膝を屈していない人間がいる。

探偵王の娘。

この裁判の、本来の主役。

探偵王女――詩亜・E・ヘーゼルダインが。

「勝手に終わらせようとしないでください――これは、私が始めた裁判です」

「寝惚けてるみてえだから、代わりにやってやろうとしたんだろ、引きこもり」

俺の隣に並び立ち、探偵王女は復活する。

「あまりに聞くに堪えなくて目が覚めました。あなたの推理は雑なんですよ」

「言ってろ。その雑な推理に助けられたくせに」

「もう醜態は晒しません。こんなのは簡単な――」

「――消去法のゲーム、だろ？」

「その通り」

張り合いがあって結構なこった。

俺は――俺たちは、そういうお前が見たかったんだよ、名探偵。

「――美しいね」

生徒会長は薄く微笑み、瞳を輝かせながら問いかける。

「だが、果たして届くかな？　未熟者が、二人になったところで」

「こいつが――」

「――置いていかれなければね！」

さあ、行くぞ。

これが、最後の推理だ!!

27 演繹（えんえき）と帰納の輪舞

「狂言説を決定的に示すためには、本当の事件だと仮定すると不自然になるポイントを指摘するのが最適です！　例えば――」

「――ああ、わかった！　例えばこれだ！」

俺の手の中に、新たな推理の矢が現れる。

「**被害者の爪に残った水着の繊維！**　殴られた被害者は怯（おび）えることなく、むしろ強く犯人に掴（つか）みかかっている！　だが、この繊維以外に、犯人と格闘した形跡はない!!」

放たれた矢は、弧を描いて恋道瑠璃華（れんどうるりか）に迫った。

「形跡がないだけだよ」

だが、反論の盾がこれを防ぐ。

「死体はプールに沈んでいた。衣服の乱れ等があったとしてもわかるはずがない」

届かないか……!?

いや！

「――否定(ノン)」

エヴラールの声と共に、反論の盾に罅(ひび)が入る。

「プールに沈んだところで、髪留めが元に戻りますか？　ボタンが留まりますか？　**何方(どなた)先輩のブラウスは、きっちり首元まで閉じられていましたよ！**」

盾が砕け散る。

推理の矢が、恋道瑠璃華を捉える。

だが、まだ浅い。せいぜい肩を貫いた程度だ。致命傷には至らない！

「次だッ！　**スーパーシークレットブーツの下には薄く埃(ほこり)が積もっていた！**　これはしばらくの間、ブーツがなくなっていたことを示す！　にもかかわらず、変装準備室に出入りする2年や3年は、その事実に気付かなかった！」

第二の矢が狙うのは首元。一気に抵抗力を潰(つぶ)し切る！

「たまたま、誰もブーツに用がなかったのさ」

だが、やはり届かない。

薄笑みを浮かべて、黒幕探偵は俺の推理の矢を手のひらで受けた。

「そもそも、気付かなかったのは2~3年だけじゃない。君たち1年生もだろう？」

「――否定(ノン)」

鏃(やじり)が、手のひらに食い込んだ。

「**1年生は、まだ授業で準備室を使いません。**そして、ブーツには確かに長らく使用された形跡がありませんでしたが、その手前にあった靴に関しては別です。**いずれにも埃一つなく、頻繁に持ち出されていることが明確でした。**仮にも探偵志望者が、そのすぐ後ろのブーツの不在に気付かないはずがありません！」

第二の矢が恋道瑠璃華の手のひらを貫き、首元に突き刺さる。

黒幕探偵はかすかに目を細めたが、それでも苦悶の色は見せなかった。

名探偵として、学園の頂点に立つ者として、威厳を持って俺たちの挑戦を待ち受ける。

いいさ。だったら何度でも撃ち込んでやるまでだ！

「**被害者――何方沙美をプールから引き揚げたとき、先生は人工呼吸も心臓マッサージも試さなかった！**」

第三の矢。

狙うのは、こめかみ。

「想像はつくぜ。探偵志望とはいえ、年頃の女子高生だからな！　死にかけてもねえのに唇をつけたり、胸を触られたりするのを嫌がったんじゃねえか!?　何方沙美本人が!!」

鋭く放たれた矢は、防御の間もなく黒幕探偵の頭部を叩く。

しかし、悠然たる名探偵の頭は少し揺れただけで、矢は音高く弾かれた。

「見るからに手遅れだと判断できたのだろうね。だから何もしなかったのさ」

「――否定」

弾かれた矢が、見えない手に掴まれる。

「であれば、なぜ先生は**最初に呼吸を確認した**のですか？　見るからに死んでいると判断できたなら、より明確に生死を診断できる、脈や瞳孔を真っ先に確認するはずです！　先生が最初に呼吸を確認したのは、『生きているかもしれない』という設定の脚本だったからでしょう!!」

頭上から振り下ろされた矢が、吸い寄せられるようにこめかみを貫いた。

三本もの矢に貫かれ、生徒会長はもはや死に体に見える。

だが、その目が言っている。全部出せ。全部ぶつけろ。お前たちの推理をすべて聞くまでは、決して屈してはやらないと。

「……次が、最後だ」

最後の矢を、俺は握り締めた。

「俺をこの真実に導いてくれた、決定的な事実。何方沙美という被害者に疑念を持った、直接的な根拠。――笑うなよ？　俺は大真面目に言うんだからな！」

ありがとう、宇志内。

お前がいなければ、きっと俺は一生気付かなかった！

「**何方沙美の下着は、総レースのずいぶん派手なものだった！**　およそ普段使いのものとは思えない！　クラスの演劇で主演になるほど自己顕示欲がある何方沙美は、ダサい下着を見られることを嫌ったんじゃないか⁉　全校生徒に見られるとわかっていたからこそ、とっておきの下着を着けていたんだッ!!」

まっすぐに、光のように放たれる矢が狙うのは、もちろん最大の急所。

心臓。

これで、この事件の探偵としての恋道瑠璃華(れんどうるりか)の、息の根を止める。

矢の一本一本は細く、事件を射抜くには足りなかっただろう。だが細い矢も、三本束ねれば充分な強度を持つ。ましてやそれを超えた四本ならば、核心に届くのに十二分！

「面白い推理だが——それは、見えないお洒落(しゃれ)というヤツさ」

見えない壁が、俺の最後の矢を阻む……！

「そういう気分の日が偶然この日だったとしても、何の不思議もないとわたしは思うね」

「——否定(ノン)」

見えない壁に捻(ね)じり込むように、エヴラールも俺の矢に推理(ちから)を込める！

「**何方(どなた)先輩は事件の翌日に殿方とのデートを控えていたそうです！**　それを差し置いて前日に一張羅を引っ張り出した理由とは!?」

——貫いた。

俺の、俺たちの推理の矢が、分厚い壁に小さな小さな穴を穿(うが)ち、黒幕探偵の心臓に迫る。

届く。

届け——！

「——一張羅とは限らないよ。勝負下着が何着もあったのかもよ？」

届かない。

再び現れた壁が、またしても鏃(やじり)を受け止めた。

――だが。

「「違う(ノン)!!」」

俺たちの推理は、止まらない。

「ウチの女子に、確認しておいてもらったぜ」

「勝負下着らしき派手なブラジャーは、事件当日に着けていた一着きりだったそうです」

宇志内(うしない)に頼んでいた最後の調査が、最後の壁を穿つ。

一見ふざけたような、何でもない事実が、真実を明らかにする。

それが探偵――それが推理。

名探偵の……名推理ってヤツだ!

最後の壁を突き抜けた矢が、恋道瑠璃華の心臓を貫いた。

探偵としての――俺たちの推理を阻む壁としての恋道瑠璃華は、それで機能を停止する。

言葉はなかった。

反論はなかった。

ただ、大法廷に、静寂だけが満ちていた。

この静寂こそが、証拠。

もはや言葉一つ、推理一つ、脳髄のどこを絞り尽くしても、何も出てこない。

この、魂が抜けたような空白こそが――真実の、証明……。

――パチパチ、と誰かが手を叩く音がした。

俺たちは振り返る。そこには俺が開けっ放しにした、観音開きの扉があった。

そこから俺たちを見下ろして、拍手をしている人物がいる。

それはこの2日間、何よりも思い浮かべていた顔。

生きて動く――何方沙美だった。

その登場を呼び水とするように、二つ、三つ、四つと、拍手が重なっていく。

静寂が喝采に塗り替えられるのに、そう時間はかからなかった。

「――見事だ」

恋道瑠璃華もまた拍手をしながら、笑みを浮かべて俺たちを見る。

「まさか、ブラジャーの派手さで見抜かれるとはね。率先して死体役を買って出てくれたのだが、人選ミスだったかな」

「ひっどいじゃん会長ぉー！　プールの中で風船咥えて何十分も待機してたのにさあ！」

……なるほどな。あの**風船型ボンベ**で呼吸をして、俺たちが来たら**可動床の細い隙間**の中に落とした、って感じか。

「この裁判で見抜かれるのも、計画のうちっすか、会長」

俺のぶっきらぼうな質問に、恋道会長は困ったように笑った。

「裁判の展開は吹尾奈（ふいおな）に一任していてね。手加減はするなと伝えておいたが——少々やりすぎたようだ。君たちには謝罪しよう」

謝罪ね……。ま、俺はどうだっていいけどよ。

フィオ先輩は、恋道会長の後ろで頬（ほ）っぺたを膨らませて、

「嘘（うそ）じゃないもーん。王女ちゃんが後輩クンの筋肉ちらちら見てるのはホントだもーん」

「吹尾奈。裁判戦術の有効さは買うが、君はもう少々品性を身に付けたまえ」

先輩はそっぽを向いて、ペロッと舌を出した。それから俺のほうを見やると、

「……ま、今となってはその気持ちもわかるけどね……？」

突き出した舌でそのままペロリと唇を舐（な）めた。な、なんだ？　急に悪寒が……。

そういやフィオ先輩の不正グループって結局——と、そのとき、非常事態が発生した。

隣にいたエヴラールが、急に俺に抱きついてきたのだ。

「ちょっ……え!?　おい!?」

「不実崎（ふみさき）さん！　私……私……！」

むっ……胸が！　胸がクソ当たってるって！　おい！

「今までの事件で、一番嬉（うれ）しくてっ……！　何だか……何だか初めて、本当に——」

「いっ、いいから！　離れろ離れろいったん！」

エヴラールの小柄な身体（からだ）を引き離すと、妖精のような顔がハッとして、見る見る赤く染まっていった。

「あっ……ご、ごめんなさい……。あれ？　なんでだろ……。感極まっちゃって……」

「——おいガチじゃねえか不実崎（ふみさき）コラァ！」「模擬事件の脚本だと思ってたら付け上がりやがって！」「一瞬見直したけどナシだナシ！」「死ねぇーっ!!」

うげっ、物飛んできた！　それが探偵学園の生徒のすることか!?

「——これにて、本選別裁判（セレクト）、および最終入学試験を終了とする！」

凛（りん）とした生徒会長の一声によって、俺への罵声は止（や）んだ。

「最高得点者は不実崎未咲（みさき）、および詩亜（しあ）・Ｅ・ヘーゼルダイン！　その他の1年生については、捜査内容に応じて別途評価し、後日レーティング・ポイント（ＲＰ）に反映する！」

俺とエヴラールの端末がピロリンと音を鳴らす。取り出して見てみると、ロック画面に表示された数字が、以前のものとは変わっていた。

ＲＰ：１１６０——シルバー・ランク目前の数字に。

「これが我が校なりの歓迎だ」

そして恋道瑠璃華（れんどうるりか）生徒会長は、俺を、エヴラールを、俺たち1年生を見据えて告げる。

「——ようこそ諸君、探偵学園へ!!」

……本当に、とんでもねえ学校に入っちまったなあ。

深々とついた溜（た）め息（いき）は、万雷の喝采の中に溶けていったのだった。

終章　二人の少女の秘密

選別裁判(セレクト)が終わった後の夜、俺は女の子に馬乗りされていた。

「んっ……ここ、でしょうか?」

「ああ……いいぞ。すごくいい……」

「では、少し激しく……んっ、んっ……」

俺の上で、褐色肌の少女が上下に身体を揺する。

その刺激に身を委ねながら、俺は身体の奥から湧き上がる熱を吐き出した。

「――ぁあ～!　効くぅ～……!」

「全身に疲労が溜まっておられますね。ずいぶんと走り回られたようで」

カイラの細い指に脚の筋肉がほぐされるのを感じながら、俺はぐったりと顔を伏せる。

「プールでいろいろ調べた後、そのまま何方(どなた)先輩の中学校まで行って、戻ってきて……そんであの裁判だったからな……。メシ食う暇もなかったっつーの……」

「お疲れ様でした」

はあ……。さすが本職のメイド、マッサージもプロ並みだ……。あーやべ、寝そう……。

「――お嬢様を助けていただいて、ありがとうございます」

遠ざかりかけた意識に、カイラの平坦な声が響いた。

「……それは……メイドとしての言葉か？　それとも……お前としての言葉か？」

「両方です」

……たぶん、俺たちは二人とも、エヴラールが負けるであろう今日の裁判に、複雑な気持ちを持っていた。

エヴラールを認めたくない自分は、負けてしまえばいいと吐き捨て。

エヴラールに憧れている自分は、負けてほしくないと願っていた。

俺たちは出来損ないだ。エヴラールのような完成品じゃない。

だからこそ、その欠点が曝されることを願い。

だからこそ、目指した姿に落ちぶれてほしくはなかった。

今日の俺を衝き動かしたのは、その倒錯した感情の中から覗いた、原始的な欲求だ。

落ちぶれるにせよ、それは本当のことが明らかになった上で――真実が明らかになった上で、真っ当に、正面から、言い訳の余地もなく敗北しろ。

そんな青臭い理想が、俺をあの戦場に駆り立てたのだ……。

「それで良かったのです」

揺れることなくはっきりと、カイラはそう断言した。

「あなたは、それで良かったのです。少なくともわたしは――今日のあなたのようになりたいと、思ってしまいましたから」

……よく言えるよなあ。んな照れ臭えこと。

ずりいよ。平然と言いやがって……。照れてんの、俺だけじゃねえか。

「……お前と一緒にいると、ダメになっちまいそうだ……」

「ダメにしてさしあげましょうか？」

不意にカイラが背中に倒れてきたかと思うと、「ふうっ」と耳を吐息がくすぐった。

「どわあっ!?　おっ、お前っ、何すんだ!?」

びくんっと身体を跳ねさせながら仰向けにすると、カイラは惚けたツラで、

「殿方はこういうのがお好きかと」

「お前なあ……！　滅多なことすんじゃねえよ！　ただでさえ女所帯で、こう……いろいろとアレだってのに……俺に魔が差したらどうするつもりだ!?」

「そのときは」

そしてカイラは確信的な手つきで、メイド服のスカートを少し摘まみ上げた。

「如何様にでも」

……い、如何様に、って……。

カイラはいつも真一文字の唇をほのかに緩ませる。

「探偵は恋人を作りませんが――わたくしは、メイドですので」

ばくばくと加速する心臓の音で、頭の中が一気に満たされていく。

ああ、無理だ――

今、カイラに選別裁判を挑まれたら……俺、秒で負ける自信ある……。

「マッサージは終了です」

そう言ってカイラは、あっさりと俺の腹の上から立ち上がった。

「一応申しておきますが、不実崎さま」

畳に寝転がったままの俺を見下ろして、カイラは言う。

「わたし同様、お嬢様も出会いのでの字もなかった人生を過ごしておりますので、重々ご承知おきください」

「……そんなもん、俺だって同じだよ……」

「それでは尚更、暴走なさいませんように」

一番暴走させようとした奴が何言ってやがる！

カイラはお腹の前で指を合わせてぺこりとお辞儀し、廊下を歩いて去っていく。

……カイラって、そういうことだよなあ……？

勘違いじゃねえよな？　明らかにそういうことだよなあ!?

「あぁぁあああぁーっ!!」

わかんねえよぉ！　じいさんの犯罪計画なんかより、こういうときの対処法を教えておいてくれよおーっ!!

自分の部屋に逃げ込み、ひたすら悶々と無為な時間を過ごしていた俺のもとに、珍しい来客が現れた。

「……ねえ……」

声にびくっと驚いて振り返ると、小さく隙間を開けられた障子戸から、やたらと可愛い顔が覗いていた。

「え……エヴラールか。なんだよ、どうした？」

「えっと、その……」

目を左右に泳がせ、さらには頬まで赤らめて、それはまるで――

――わたし同様、お嬢様も出会いのでの字もなかった人生を過ごしておりますので

まさか。おい。さっきの今で、連続で？

日本人は奥ゆかしいって言うけど、逆に外国人は積極的すぎだろ、おい！

「あ……あのね……」

もじもじと上目遣いで見つめられ、俺は全身を緊張させた。

ど……どうする？　カイラと二股をかけるわけには――

「――一緒に、ゲーム、しない？」

「……………………」

そういうわけで、俺は初めて、エヴラールの部屋に招待された。

なんだそれだけかよ、と思いはしたんだが、よくよく考えてみると、女子の部屋に誘わ

れるってだけでも恐るべきビッグイベントだ。

しかも、あのエヴラールの。世界中にファンがいる探偵王女の部屋に入るなんて、人に聞かれたら何度殺されても文句は言えない。

「適当に座って」

オフモードなのか、砕けた口調で言われて、俺は座る場所を探した。

っていうのも、エヴラールの部屋は住み始めて一月も経ってないとは思えないくらい物が多くて——有り体に言うと散らかっていたのだ。傍付きメイドがいるのにこれだけ散らかせるのは、逆に才能だと言っていい。

俺は遠慮がちにマウスの空箱を部屋の端にどけて、畳に直接胡坐をかいた。この色気ゼロの部屋を見たことで、いい具合にドキドキ感が薄まっている。

「はい。飲み物」

と言ってエヴラールが俺の前に置いたのは、エナジードリンクの缶だった。

客に出すもんなのか、これ？

まあ今日はいろいろあって、下手すると寝落ちしちまいそうだからな。ちょうどいいのかもしれない。俺はプシッとプルタブを開けて、エナドリに口をつける。

「よいしょ」

その間に、エヴラールはＰＣデスクの上に三枚置いてあったモニターを一枚、床に移動させて、ゲーム機のコードを繋いだ。それからコントローラーを持ち、俺の隣に置いたクッションにぽすっと腰を下ろす。

「はいこれ、あなたの」

エヴラールに手渡されたコントローラーを見て、俺はふと気が付いた。

「……俺、家族以外と家でゲームやんの、初めてかも」

友達を家に呼んだ経験なんて、まったくねえし。

エヴラールはちらりと俺の顔を見ると、こくりと首を肯かせた。

「……実は、私も」

ああ、そりゃそうか。ずっと修行とかいうのをやってたんだもんな。

だったら初めて同士でちょうどいい。俺たちはオンラインでしかプレイしたことのない格闘ゲームを起動し、カチカチと慣れた手つきでコントローラーを動かし始めた。

「…………………」

「…………………」

ゲーム音だけが沈黙に響く。

お互いに一言も発さないまま一試合が終わると、どちらからともなく再戦が始まった。

それが終わると、また再戦。終わって、再戦。再戦、再戦、再戦――

「――ありが、とう」

何試合目かもわからなくなった頃に、ぽつりとエヴラールは言った。

「あなたが来てくれなかったら……たぶん、私はあそこで、終わってた。探偵を続ける自信もなくなって……こうやってずっと、部屋でゲームをしてたんだと思う」

「……惜しかったな」

俺は皮肉を込めて言った。

「探偵よりも、そっちのほうが楽しそうだ。お前の場合、もう一生遊んで暮らせるくらい稼いでそうだし」

「そんなことないよ」

即答しながら、エヴラールは俺のキャラに痛烈な一撃を加える。

「何のためにあるかわからない人生は……たぶん、つらいよ」

「……そうだな」

何のために――俺も、その理由を、少しは見つけ出せたのだろうか。

「私は今まで、自分のために推理をしてた。それはたぶん、今後も変わらないんだと思う。あなたの嫌う『名探偵』そのものとして、私はこれからも生きる」

でも、とエヴラールは続けた。

「あなたみたいな人がいるって、手掛かりが得られた。……だから今後は、もっと正しい推理ができるようになる」

「そりゃ恐ろしいな」

「探偵は恐ろしいものじゃないよ。……もう、わかってるんでしょ？」

俺のキャラが撃破されて、エヴラールの勝利画面が出る。

……そうだな、わかってる。

不謹慎な謎解きに、手前勝手な推理に、それでも正しさを宿す方法。

それは二人以上の人間が死力を尽くし、魂を懸けて、互いの正しさを競うこと。

目が二つなければ立体を捉えられないように、探偵もまた二人いなければ、本当の真実には辿(たど)り着けない。

選別裁判(セレクト)の理念とは真逆のそれが、たった一つの名推理を生む……。

探偵は恐ろしいものじゃない――探偵を恐れては、真実はありえないのだ。

「……子供の頃の俺に、お前がいてくれたらな」

「え？　何か言った？」

「なんでもねえよ。ゲームの音だろ？」

理不尽に抵抗する俺の前に、お前が真っ当な推理を持って立ちはだかってくれたなら。

俺は、妹に誓ったような、名探偵になれたのだろうか――

――後悔するには、ちょっとばかし早いか。

何せ、ここは探偵学園。……探偵になるための、学園なのだ。

「それより、お前、普段はそんな喋(しゃべ)り方なんだな」

「今更あなたにキャラ作ってもしょうがないか、って思って」

「いいんじゃねえか？　俺はそっちのほうが好みだぜ」

「えっ？」

エヴラールがコントローラーを取り落とした。

あたふたと意味もなく手を動かして、目をあちこちに泳がせる。おいおい、動揺しすぎだろ。ちょっと面白くなって、俺はさらにからかうことにした。

「俺にだけ素を見せてくれるってことだろ？　世界の探偵王女様がさ」

「そっ……それはっ……だっ……！」

見る見る顔を赤く染めて、エヴラールは俺を押しのけるように両手を突き出した。

「や、やっぱりやめますっ！　あなたなんか敬語で充分ですっ！」

ぬはは。勝った。俺は心の中で勝利に浸る。カイラに翻弄された溜飲がこれで下がった。

と思いきや、エヴラールは赤面したまま、髪先を摘まんで口元を隠す。

「……たまに、二人っきりのときだけに……するから」

目を逸らしながら呟かれた、その弱々しい声を……可愛いと思わない男は、たぶんこの世にいない。

……やめろよな。押せば行けそうな雰囲気、出すの。

「……はあああ〰〰〰」

「なっ、なんですか？　その溜め息は……」

カイラに感謝しておこう。

忠告されていなければ、俺は二度と、この幻影寮の敷居を跨げなくなるところだった。

翌日、一日ぶりに訪れた教室は、ずいぶん様変わりしていた。変わったのは、俺に対する視線だ。って言っても、模様替えをしたわけじゃない。

「おっはよー！　不実崎(ふみさき)くん！　……ん？　どうかしたの？」

挨拶してくれた宇志内(うしない)に、俺は首を傾(かし)げて、

「いや、なんか……落ち着かねえっつーか」

一昨日までは、俺に向けられるのは、侮蔑や畏怖の視線だった。

だが今日は、なんつーか……柔らかくなったっていうか……。

「ふふふ」

宇志内はにんまりと笑って、俺の肩を軽く叩(たた)いた。

「徐々に慣れてくよ、徐々にさ！　本当はこれが普通なんだから！」

「……普通か」

物心ついたときから、色眼鏡(いろめがね)で見られるのが普通だった。だからなのか、どうにもピンと来ない。誰にも敵意や嘲(あざけ)りを向けられないって状態を、受け止めるのが難しかった。

宇志内と別れて自分の席に向かうと、その途中で、また声をかけられた。

「おはよー」

「お、祭館(まつりだて)。早いな今日は」

いつも遅刻ギリギリの祭館こよみが、ぐでっと机に突っ伏しながら俺に軽く手を振った。

「昨日は思わぬお休みだったからねー。今日は元気だよー」

「……あれだけの大騒ぎを『お休み』扱いかよ。相変わらずだな、お前は」

「何だか大活躍だったみたいだねえ」

枕にした自分の腕に頬っぺたを押しつけながら、祭舘は猫みたいに笑う。

俺は返すように笑いながら、

「お前の推理も報告しといたからな」

「……、え？」

「そのうちレートに反映されると思うぜ。明日辺りからちやほやされるかもな」

「ええー？　やめてよぉー！　めんどくさぁーい！」

「ありがたく受け取っとけよ。お前が退学になったら俺が寂しくなるだろ？」

ぶう、と祭舘は唇を尖らせる。

「いいのかなぁ……。あんな適当な想像で……」

「少しは自信持て。お前はすげえ奴だよ。俺が保証する」

「ん……まあ、ありがと」

珍しく朝から、数少ない知り合い二人と会話した。

それが、ハードルを下げたのかもしれない。

俺が自分の席に座るなり、ものすごい勢いでやってくる奴が一人いた。

「不実崎ィ！」

バン！　と俺の机を力強く叩いたのは、髪を明るく染めた男子――円秋亭黄菊だった。

なんだなんだ。何の用だ？　まさかエヴラールとのスキャンダルを真に受けて――

「オレは……感動したっ！」

滂沱の涙だった。

俺は人生で初めて、男のツラが瞬時に涙と鼻水でぐちょぐちょになるのを間近に見た。

「あの裁判の逆転劇――正直、オレは諦めとった！　どうしょうもないって思っとった！　あの小っこい先輩の口車に乗って、お前が真犯人なんやって騙されとった！　それを、それをお前はっ……！　あれや！　あれこそが探偵や!!」

「お、お、おう……」

あまりの勢いにドン引きする俺の前で、円秋亭はズゴン！　と額を机に叩きつける。

「今までハブっとって悪かった！　ホンマに堪忍や！　この通り！」

教室中の視線が俺たちに集中していた。さっきとは違う理由で落ち着かねえ！

「い、いやいいって！　大丈夫だから！　頭上げろ！　な!?」

「いいや上げへん！　一発くらいシバいたってくれ！　このドアホの頭を！」

「――そのくらいにしたまえ、金柑頭君。彼が困っている」

パタン、と本を閉じる音と共に、近くの席の眼鏡を掛けた男が言った。

本宮篠彦だ。そいつはフレームの細い眼鏡を指で押し上げると、

「過ぎたるは及ばざるがごとし。過度な謝罪は自己満足に過ぎない。程度を弁えたまえ」

「なんや本宮ァ！　オレらの今までの態度が、こんくらいで帳消しになる思とんのか！」

「子曰（いわ）く、過ちて改めざる、是（こ）れを過ちと謂（い）う——これからの態度を改めることが、一番の謝罪になる。僕はそう言っているんだ」

手にした本を机に置くと、本宮（もとみや）は俺の席まで歩み寄ってきて、手を差し出してきた。

「今までの非礼は詫（わ）びよう。刎頸（ふんけい）の交わりとはいくまいが、これからは懇意にしてくれたまえ。昨日の推理は素晴らしいものだったよ、エドモン君」

「おう……まあ、俺もいい態度とは言えなかったし——って、えどもん？」

「エドモン・ダンテスさ。巌窟王（がんくつおう）と言えばわかるかな。無実の罪を被（かぶ）ったリベンジャー——君と通じるところがあるかと思ってね」

ふっ、と本宮は謎のドヤ顔をした。別に復讐（ふくしゅう）してるつもりはねえし、なんかいちいちイラッと来んなコイツ。

まあ友好的な態度を示してくれていることに違いはない。俺は差し出された手を握り、

「誉（ほ）め言葉は素直に受け取っとくよ。でもあれも、協力してくれた奴（やつ）がいたからできたことなんだけどな……」

「ああ。バーナビー君も、人当たりがいいだけかと思えばなかなかやるね」

「……ばーなびー？」

今度は誰を指しているかさえわからん。

「やっぱ不実崎（ふみさき）もわからんよなあ!?」

なぜか円秋亭（えんしゅうてい）が嬉（うれ）しそうに身を乗り出して、本宮を指差す。

「こいつ、誰でも彼でもけったいな渾名付けよんねん！　誰もわからんっちゅうねん！　バーナビーっちゅうんは宇志内さんのことなんやけどな⁉」

「宇志内？　……なんでそうなった？」

俺が首を傾げると、本宮は嬉しげににやりと笑った。

やべっ、探偵志望に知識ひけらかしチャンスを与えちまった。

「ふふふ。実は『宇志内蜂花』という名前は、『バーナビー・ロス』に変換できるのだよ」

これを見たまえ、と本宮は端末のメモアプリを見せてくる。そこにはこうあった。


『宇志内』↓『失い』↓『ロス』

『蜂』↓『ビー』

『花』↓『バーナ』


「偶然だろうが、なかなか気の利いた暗号だとは思わないかい？」

「……変換できるのはわかったけど、誰なんだよ、そのバーナビー・ロスって」

「不勉強だな。伝説的名探偵にして、推理小説の大家であるエラリー・クイーン氏が、無名の新人を装うときに使った変名だよ」

「ふうん」

なんでそんなことしたんだよ。ゲームでサブアカ作るようなもんか？

わざわざ無名の新人にねえ――

「…………………………無名の…………………………？」

「ん？」

「どないした？」

稲妻が落ちたような感覚が、脳髄を駆けていた。

他のことは何も考えられない。目の前にいる本宮や円秋亭の言葉さえ全部素通りして、頭脳のすべてが不意に落ちてきた閃きを必死に検証する。

――……宇志内か

――ぶっぶーっ！　はっずれー♪

まさか。……まさか。まさか。まさか――まさかまさかまさかまさかまさかまさかまさかまさかまさかまさかまさかまさかまさかまさかまさかまさか――!!

「――宇志内は!?」

俺が椅子を蹴って立ち上がると、円秋亭が仰け反りつつ、

「さっき教室出ていっとったけど……？　トイレとちゃうか？」

それを聞くや、俺は返答する余裕もなく走り出した。

嘘だ。嘘だろ？　そんなはずない。いくらなんでも。そんなまさか――!!

わけのわからない焦燥だった。この仮説を。この推理を。今すぐに確認しなければならない。でなければ俺は、これからの人生を生きていくことなどできない。謎の焦燥感が、

俺を教室の外に駆り立てた。

廊下を見回す。いない。女子トイレか？

再び走り出す前に、視界の端にあった窓に、求めた姿を発見した。

宇志内蜂花。

今回の事件で唯一、俺に付き合ってくれた彼女が、校舎裏の庭にいる。

昼休みには生徒で賑わう裏庭だが、授業前の早朝に、そんな悠長な過ごし方をする生徒はいない。人気のない裏庭にたった一人佇み、宇志内は――

ちらりと、……誘うように、俺のほうを見やった。

ここまでも――お見通しって、わけか。

俺は気を落ち着けて、ゆっくりと階段を降り、校舎を裏庭側に出る。

石畳の遊歩道の先で、宇志内は背中を向けて待っていた。

俺は呼びかけることもせず、確かめるように、自分の推理を――真実をぶつける。

「捜査中、俺に付き合ってくれたのは、それとなくヒントを出すためか？」

「初めて会ったとき、その演技力を披露してくれたのは、フェアプレイ精神ってヤツか？」

あるときは女子高生。

またあるときは天才女優。

「どうして――俺を探偵役に選んだんだ？」

しかして・・・・・・

・・・・・・・・・・・・

・・・・・・・・・・・・

しかしてその実態は――

NAME
恋道瑠璃華
黒幕探偵

「――恋道瑠璃華、生徒会長」

その名前を呼んで、初めて。

宇志内蜂花は振り返り――悠然と、微笑んだ。

「よくよく考えてみれば、おかしかったんだ」

わかってる。

この人は、根拠のない言葉には、笑みしか返さない。

「入学式の模擬事件で、お前と一緒に講堂を調べたとき、俺が『俺以外に遅刻した奴はいたか？』って訊いたら、お前ははっきりとこう答えた」

――いなかったね。空いた席は一つだけだったもん。わたしたちのクラスの真ん中辺り

「宇志内蜂花が、遅刻者がいなかったことを、それもその席の位置まで断言することは、普通に考えてできねえはずなんだ。なぜならお前の苗字は『宇志内』――『う』のお前は、一番前の列に座っていたはずだ。しかもお前はこうも言ってたよな」

――席に着いたのは講堂に到着した人からだったけどね。わたしは割と早めだったかな！

――少なくともわたしは、ずっと大人しく座ってたよ

「お前は早めに講堂に辿り着き、クラスの最前列に座り、そこからずっと動かなかった。

その状態じゃどうやっても、席のどこに空きがあるかなんてわかんねえだろ。講堂に入ったときは席の埋まり具合は疎らで、席に着いてからは振り返っても後ろの列の奴の顔が見えるだけ――だとすると、お前はあのとき、どこから、どうやって、空席の位置を知り得たんだ？　……そんなの、一つしかねえよな――」

着席した新入生たちを、一望できる場所。

すなわち――

「――壇上から、1年生を見下ろしていたんだ」

そして。

入学式において、壇上に上がった生徒は、たった一人しかいない。

「入学式で自分の席に座らせていたのは、影武者だな。一番前の列なら、前の奴に顔を見られることもないし――お前、言ってたよな」

――それに、頑張って身振りや表情で演技しても、みんなおっぱい見ちゃうもん

「つまり、その高校生離れしたスタイルさえ再現しちまえば、顔や仕草が多少違っても、『宇志内蜂花』だと認識してもらえるってことだ――しかもあの日は入学式。見知った人間に会うこともなかっただろうしな」

――宇志内蜂花と、恋道瑠璃華は、同一人物だった。

どういう意図があるかはわからない。名探偵様の深遠なお考えってヤツなんだろう。とにかくこいつは――宇志内蜂花は、3年生の恋道瑠璃華が1年生を装って紛れ込むときの、

仮の姿だったんだ。

　恋道瑠璃華が人前に出るとき、本当は普通に歩けるにもかかわらず、いつも車椅子に乗っているのも、おそらくは身長が似通っていることを見破られにくくするための印象操作。宇志内蜂花の図抜けた爆乳も、恋道瑠璃華と紐づけられないようにするための仕掛け。

　恋道瑠璃華は、宇志内蜂花として、いつも俺の側にいたのだ。

　俺の側にいて、俺を事件の捜査に引っ張り出し、闇ゲーセンの中に導いて、お姫様の捜査内容を報告して、決定的な手掛かりとして下着を見せた。

　そう。

　真理峰探偵学園、史上最大の天才。在学中最高記録となる目録階梯Aティアー。

〈黒幕探偵〉恋道瑠璃華。

　すべては、彼女が引いた糸の通り。


「……どうして、俺を探偵役に選んだんすか？」

　もう一度、俺は同じ問いを繰り返した。

「模擬事件を解決する役が欲しかったなら、エヴラールでも良かったはずだ。どうしてあえて、俺みたいな落ちこぼれに目を付けたんすか？」

　入学当初から、親切に俺に接してくれた変わり者。

よく見慣れたその顔のまま、彼女は謎めいた笑みを浮かべて、答える。

「さあね。一日惚れってやつかもよ？」

俺には……わからなかった。

どれだけ考えても、彼女の心の底だけは、決して見えなかった。

「……だったら、代わりに教えてください。どっちの姿が、本当なんですか？」

宇志内蜂花か。

恋道瑠璃華か。

彼女はくすくすと、歳相応の悪戯っぽい笑みを漏らして、戯れるように言った。

「——どっちのわたしが好き？」


こうして、ただ一つだけ謎を残して、俺は自分の日常へと戻る。

授業をこなして、メシを食って、依頼斡旋所を覗いて——以前と変わったところと言えば、円秋亭や本宮と話すようになったことくらいだ。

それから、幻影寮に帰って、床に就く。

もうしばらくは、この日常が続くんだろう。

探偵としては、こちらのほうが非日常なんだとしても、もうしばらくは——

——深夜だった。

カチコチと、時計の針の音だけが響いているはずの部屋に、もぞもぞという衣擦れの音が混じっていた。

なんだ……？　俺はゆっくりと、眠気の底から浮上する。

それに柔らかさもあった。布団の中が、いつもより暖かい。

それに柔らかさもあった。毛布よりもずっとぷにぷにしていて、すべすべしていて、ずっと触っていたくなるような——


「——にゃんっ！」

その声で、俺の目は一気に覚めた。

人間だった。人間が、俺の布団に潜り込んでいるのだ。そして、この手に返ってくる、ふにふにとした柔らかな感触は——

「んっ……もぉ、触りすぎぃ」

布団と俺の胸の間から、小さな頭が出てくる。

フィオ先輩が、俺の胸板に顎を立てて、にたりと笑っていた。

「ダメだよぉ？　そんなにがっついちゃ——もっと優しくして？　んにひひ！」

「え、いや、あ、先輩……!?　なんで……!?」

「告白しに来たの♪」

フィオ先輩は俺の腹の上に跨り、捕まえるように、両手で俺の頬を掴んで。

まったく、予想だにしなかった言葉を告げた。

「ねえ、後輩クン——キミ、フィオの助手になってよ」

あとがき

「そんなの屁理屈じゃん」と反論した／されたことは誰しも一度くらいあるかと思いますが、では屁理屈と認定されたらその言い分は直ちに無効となるのかといえば意外とそうでもなく、実はこの社会にはどう見ても屁理屈としか思えないような理屈が、しばしばまことしやかにまかり通っていたりします。

例えば三店方式、例えばエヴェレットの多世界解釈、例えば遊戯王(ゆうぎおう)の効果処理、例えば実は建物扱いじゃない京都タワー……。

これらの屁理屈を社会が一応は受け入れているのは、それが一定のルールにのっとったテキストに従っているからです。法律であったり、数式であったり、コ○ミ語であったり、条例であったり――そこに『常識』や『雰囲気』といった明文化されていない個人個人の自分ルールは介在していません。

客観的なルールを突き詰めようとした時、そこに『屁理屈』は存在しないのです。

できないと言われてないなら、できるかもしれない。できるかもしれないなら、考える必要がある。たとえ直感的にありえなそうなことでも、人間がすべての不可能を知りえない以上、試さない限りはありえないとは言い切れない。

その無限の繰り返しを、推理と言います。

私は大学の論理学の講義で最初にこう習いました。『推論に対するすべての反証が尽きた状態を、「論理的に正しい」という』。反証というのは『それ以外にも、こういう考え方もあるんじゃない？』というツッコミです。論理的な回答というのはそうした無限のツッコミを乗り越えた先にあり、その間に真実はコロコロと姿を変える。

真実は一つではない。

屁理屈も非常識も飲み込んで、その度にいろんな真実を推理は旅する。世界は巨人が支えている？　猫を箱に入れると世界が分裂する？　光の速さに近づくと時間が遅くなる？　密室の中で誰かが死ねば、針と糸で鍵を閉めて？　あるいは室内のどこかに隠れていて？　いやいや実は犯人は幽霊で……！

どうぞ安心して、すべての発想を解放してください。誰もあなたの屁理屈をなじらない。テキストの下に、すべての思考を認め敬う――それがミステリのルールです。

推理という旅路に踏み出したあなたを、探偵たちは歓迎するでしょう。

そんなわけで、紙城境介（かみしろきょうすけ）より『シャーロック＋アカデミー　Logic.1　犯罪王の孫、名探偵を論破する』でした。なんで『選んで』と『選択して』が別の意味になるんだよ。

MF文庫J

シャーロック＋アカデミー
Logic.1 犯罪王の孫、名探偵を論破する

2023年 6月 25日 初版発行

著者 紙城境介

発行者 山下直久

発行 株式会社 KADOKAWA
〒102-8177 東京都千代田区富士見 2-13-3
0570-002-301（ナビダイヤル）

印刷 株式会社広済堂ネクスト

製本 株式会社広済堂ネクスト

Printed in Japan ISBN 978-4-04-682446-2 C0193

●お問い合わせ
https://www.kadokawa.co.jp/（「お問い合わせ」へお進みください）
※内容によっては、お答えできない場合があります。
※サポートは日本国内のみとさせていただきます。
※Japanese text only

◇◇◇

【 ファンレター、作品のご感想をお待ちしています 】
〒102-0071 東京都千代田区富士見2-13-12
株式会社KADOKAWA MF文庫J編集部気付「紙城境介先生」係 「しらび先生」係

〈第20回〉MF文庫Jライトノベル新人賞

MF文庫Jライトノベル新人賞は、10代の読者が心から楽しめる、オリジナリティ溢れるフレッシュなエンターテインメント作品を募集しています！ ファンタジー、SF、ミステリー、恋愛、歴史、ホラーほかジャンルを問いません。
年に4回締切があるから、時期を気にせず投稿できて、すぐに結果がわかる！ しかもWebからお手軽に投稿できて、さらには全員に評価シートもお送りしています！

イラスト：konomi（きのこのみ）

通期

大賞
【正賞の楯と副賞 300万円】
最優秀賞
【正賞の楯と副賞 100万円】
優秀賞【正賞の楯と副賞 50万円】
佳作【正賞の楯と副賞 10万円】

各期ごと

チャレンジ賞
【活動支援費として合計6万円】
※チャレンジ賞は、投稿者支援の賞です

MF文庫J ライトノベル新人賞の ココがすごい!

年4回の締切! だからいつでも送れて、**すぐに結果がわかる!**

応募者全員に評価シート送付! 執筆に活かせる!

投稿がカンタンな**Web応募にて受付!**

チャレンジ賞の認定者は、**担当編集がついて直接指導!** 希望者は編集部へご招待!

新人賞投稿者を応援する**『チャレンジ賞』**がある!

選考スケジュール

■第一期予備審査
【締切】2023年 6月30日
【発表】2023年10月25日ごろ

■第二期予備審査
【締切】2023年 9月30日
【発表】2024年 1月25日ごろ

■第三期予備審査
【締切】2023年12月31日
【発表】2024年 4月25日ごろ

■第四期予備審査
【締切】2024年 3月31日
【発表】2024年 7月25日ごろ

■最終審査結果
【発表】2024年 8月25日ごろ

詳しくは、
MF文庫Jライトノベル新人賞
公式ページをご覧ください!
https://mfbunkoj.jp/rookie/award/